洞桥
来了个
苏东坡

王益庸

著

九州出版社
JIUZHOUPRESS

图书在版编目（CIP）数据

洞桥来了个苏东坡 / 王益庸著. -- 北京：九州出
版社，2023.11
  ISBN 978-7-5225-2378-1

  Ⅰ.①洞… Ⅱ.①王… Ⅲ.①长篇历史小说-中国-
当代 Ⅳ.①I247.5

中国国家版本馆 CIP 数据核字（2023）第 204124 号

洞桥来了个苏东坡

作　　者	王益庸　著	
责任编辑	刘　嘉	
出版发行	九州出版社	
地　　址	北京市西城区阜外大街甲 35 号（100037）	
发行电话	（010）68992190/3/5/6	
网　　址	www.jiuzhoupress.com	
印　　刷	四川科德彩色数码科技有限公司	
开　　本	880 毫米 × 1230 毫米　32 开	
印　　张	10.625	
字　　数	170 千字	
版　　次	2023 年 11 月第 1 版	
印　　次	2023 年 11 月第 1 次印刷	
书　　号	ISBN 978-7-5225-2378-1	
定　　价	88.00 元	

洞桥 吴昱 / 摄

东坡陈氏园　项文军／摄

东坡陈氏园遗址　项文军／摄

蘇東坡

陳氏園中
望雲嶽

苏东坡像　王黎明拓　项文军/摄

《东坡陈氏园》 蔡乐群绘 项文军/摄

荒涼廢圃秋寂歷幽
花晚山城已窮僻況与城
相遠我來亦何事徙倚
望雲嶺不見苦吟人清
樽為誰滿

新城陳氏園次晁補之韻　眉山蘇軾

苏东坡诗《新城陈氏园次晁补之韵》拓片　王黎明拓　项文军/摄

目录

大宋熙宁六年（1073）。

春。

一天傍晚。

陈氏园旁的狮子山下。

有一个小伙子，赤着脚在溪岸上飞快地奔跑。衣口敞开着，长衫随风飘舞。因为跑得急，他感觉裤

陈氏园古银杏　吴昱／摄

头有些下坠，便用手拽了拽裤带，边跑边回头紧张地观望。喘息声越来越响，世界仿佛此刻也静止下来，只听见"扑通扑通"的心跳声和"呼嗤呼嗤"的喘息声。

他叫陈武，是陈村陈老汉家的老二，上面还有个哥哥叫陈

文。这陈家现在是个普通的庄稼户，然而在一百多年前，陈家老祖宗陈晟可是赫赫有名的睦州刺史。

陈文今年二十岁，已娶妻生子，守着山田，侍奉父母，过着普通老百姓的日子。陈武十七岁，胆子大得出奇，从小就不让人省心。自三年前推行"青苗法"后，他大部分时间独自住在县城里，长包客栈的房间，花着县衙春秋两季发放的"青苗钱"。

这"青苗钱"借出来容易，还回去就不容易了。原本有老百姓家中实在没钱了，可以选择性地向有钱人家借，借多少借多长时间，都可以直接商量。现在倒好，官府直接代替了有钱人家，钱必须要向官府借。向官府借也没问题，只要你少收利息或不收利息，老百姓还是乐意的。但官府恰恰不是这么回事，不管你需不需要钱都要向官府借，有钱的富户也不例外，借了钱必须要付二成的利息。

若大家借了钱，把钱用在刀刃上，让家里增加了收入，到了还钱的时候加二成的利息，也能把钱还了。但要是借的钱被自己或不上进的子弟挥霍一空，甚至借了钱在城里吃喝嫖赌，等到了官府催缴起来，那只有变卖家产或者逃亡。一旦逃亡，官府还会催缴到担保的族主身上，让其偿还。庄稼收成好的年份，官府却压低收购粮食的价格，甚至出现了只要钱不要粮的现象。

这陈武当时也是陈老汉带去城里帮着借贷。办好了手续，为赶农忙，陈老汉和陈文就先回来了，让陈武领到了钱再回来。这一来二去，陈武不仅摸熟了借贷的门道，还认识了不少狐朋酒友。这些狐朋酒友，平日里与你称兄道弟，等到你没钱了就作鸟兽散。陈武维系这花天酒地的办法就是多贷，这多贷官府肯定是没意见的，你贷得越多越好，只要到时候你能还得上。

陈老汉第一次借贷，是为了让陈文娶媳妇，三年前就还上了。对于借贷当中的道道，陈老汉始终没搞清楚——其实大多数庄稼人都搞不明白的，也没有办法搞明白。那这些年，陈武在城里是怎么混过来的？无非是前账未清，后账又接着加码去贷，就像滚雪球一样越滚越大。陈老汉一家却一直以为他在城里的客栈打工。

到了今年，官府已不让陈武贷钱，还限期让他还贷。陈武用完了钱，又借不到钱，只得回到阔别已久的老家。刚回到家的那会儿，陈武一口流利的城里话，让陈老汉夫妇着实高兴，认为儿子有出息了。

要不是今天官府派人上门来要钱，陈老汉一家还一直蒙在鼓里。事情败露，数额巨大，凭陈老汉家的状况根本无法偿还。还不上钱怎么办？卖掉你的牛，卖掉你的房，还不够的话，把子女抓进牢房让你拿钱去赎。不把一家人统统逼死是不会罢休的。刚刚官府的人还在说，开年以来，已抓了几百个借钱不还的老百姓。

陈老汉一家心惊胆战，愁眉不展。陈老汉气上心头，抄起一根赶牛鞭，朝着还在蒙头睡懒觉的陈武劈头盖脸地打下来。痛得"哇哇"叫的陈武，甩开被子跳将起来夺门而出。

陈老汉想着自己安分守己勤勤恳恳劳碌一生，现在竟被官府那无厘头的借贷压垮了！再看陈武赤着脚，穿戴不齐，上蹿下跳的样子，更是气不打一处来，他就追得更紧了出手更重了，真的是往死里追往死里打。陈武那杀猪般的哀号响彻村庄。

陈武的家在村子的中央，这一闹，惊得全村的人都出来看热闹。自家也有类似情况的人见了唉声叹气，自家没有这种情况的人见了都说"是要打打得好"，有人被抓的人家见了这场景便失声痛哭起来。一时间，村里也因陈武而喧闹起来。

陈武也知道羞臊，从家里出来，没走村中通往葛溪边集镇的大道，而是从屋子右边的山道跑向于村，再从村口的千年银杏树下跑向葛溪的岸堤。

在葛溪的岸堤上，杨柳依依，三两树桃花已竞相开放。陈武由西向东跑，大腿上、手臂上，瘀青随处可见。慌乱中，他的左脚底又被石块磕破了一块皮，跑到狮子山脚的时候，已是步履蹒跚了。

葛溪两边看热闹的人越聚越多。夕阳映着群山，映着水面，也映红了人们的脸。

葛溪　王益庸／摄

从陈武家到狮子山脚下，足足有三里路程。陈老汉毕竟上了年岁，开始是紧追着陈武的，赶牛鞭还时不时地能落在陈武身上。到狮子山脚下，他便与陈武渐渐拉开了距离，鞭子也只是空空地打在地上，扬起阵阵尘烟。今天的狮子山在夕阳的映照下显得格外巍峨高大，悬崖倒映在葛溪如镜的水面上。

陈老汉刚跨进狮子岩的阴暗区——这是夕阳常年照不到的地方——意外发生了。原来，陈老汉卖力追赶，根本没注意到脚下的滚石。一个没注意，他双脚同时踩在了两块大小不等的滚石上，身子刹那间失去了平衡，重重跌进了道旁的深潭里。狮子山脚下的水潭，不仅深且自带漩涡，人一旦跌进去之后，会很快被卷到潭底，尸体要过很久才能在别的地方浮上来。也就是说，这地方是个死亡之潭。陈老汉落水的瞬间，陈武还在跌跌撞撞地向前跑，溪对岸的人大声叫他停下来，同一侧的众人赶忙涌上前来。大家围上来看着翻滚的深潭，也是个个束手无策。

第一章

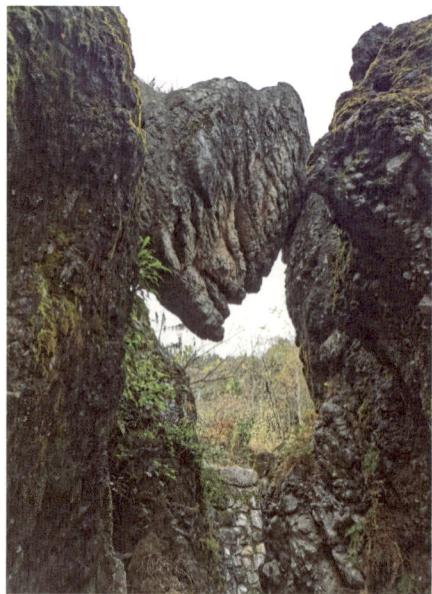

陈氏园狮子岩　王益庸／摄

这时人群后挤进一个老妪来，她是陈老汉的老伴陈婆。花白的头发，干瘦的脸上满是皱纹。陈婆见老伴落水已没了踪影，知道凶多吉少，便猛拍胸口号啕大哭起来。哭声凄凉，回荡山间，渐渐渗进冷冷的崖壁间。

陈武听到哭声，也不再跑，他知道出事了，一边抹着脸上的汗水，一边迟疑着朝人群走来……

夜晚。

春雷滚滚，在茫茫苍穹闷闷地响着。闪电，一道接着一道，亮如白昼。阴风阵阵，掠过田圃院落，树叶籁籁，竹叶沙沙，未关紧的门窗"叽咔"作响，淅淅沥沥的雨声中透着丝丝寒意。

在陈老汉家破败的院子内，已搭起了棚架。陈老汉的尸首就搁在棚内的门板上。这是洞桥当地的风俗，说死在外面的人是不能抬进屋的，一床褪了色的老旧棉被盖在上面，连头颅也没有露出。据说被打捞上来时，陈老汉的脸已残缺不全，溪边的崖壁上有很大一摊血渍，估计是陈老汉掉下去的时候，先磕到了凸起的崖壁。

陈文在灵堂前烧着纸钱，妻子陪着躺在旧榻上的婆婆，脸上淌着泪。婆婆眼睛微闭，气息很弱。整整一天，打捞、搭棚、守灵，陈武样样抢在前面。虽然老母亲、哥嫂与亲朋的目光时而悲戚，时而怒视，陈武却视而不见，做着一个儿子应该做的事情。棚子因搭得匆忙，没有搭严实，雨下了没一会儿，棚顶就开始漏水。

守灵的人见棚内漏雨，便纷纷走进灵堂。陈武一个人蹲在棚内守着父亲的遗体。他看见遗体的上方也漏雨，也不叫人，自己一个人把父亲的遗体连同门板，移到一个不漏雨的位置。然后站起身，将外衣脱了下来，盖在棉被上面。

突然间，村口狗叫声大作，一时间，村子里的狗叫声此起彼伏。一伙人举着火把，顶着大雨，朝着村子中央冲过来。陈家灵堂的人听到动静，立刻紧张了起来，个个屏息而立。屋外棚架内的陈武眉头一皱，心里隐约知道是怎么回事了。

一会儿工夫，这伙人就在里正的指引下，来到了陈武家。陈武家因在守灵办丧，所以院门也不关闭，这群人便蜂拥而入。为首的那个官职不小，是朝廷派到新城监督新法实行的盐监官。

盐是官府的重要收入来源。从唐代乾元二年（759）开始，朝廷就派盐铁使来主管这项工作，沿海各地都有相应的机构。

几百年来从未间断。近年来，钱塘江上游沙涨水淡，海卤稍薄，盐业逐渐萧条。因此，官府对浙西一带的盐业加强管理，提高赋税。

根据新法，农民是不可以卖盐的，而上缴的任务却苛刻得很。一旦发现农民私下卖盐，就要抓起来严办，于是，监狱里关满了抗命贩盐的农民。

陈武因借了官府的青苗钱，利滚利，息加息，早已到了无力偿还的地步。只有铤而走险，当起了私盐贩子。不过贩卖私盐是个犯法的事，官府又管得紧，陈武的贩盐所得，也只能还些利息而已。

最近，朝廷派了卢秉提举两浙盐事后，他为报答王安石的知遇之恩，彰显自己的政绩，极力推行榷盐法，只要私贩过盐的人就一律拘捕入狱。一时间，州县牢狱人满为患，城乡之间风声鹤唳。陈武一看苗头不对，便停止了贩盐，半个月前悄然潜回老家洞桥。这不，盐监官带着士兵还是找上门来了。

陈武没有反抗，被抓走之前，只提了一个要求，允许他在父亲遗体前再磕三个响头，尽最后一点孝心。

夜空依旧灰灰沉沉，雨一直下到天放亮才停。

第
二
章

苏轼与陈氏园的联系，还得从去年四月说起。

去年四月，苏轼由水路溯钱塘江、富春江到达新城渌渚，他在那里收了苏门的第一个弟子晁补之。晁补之是新城知县晁端友的儿子。晁补之的叔父晁端彦是苏轼同年考中进士的好友。这次，苏轼没去陈氏园，在新城县衙逗留了几日便返杭了。但从晁氏父子的口中，他已经知道了陈氏园的存在。知道陈氏园是唐末睦州刺史陈晟在老家的庄园。

他还特别记住了晁补之说的一个故事：有一年，钱镠与夫人回临安省亲路过陈氏园，便去看了一下，见陈氏园群山环抱，一水中流，早晚云雾缭绕，宛如仙境一般，立刻就喜欢上了这里。

东坡陈氏园所在地　项文军／摄

他派人对陈晟说，将陈氏园往大了修，往好了修，不要担心经费不够，放大胆子修陈氏园，他会出大股。至于园名，也不用改，就叫陈氏园。他就一个条件，把陈氏园所在的宁善乡，施肩吾、徐凝所在的桐岘乡，还有"枫林咽泉"所在的广陵乡与临安接壤的几个乡合并成南新县，以陈氏园为中心，成为他省亲时的"后花苑"。钱镠出资修建的陈氏园，规模很大。

后来，陈晟的弟弟陈询反叛钱镠。钱镠平乱后，一气之下毁了位于陈氏园内的陈氏祖坟山——古墓山，自己也不去住了，将陈氏园开放给民众参观，遂成为一方胜景。

苏轼真正见到陈氏园，是在四个月之后，他奉命赴富阳、新城两地"观政"。所谓"观政"，就是巡察属县的民生和官员吏治的情况，考核各县的政绩，这也是通判的日常分内之事。

杭州作为东南形胜三吴都会，自古繁华。白居易在二百五十多年前在此地做过三年刺史，为杭州老百姓做了不少好事。苏轼在凤翔当签判时，也为老百姓做了不少好事。此次在杭州更是处处以白居易为榜样，包括做官与处世。

杭州风景美，属县风景也美。富阳、新城都在富春江边，皆有水送山迎之感。

富阳置县比新城早。富阳县原称富春县，是秦始皇推行郡县制时设的第一批县之一，后人推测，是先有富春江之名，再有富春县之名。秦始皇最后一次南巡，曾在富春县的中埠渡江去会稽祭祀大禹。到了东汉末年，富春县是三国吴帝故里，孙权为了家乡又好又快地发展，将富春县一分为五，拆置寿昌县、建德县、桐庐县、新城县，连同缩小以后的富春县，刚好五个。

在富春县的历史上，三国东吴时期孙氏家族这一拨人才是了不起的，苏轼自小就会背诵孙权的名言："能用众力，则无敌于天下矣；能用众智，则无畏于圣人矣。"

在唐代，新城县更是名人辈出，许敬宗、凌准、袁不约、施肩吾、徐凝、罗隐、杜稜、杜建徽、陈晟、陈询等等一大堆。许敬宗、袁不约、施肩吾、徐凝、罗隐都是唐代有名的诗人。苏轼还收藏过一方许敬宗生前用过的砚台。

到了宋代，富阳县人才兴盛，特别是谢氏一族，当时被誉为"一门三代五进士"。他们的朋友圈更是了不得，梅尧臣是

《东坡居士像》 李增江绘 项文军/摄

他们家第一代进士谢涛的女婿，王安石的弟弟王安礼是他们家第二代进士谢绛的女婿，黄庭坚是他们家第三代进士谢景初的女婿，谢绛的母亲与沈括的母亲是亲姐妹，欧阳修与谢景初都娶了胥偃的女儿。他们家与范仲淹、欧阳修、王安石都有交集。谢绛在一次回乡省亲的时候，在城南的小隐山上筑了一间小隐书室，后来，这间小隐书室成了南来北往文人墨客的必访之地。范仲淹游了小隐书室后，题了一首诗："小径小桃深，红光隐翠阴。是非不到耳，名利本无心。笋进饶当户，云归半在林。何须听丝竹，山水有清音。"

苏轼却对这小隐书室有些纠结，前两年，苏轼还陷于对父亲苏洵亡故的痛楚之中，这王安石的姻亲谢景温却又伤口上撒盐，诬告他在护送灵柩从京城返回眉山的路上贩卖私盐。这可是个重罪。不过想想也可笑，当年苏洵亡故，英宗皇帝派人送去价值三百多两银子的丝绢和百两纹银，加上韩琦、欧阳修、范镇、司马光、王诜、曾巩等送去的丧银足有二三千两之多，苏轼都不肯要，唯一条件就是请英宗皇帝给父亲苏洵赠官，朝廷特赠苏洵为光禄寺丞，正六品，又命官船专程护送其灵柩返回眉山安葬。哪怕就是装满一船私盐去卖，也就赚个二三百两银子，苏轼二三千两银子都不要，还会去贩卖私盐赚那区区二三百两银子么！

谢景温这一闹，让苏轼感到朝中凶险，自求外任，当然对

东坡陈氏园一角　王益庸／摄

谢氏也不会有什么好感。所以去年八九月那次"观政"，苏轼在富阳的行程，确实是有些走马观花的。

当他到新城县后，有晁瑞友、晁补之父子相陪，心情自然就好。相陪的人中还有一个苏轼的得意门生孙勰，他是孙立节的儿子。

苏轼先前写过李氏园、徐氏园和张氏园，通过晁氏父子的介绍，对陈氏园已有一些了解，但当他实地看到陈氏园时，还是相当惊讶。

陈氏园陈晟陈询兄弟和钱镠用了几十年的时间营造的，位于碧椆山与葛溪之间，广约数百亩，现在的陈家、于家、徐家、王家等村子都建在陈氏园的遗址上。

陈氏园虽不复当年的模样，但整个庄园透出来的气象还是很庄严肃穆的，在宏大的庄园遗址上，左中右各有一条山涧流向葛溪，每条山涧上各横开两口硕大的池塘，加上碧榉山脚的"小西湖"，共有七口池塘。

说起这小西湖，必联想到陈晟孝母的故事。陈母年轻时很喜欢游杭州西湖，后来年岁大了，腿脚不便，也经不起旅途的折腾，陈晟就想到在陈氏园为母亲修筑一个小"西湖"。为圆母亲的西湖梦，他不惜重金，在陈氏园右侧的山湾里仿照杭州西湖的样子挖塘筑坝，修亭造桥，种树叠山，历时多年，终于建成了"小西湖"。

当年的陈氏园，山上山下遍植青松翠竹，亭台楼阁，小桥流水，庭院深处尽是花卉，以梅、桃、兰、紫薇、牡丹、芍药为主，陈晟还派人去外地买来了许多古树名木，移植在陈氏园重要的院落里。

等到了钱弘俶纳土归宋的时候，陈氏园早已是一番"柳绿桃红村外绕，松林竹海隐山溪"的盛景。

第三章

苏轼自幼爱竹，眉山也多竹。

眉山自古被称为小桃源。山不高而秀，水不深而清，绿荫翳然，城里村里家里多竹篱桃树，花卉杨柳，春色可人。

苏轼的家在眉山城西南角纱縠行，青砖小瓦的房舍掩映在茂林修竹之中。

陈氏园多竹，苏轼自然喜欢。

苏轼站在陈氏园前时，虽离陈氏园的鼎盛期已过去了一百多年，但规模气势还在，一部分亭台楼阁还在，当然这要归功于南新县对陈氏园的维护。

虽然在苏轼来杭州任通判的第二年（1072），朝廷就撤掉了南新县的建制，但一百多年来，南新县一直把陈氏园当作

苏东坡（传）《偃松图》 杭州崇文堂藏

迎来送往的驿站。现在陈氏园又归了新城县直管。

晁氏父子爱山水好诗文，便经常陪着上司与文人墨客到陈氏园来小住。

晁端友从上虞县转到新城县任知县不到两年的时间，已十数次往返于新城与陈氏园了。

陈氏园周边的山水，晁氏父子也基本上踏遍了。

特别是上半年，晁补之在碧沼寺拜苏轼为师后，晁氏父子便着手策划苏轼的陈氏园之行。

趁着苏轼"观政"，沿着葛溪一路西来，群山绵延不绝，葛溪蜿蜒曲折，风光旖旎，九月的蓝天、民居、田园与群山构成了美丽的风景。

苏轼站在陈氏园的竹林前看了很久，坐了很久，对着晁补之说道："竹子好啊！宁可食无肉，不可居无竹。我老家也是竹林随处可见，祖父与父亲都爱种竹。有一天，我好奇地问母亲：庭院周围何故有如此多的竹子？母亲告诉我，我们苏家世代好竹，尤其是祖父与父亲，他们植竹于家的四周，是希望我长大后能够像竹子一样清正刚直。此后，我每到一处，就种竹、写竹、画竹、颂竹，与竹的感情很深。"

晁补之听苏轼这么说，也感慨起来。晁补之自小也学画，人物、山水、花鸟都擅，也爱好画竹，便拱手对苏轼道："恩师，您与当代竹圣文与可先生是表亲，是密友，画竹又学于他，您能对弟子说说他吗？"

提起文同，苏轼的话匣子就打开了。他对晁补之说："与可兄画竹能出新，是因为他在创作的时候，全身心灌注在竹子

苏东坡《墨竹图》 耶鲁大学美术馆藏

上，甚至把自己的气质和人性都熔铸在竹的形象当中，因而摆脱了一般竹的象形描写，获得了艺术个性的清新之境，达到了艺术真实的高度。"

话锋一转，苏轼又对晁补之说起了作文，他说："画画如此，作文也同样。只有意在笔先，深思熟虑，做到了成竹在胸，才能得心应手，一气呵成。如果心中无数，不经过勤奋细致的观察，不深入了解周围事物及身边琐事，临时东凑西拼，是写不出好文章来的。"

晁补之点了点头，吟道："成竹在胸，才能心中有数。"

苏轼又道："说起成竹在胸，这背后还有个故事呢！"

接着，苏轼向大家讲起了向文与可请教的故事。

有一次，苏轼去表兄家，

正碰上文与可在画竹，就站在一旁全神贯注地欣赏。见他画得又快又好，苏轼内心十分敬佩。于是苏轼便向文同请教画竹之法，文同说："我喜欢画画，特别喜欢画竹子。我家空地上栽种了很多竹子，无论晴天雨后，我常去仔细观察竹子的生长变化，了解竹子各个时期的形态特征。当你钻进绿色的竹林中，面对种类丰富色彩斑斓的竹子，如何去调节撷取？首先就是要学会细致地观察。我在画竹子的时候，即便不看着竹子，也能画出各种竹子的形态，所以，我认为画竹必先成竹在胸。"苏轼听后，连连点头称赞说："好个成竹在胸，与可兄的这则竹论妙哉。"

苏轼讲完，便往竹林深处走去，众人连忙跟上去。

晁补之请他先去望园楼休息，他不应。

晁端友问他要去何处。

苏轼说，要去陈晟的墓地看看。

陈氏园的里正马上走到前面，引着苏轼向古墓山走去。

古墓山与金银山隔葛溪相对，怎么看都像一对姐妹山。不仅山形相仿，高低相仿，而且两座山上皆是茶园。

陈晟的墓在没有毁坏之前，形制肯定是很大的。墓地仅留的两根巨型条石，每根都足有三尺见方那么粗，长约一丈。以这样的巨型条石来砌墓室，墓室是很难被破坏的，但陈晟墓实际上被钱镠派人给毁坏了。就像苏轼在《凌虚台记》中写的那样，没有什么东西是永久的，再高大的建筑，最后也会变成一片废墟。

墓碑也是近代子孙重立的，上面镌刻着"唐睦州刺史陈公光盛墓"十个大字，苍劲有力，字字大气，刻工也好。光盛是陈晟的字，苏轼注视着墓碑，问里正："这字出自何人手笔？"

里正姓杜，忙回道："这是王家村的王钦达老先生的字。王老先生年轻时就中了秀才，后来又成了远近闻名的郎中，前些年因为丢了女儿，郁抑成病，不久前刚去世。"

听了里正的介绍，众人一阵唏嘘。

苏轼就在陈氏园的望园楼住了下来，每天在晁氏父子的陪伴下悠游园内，时而吟诗作画，时而谈文论艺，时而品茗弹琴，过得不亦乐乎。

一天，知州府的管家策马赶到陈氏园，送来一封急信。苏轼打开一看，只见一则天大的噩耗：恩师欧阳修去世了。

去年九月，苏轼南来赴任的途中，还与弟弟苏辙一同去颍州拜见欧阳修。见到苏氏兄弟，欧阳修开心地说："我有琴一张、棋一局、酒一壶、书一万卷、金石一千卷，加上我一个老翁，正好是'六个一'，因而自号为'六一居士'。"

苏轼在欧阳修那里待了二十多天，不得不启程赴任。没想到这一别竟是永别。临别之际，欧阳修担心苏轼初到杭州，人生地不熟会寂寞，还把自己在杭州的两位好友惠勤和惠思和尚引荐给了苏轼。

一年光景，欧阳修就与苏轼阴阳两隔，苏轼哭祭于陈氏园。想着欧阳公对自己的提携，想着欧阳公对苏家父子三人的照顾，苏轼连夜写下了《祭欧阳公文》，写完后付之一炬。苏轼边焚烧边诵祷："师之恩德，苏轼没齿不忘；师之风骨，苏轼终身效法；师之遗愿，苏轼毕生践行……"说着说着，苏轼又忍不住痛哭起来，欧阳修对自己的提携、关爱、叮嘱，一幕幕、一声声地映现、回响在眼前耳畔。苏轼终其一生念念不忘恩师的提携与遗志。

　　苏轼人生中两次重要的考试，都得到了欧阳修的赏识和支持。科举考试试卷是糊名的，文章又是通过书记员誊抄过的，考官是无法辨认考生的考卷的。苏轼考进士那次，文章写得极好，欧阳修误以为是他的得意门生曾巩所写，为了避嫌，将本该得第一的卷子给了第二名。

　　别人认为，欧阳修这一弄，苏轼吃亏了。事实上，欧阳修对苏轼文名的宣传才是最给力的。欧阳修对梅尧臣说："读苏轼的文章，神清气爽，畅快淋漓，快哉快哉！日后老夫要避开他的锋芒，让他在文坛上出人头地。""出人头地"这个成语就是欧阳修送给苏轼的，沿用至今。欧阳修对儿子说："苏轼的文章一定能独步天下。三十年后，不会有人再提起我的名字。"欧阳修是当时的文坛领袖，又身居高位，能够得到他的赏识，苏轼一跃成为备受关注的新星。欧阳修从文章中发现苏轼的才华，处处称赞这位青年才俊，把他引荐给文彦博、富弼等宰辅，还嘱咐曾巩、许广渊等人去结交苏轼。他从来不害怕苏轼日后会取代自己的位置。后来，欧阳修又推荐苏轼参加制科考试。制科考试不同于三年一次的科举考试，制科考试举行的次数极少，而且难度也远胜科举考试。仁宗皇帝亲自主持的这一届"贤良方正能直言极谏科"的考试中，苏轼名列第三等，苏辙考入第四等。制科考试共有五等，第一等和第二等都只是虚设，第三等等同最高等。在苏轼之前，考入第三等的只有名臣吴育，且是个三等次。苏轼的这个成绩无疑是大宋开国百年以来第一的成绩。

第
四
章

　　苏轼回到杭州，又到孤山惠勤、惠思处哭祭欧阳修，派人送去帛金和在陈氏园起草的《祭欧阳公文》。

　　接下去，苏轼就没有空闲了，他要加班加点地审案。关押在囚牢里的犯人实在是太多了，将近两万人，是往年的几十倍。囚犯中以触犯"青苗法"和"盐法"者居多，苏轼认为，百姓是为了糊口才触犯国法。从九月审到十月，从十月审到十一月，从十一月审到腊月，期间又有不少人被关了进来，犯人越审越多。

　　苏轼不免感慨，为被囚禁的百姓鸣不平。一直审到冬去春来，终于理出一些头绪来，该放的放，该教育的教育，该罚的罚，放掉了强行摊派所致的一万五千二百多人，留下两千多个主动要求贷款而逾期不还的顽固分子。

陈氏园的陈武，就没有被释放。他不仅贷款不还，还贩卖私盐。但陈武机灵，听闻苏轼刚从陈氏园"观政"归来，便在审讯的时候，向他讲起了祖先陈晟与陈氏园的往事。

陈氏园的山水松竹、亭台楼阁始终萦绕在苏轼的心头，他真想长住陈氏园，对陈武借贷贩盐而致父惨死的遭遇，也颇为同情。陈武见苏轼没有反对，便胆子一大，说起陈氏园来了。

陈武的祖先陈晟，生逢唐末乱世。从小志在平世，十七岁那年就参军入伍。因勇猛有谋，很快就得到了主将的赏识，官职一路飙升，没几年工夫，就担任了副将。

唐广明元年(880)冬，黄巢起义军进攻长安，僖宗皇帝逃往蜀地。当时，江浙始建八都，陈晟统领余杭都。

陈晟聚集余杭都的军队，与临安董昌、钱镠在县界共拒黄巢，使得起义军终究未能越过县界，从而让余杭免于战火。

中和二年（882），陈晟随董昌、钱镠渡过钱塘江，大败割据越州的浙东节度使刘汉宏。第二年，董昌占据杭州，同时，柳超率军自常熟

陈晟像，出自《东安陈氏宗谱》 项文军／摄

攻睦州，反被睦州刺史韦诸所杀。镇海节度使周宝见状，令陈晟攻打睦州，韦诸战败投降。

此时，董昌自任越州观察使、浙东节度使，任命钱镠为杭州刺史，陈晟为睦州刺史，不久，董昌自立称帝，钱镠与陈晟奋起讨伐并杀死董昌。钱镠据两浙，陈晟仍领睦州。

此后，陈晟担任睦州刺史十八年，直至去世。在任期间，为睦州百姓做了不少好事。他多次加固睦州城，攻取婺州、衢州，多次抵御宣州刺史田頵的侵犯，有力地保障了杭州的安全，是钱镠重要的左膀右臂。

光化三年（900），陈晟病逝，归葬家乡陈氏园。儿子陈绍权因其父亲的功劳而得以继承刺史之位。但他的叔叔、陈晟的弟弟陈询早就垂涎刺史之位，趁着勇武都之变，自立为睦州刺史，罢黜驱逐了侄子陈绍权。因为担心钱镠会追究此事，便暗中勾结了淮南杨行密以抗钱镠，伺机叛变。

天复三年（903），自任睦州刺史的陈询举起了叛旗。同为八都将之一的杜建徽与陈询是儿女亲家，杜建徽闻讯，立刻驰书斥责，劝其回心收兵。

陈询叛变，钱镠担心杜建徽会倒向陈询，便派人密切监视杜建徽的动向。杜建徽心知肚明，他理解钱镠的顾虑，便向来人表白道："陈氏负恩背义，自招覆败，建徽即为姻娅，应当见疑。我已多次写信给陈氏，劝其回头，若不相信，只有等城

唐睦州刺史陈晟故里洞桥村 项文军／摄

东坡陈氏园望园亭 项文军／摄

破，找到那些书信便能证明我的清白。"

后来，陈询败逃淮南，部分亲随逃离陈询前来投奔钱镠，还带来了杜建徽写给陈询的书信。果然全部是以大义相劝之辞，钱镠顿时顾虑全消，为表歉意，特赐杜建徽钱一百万缗，迁浙东营副使、常州刺史、行军司马，并为杜建徽在城南建造了房子。

后梁龙德三年（923），梁末帝朱瑱封钱镠为吴越国王。钱镠以杜建徽为左丞相，经常对着大臣和友邦使臣的面表扬杜建徽的忠心，说："本王能有今日，全仗杜丞相之力也。"

陈武又说起了祖先陈晟。陈晟因军功从士卒一步步升到睦州刺史，是很不容易的。老家洞桥陈村，也叫陈马头村，取唯陈晟"马首是瞻"之意。陈晟在任睦州刺史的十八年间，修城墙、倡农事、安民生，做了许多值得后人称道的实事。

陈晟从军离开家乡之后，戎马一生，很少有机会回家乡走走看看，他特别怀念家乡的一草一木，对小时候爬过的葛溪边高大的枸树更是念念不忘。随着年岁的增长，思乡之情日浓，加上他年迈的老母在睦州住不惯，坚持要回乡养老，陈晟又是个孝子，便与钱镠一起在陈村修建了一个巨大的庄园，世人称之为"陈氏园"，亦是临安人钱镠的"后花苑"。

陈晟建造这陈氏园，前前后后花费了二十余年的时间，可谓费尽心力。陈氏园内不仅有花木池台之美，也有畜牧、纺织

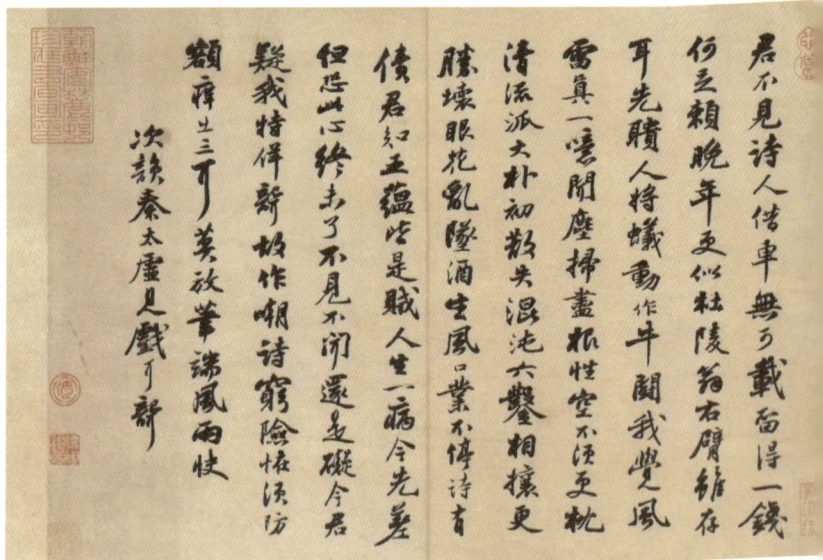

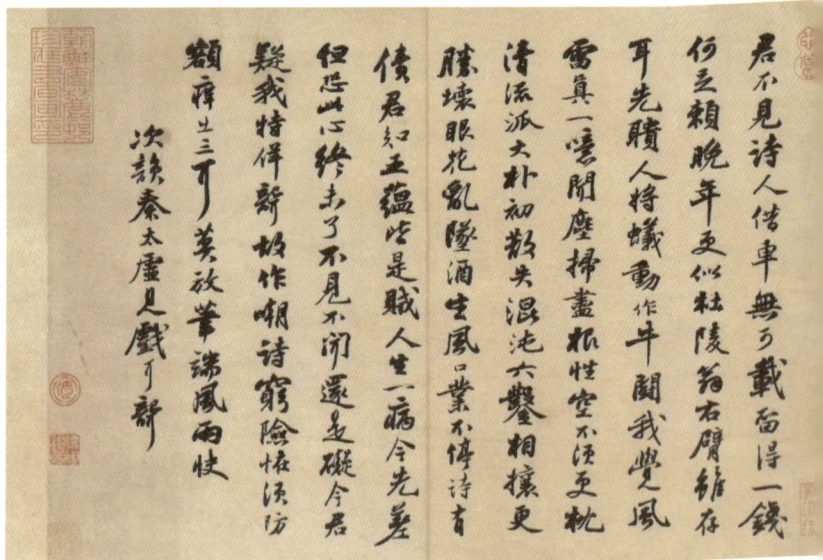

之类的设施，大凡生活所需的一切，园内都有。陈氏园不仅仅是一个供人游赏的花园，还是一个出可仕退可隐的世外桃源。这是陈晟为儿孙计，也是他的良苦用心。

陈武伶牙俐齿，把自己所知道的有关祖先陈晟的故事，一股脑儿讲给苏轼听。

说起祖先的那段历史，陈武还是很自豪的，见苏大人很认真地听他说完，便抓住机会说："苏大人，我家兄弟两个，大人家也是兄弟两个，兄弟不能分啊！小人的父亲又刚过世，大人就帮帮小人，让我回陈氏园去守孝吧！"

陈武说完便号啕大哭起来。

苏轼本就想帮陈武，又见他有孝悌之心，便对这眼前之人仔细打量起来。堂下的陈武虽衣衫褴褛、蓬头垢面，一双眼睛却有神采，讲话时中气十足，看来这小子的身体不错。苏轼叫

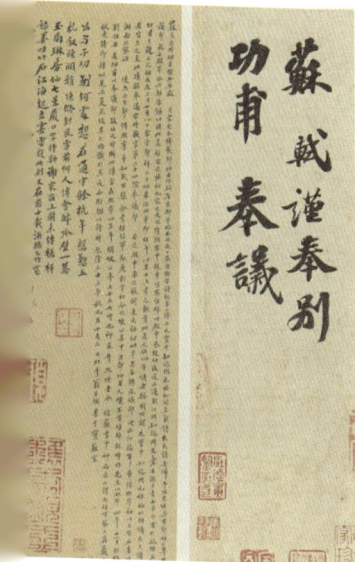

他莫哭，再哭就不帮他了，陈武立马止住了哭声，用哀求的目光看着苏轼。

苏轼也看着陈武，一字一句道，"陈武，你听着，你的欠款，我替你补上，将来有了钱还得还我。至于贩卖私盐，你还得做工来赎。时下，急需人去开挖盐河，我也被派去汤村监督修河。你明天便随我一同前往。"

陈武听说他自由了，苏轼还要带他一起去修河，连忙给苏轼磕了三个响头，口里不停地说："谢苏大人！我一定好好干，争取早日回乡，把陈氏园里里外外修整一遍，等着大人再去陈氏园。"

苏轼交代随从去家里取钱，帮陈武缴上欠款。第二天，便带着陈武等来到汤村，恰在这时，老天又好像故意和人作对似的，下起了滂沱大雨。上面没有命令休工，民夫们只好冒着大

第四章

雨照常出工。陈武为报恩，在泥泞的工地拼了命干。大家在泥浆里翻滚，犹如鸭和猪一般，苏轼看了，心里难受。

河未竣工，苏轼又被派往湖州去视察堤岸情况。一路上，他看到由于新法本身存在的一些弊端，再加上推行过程中一些人为的因素，给百姓带来了许多灾难。比如"青苗法"，百姓在饥荒时向官府借米，到了交税的收获季节，如果是荒年，百姓只好拆屋卖牛还钱；如果是丰收年，百姓有米，官府不要米，要钱，百姓只好把米贱卖，换成钱去交税。所以，即使是丰收年百姓照样痛苦不堪。

在官府的强催硬逼之下，百姓只有卖牛拆房，且顾眼前的纳税再说，哪里还顾得上考虑明年没有耕牛时如何耕作，拆了房之后如何生活！

苏轼见状，内心苦闷，寻思："百姓为什么要犯法？还不是为了吃口饭！"到了晚上，他愤而写下《吴中田妇叹》，其中有这样几句："汗流肩赪载入市，价贱乞与如糠粞。卖牛纳税拆屋炊，虑浅不及明年饥。官今要钱不要米，西北万里招羌儿。龚黄满朝人更苦，不如都作河伯妇！"

这些诗日后都成了他反对新法的政治把柄。

从湖州回来，苏轼就病倒了，太守陈襄得知苏轼在公干时累病了，十分过意不去，特准许苏轼休假两个月。

第
五
章

得到老师要来陈氏园养病的消息，晁补之是既为老师的身体担忧，又为能长时间朝夕相处、随时请益而高兴。

苏轼一行在富阳城住了一晚，次日一早就往新城赶。晁氏父子与众衙役早已在界牌岭迎接。等老师的马车在远方一露头，晁补之就策马迎了上去。

半年不见，老师的脸略显清瘦，下巴上稀疏的胡须长了不少，一身青灰色的便服，斜靠在马车的坐垫上，见到晁补之的那一刻才睁开眼睛。不过，老师的眼睛依然明亮有神。老师身边坐着一个姑娘，皮肤白皙，五官精致，宛如一位仙女，正靠在一张方几前，托着腮，目不转睛地看着苏轼。

苏轼用柔和的目光看了一下身旁的姑娘，姑娘也正好在看他，四目相对，姑娘的脸上飘过两朵红云，立马低下头，紧张地用手拨弄裙摆。

看到晁补之在马车前尴尬地搓着手，苏轼笑道："无咎啊！见到为师可以不打招呼，见到小仙女可一定要先打招呼啊！这位小仙女姓王，名朝云。"晁补之也想活跃一下气氛，急忙拱手道："给朝云仙子请安！给恩师请安！"王朝云的脸更红了，苏轼见状哈哈大笑起来。

苏轼见晁端友等迎了上来，便撑着方几换了个坐姿，朗声对晁端友道："君成兄，我是不是跟王家女特别有缘啊！"

晁端友连忙拱手道："见过苏大人！大人的祖上是宰相，王家的祖上也是宰相，王家配苏家，实在是门当户对啊！"

晁端友的一番话，又让苏轼哈哈大笑起来，白皙的脸也红润了起来。

与苏轼结伴而行的除王朝云之外，还有老家在临安的上天竺住持辩才和结庐在孤山的惠勤两位诗僧。本来夫人王

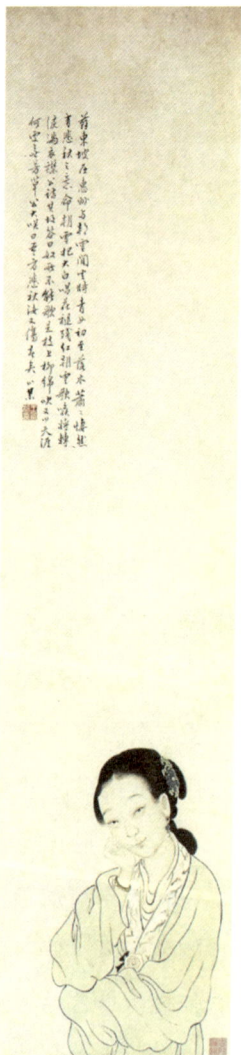

王朝云像　私人收藏
项文军／摄

闻之也要前来陪侍，苏轼考虑到她去年刚生下儿子苏过，苏迈、苏迨两个儿子也需要她照料，便没让她来。苏迨出生后就羸弱多病，长着一个大大的头，到四岁都还不能走路，要靠大人抱或背，多方治疗也未见大效，甚是令人忧心焦虑。苏轼听闻上天竺寺的辩才法师具神奇法力，能治疗各种疑难杂症，便与夫人一起送小苏迨去天竺寺让辩才法师医治。辩才法师为苏迨祈祷，又摩顶治疗，苏迨很快就会走路了。这次亲身经历证明了佛力广大，佛法无边，而辩才法师更是让苏轼佩服得五体投地了。因这个因缘，他与辩才法师结成了忘年之交。

大家有说有笑，一起来到驿馆。安顿好房间之后，晁氏父子在大厅用新茶款待大家。

王朝云搀扶苏轼在主位坐定，便回房间收拾去了。望着她的翩翩身影，苏轼想起了亡妻王弗。

身形气质极像王弗的王朝云，第一次与苏轼见面，就让他为杭州留下了绝妙好诗，也为西湖定了名。原来西湖有多个名称，如武林水、钱塘湖、圣明湖、金牛湖等，而苏轼的西湖诗，让西湖多了一个名字——西子湖。

那是去年春天，一日，苏轼与太守陈襄及杭州文友同游西湖，宴饮时招来王朝云所在盈春院的歌舞班助兴。在悠扬的丝竹声中，数名舞女浓妆艳抹，长袖徐舒，轻盈曼舞，而舞在中央的王朝云又以其艳丽的姿色和高超的舞技，特别引人注目。

舞罢，众舞女入座侍酒，王朝云恰巧坐在了苏轼身边。这时的王朝云已换了另一种装束：洗净浓妆，黛眉轻扫，朱唇微点，一身素净衣裙，清丽淡雅，楚楚可人，犹如美似春园目似晨曦的"天上维摩"，别有一番韵致。

此时，本来丽日普照、波光潋滟的西湖，由于天气突变，阴云蔽日、山水迷蒙，成了另一种景色。湖山佳人，相映成趣，苏轼的灵感顿至，当即写下一首描写西湖的诗："水光潋滟晴方好，山色空蒙雨亦奇。欲把西湖比西子，淡妆浓抹总相宜。"此诗，明是写西湖的旖旎风光，而实际上寄寓了苏轼初遇王朝云之时为之心动的感受。

这时，盈春院樊娘出来，朝着拿着诗稿的王朝云说道："朝云，今天是陈大人与苏大人叫大家来跳舞弹唱，现在诗稿也有了，何不弹唱一曲，以助雅兴。"

樊娘的一番交代，王朝云心领神会，她款款行至大厅中央，朝太守和通判鞠躬行礼。众人的目光又不约而同地往她身上汇聚，只见她安然淡定，举止大方，用纤纤玉指拨动琴弦，顿时音绕玉堂。满堂宾客皆为之惊讶，个个洗耳恭听，王朝云边弹边唱苏轼的这首新诗，歌声雏凤声清，琴声余韵未尽，大家不禁鼓掌叫好。苏轼更是被她的歌声琴声打动，目光停留在她身上就没有移开过。

会饮还在继续，演出也没有结束，苏轼便来到后台，找到

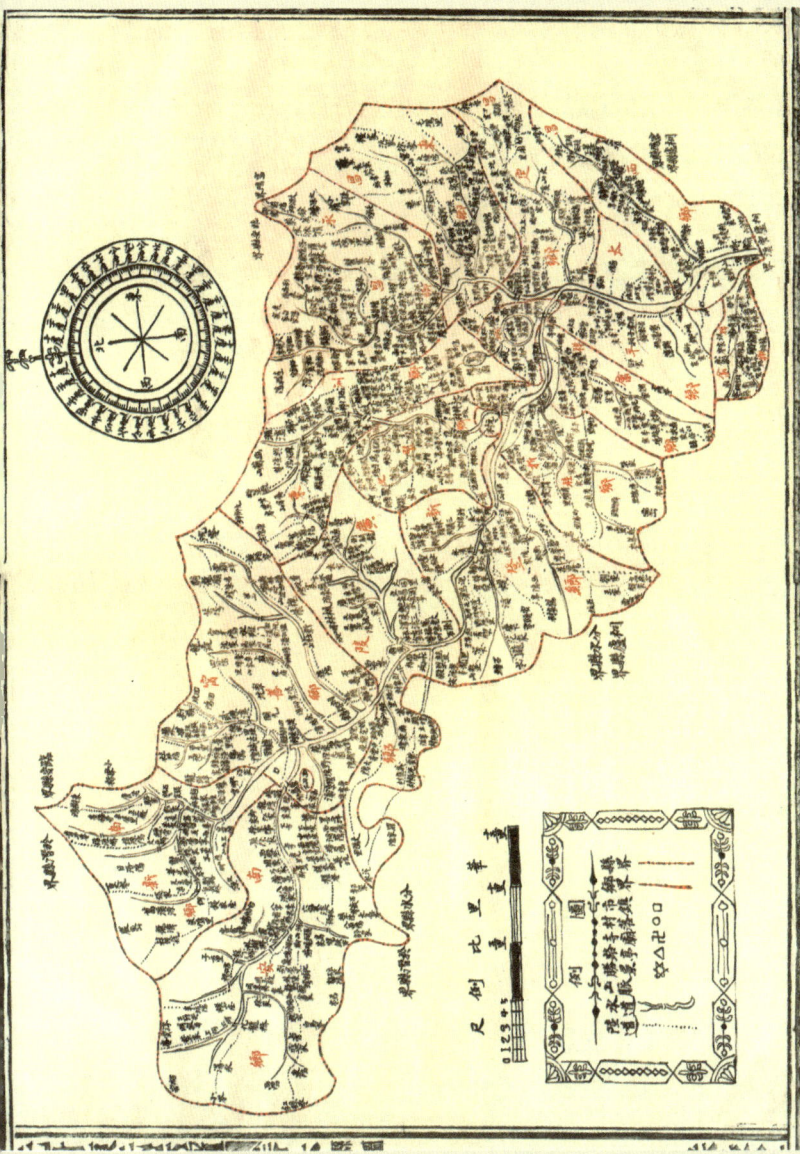

1946 年的《新登全县舆地图》，选自民国二十五年《元村陈氏宗谱》

了盈春院带队的樊娘。樊娘见是通判老爷，十分热情，可当问及那位姑娘，樊娘却说："她是跳舞唱歌最有悟性的孩子，也是个可怜的孩子。我是十年前在大街上捡到她的，当时肯定是与父母亲人走散了，因为那天正赶上集市，人山人海。她只是拼命地哭，又讲不出什么有用的线索，便只好带她回到盈春院，时间过得真快，一晃十年过去了。"

苏轼又问道："这王朝云的名字，又是谁给取的？"

樊娘回道："这孩子的名字倒是她的本名，我领她回来，给她换洗衣服的时候，发现她脖子上挂着一块银锁，上面刻着她的名字和生辰八字。"

"地址有吗？"

"没有。"

樊娘叹了口气，继续说道："朝云这孩子，秉性娴静，不慕虚荣，天生不是风尘中人，我心中怜惜，也不忍她长事青楼。一直在帮她寻找机会。"

苏轼接道："是啊，如此气质高雅的芷兰，不宜种在污泥中。"

樊娘喜道："大人既有如此美意，何不救她出污泥火坑呢？再说，大人刚到杭州，公事繁杂，身边也需要有人照料。我明日便将她的卖身契送来。大人不算纳妾，我也只当卖婢。大人你就积积德，救她解脱风尘吧！"

原来，苏轼离开京师来杭州赴任，遣散了几名侍女，只带了家属和乳娘任采莲一家。夫人王闰之曾叫他再买两个丫头，苏轼却未答应。如今抵达杭州，生活安定下来了，身边也的确需要侍女照料。

　　苏轼感慨地望着樊娘，说："樊娘，你是两次救朝云啦！当年朝云在集市中与亲人失散，是你捡她回来。如今你又助她脱离风尘。你这样做也是积德行善呀！"

　　"我也当积德行善，没错。再世为人，投个好胎，不要再在风尘中受辛酸！"樊娘眼圈湿润了。

　　苏轼回家后，把王朝云的事与王闰之说了，善良的王闰之十分同情王朝云的遭遇，当天就去樊娘那里交了银子，赎出了王朝云，把她领到家中。

　　苏轼对王朝云说："你和夫人同姓王，也是缘分，今后就是我们家中的一员了。你来我们家，只要你读书认字，把身体养好了，有空闲时间，就帮着乳娘做些事。"

　　王闰之说："朝云，你跟着我，有什么事都可问我。"

　　王朝云看看苏轼，又看看王闰之，见他们俩脸上都透着慈祥和蔼，她的脸上露出了一丝笑容。

　　王朝云的到来，给苏家带来了欢乐。王朝云嘴巴甜，人又勤快，乳娘一个劲地夸奖她。王朝云能歌善舞，苏迈、苏迨每天追着她跑，连抱在怀里的苏过，朝云弹起琴唱起歌，也会兴

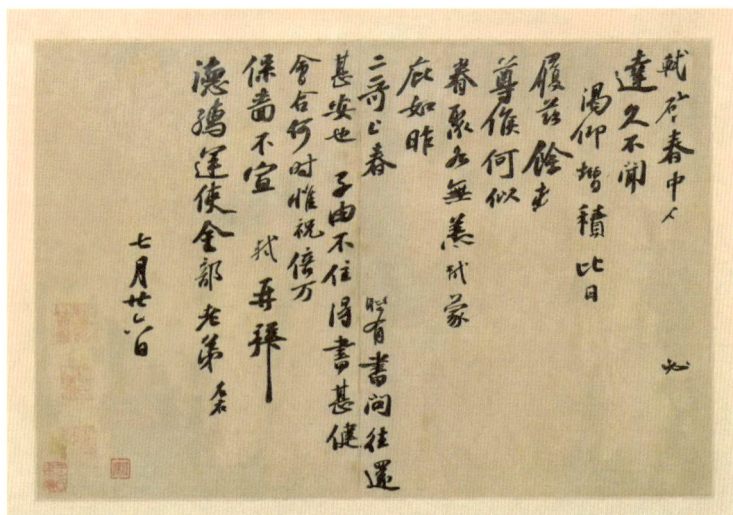

苏东坡《春中帖》 故宫博物院藏

奋地手舞足蹈。

苏轼有空就亲自教她识字，还手把手地教她写字。王朝云的悟性高，理解力强，学得很快。每逢苏轼写字，王朝云总侍奉在身边，寸步不离，后来苏轼又教她如何临写字帖，慢慢地，王朝云已能写正楷字了。

第六章

　　苏轼啜着新茶，微闭着眼睛，很享受的样子。苏轼患有眼疾，缘于他年轻时看书过度，用坏了眼睛。

　　他放下茶杯，瞅着晁端友问道："这茶醇香甘甜，是哪里的茶呀？"

　　晁端友也啜了一口茶，回道："这是陈氏园茶山的茶，是陈氏园的陈武给送来的。"

　　"嗯，陈武送的？这小子！"

　　"这小子感恩您的大德！现在啊，是个勤快的小伙子，种地种田，插秧采茶，样样能干，这几天，还在给您收拾陈氏园呢！"

　　"好哇！他这样干，也算是对得起他死去的爹喽！"苏轼捋着胡须感慨道。

上林春晓 吴昱／摄

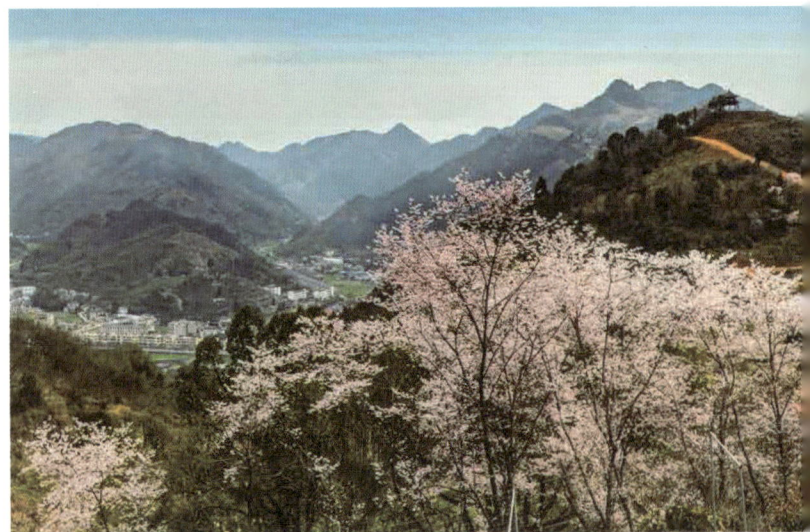

碧东春晴 吴昱／摄

听到苏轼的这些话，辩才与惠勤双手合十，说了声："阿弥陀佛！"

陈武的争气，让苏轼心情大好。只见他放下茶杯，对晁端友说道："君成兄，你在新城道上对我说，苏家的祖上是宰相，王家的祖上也是宰相。苏家祖上的那个'模棱宰相'，我不佩服，王家祖上的那个王导宰相，我是很佩服的。"

晁补之接上了话："对，恩师，我也很佩服王导宰相。他是东晋王朝的中流砥柱，辅佐了祖孙三代皇帝，位极人臣，却清醒自知。"

"现在也有一个王姓宰相。"苏轼笑着指了指京师的方向，接着道，"这个王宰相，我则称他'拗相公'"。

辩才又双手合十："荆公是'拗相公'，苏公就该叫'不讨好'。"

一句话逗得大家哈哈大笑。

晁补之连忙问："恩师，大家都知道，您是因为反对荆公变法，才外放到杭州来的，今天，您给我说说，您为何反对变法。"

"好！今天，为师就给你说道说道。在新城县，你父亲是长官，也不怕隔墙有耳。那要从我父亲去世讲起。我父亲去世于治平三年（1066），当时我已从凤翔府回到京城，在直史馆任职。按照丧礼，我和弟弟立即辞去了一切官职，护送父亲与早一年去世的妻子的灵柩回到眉山，然后为父亲守孝三年。在此期间，英宗皇帝驾崩，当今圣上继位。继位当年，圣上就召见王安石，荆公在御前力陈'变法'大计。等到我和弟弟守孝期满，从眉山回到京城时，圣上已任命荆公为参知政事，开始变法了。荆公首先建立了变法机构，制置三司条例司，即由圣上特命设置的制定户部、度支、盐铁三司条例的专门机构，接着相继推行均输、青苗、农田水力、免役、市易、方田均税等新法。我虽然主张变革，反对因循守旧，但我却不同意荆公的变法理论。所以当我与弟弟守丧结束回到朝廷，很快就与荆公处于对立的位置。"

见晁氏父子，还有辩才等人听得认真，苏轼继续说："我首先是从荆公变科举、兴学校方面反对他变法的，为此，我写了《议学校贡举状》。为了试探圣上是否能听批评意见，又写了《谏买浙灯状》，得到圣上的采纳，停止了买灯。我为圣上的'改过不吝，从善如流'所鼓舞，接着写了《上神宗皇帝书》和《再上皇帝书》，对荆公变法作了全面批评。"

晁补之给苏轼换了一杯茶，接口道："恩师对荆公主要有哪些批评意见？"

苏轼啜了一口茶道："六个反对。反对制置三司条例司。为了推行新法，圣上根据荆公的提议，于熙宁三年（1070）二月制置三司条例司，作为主持变法的机构，由荆公主领其事，

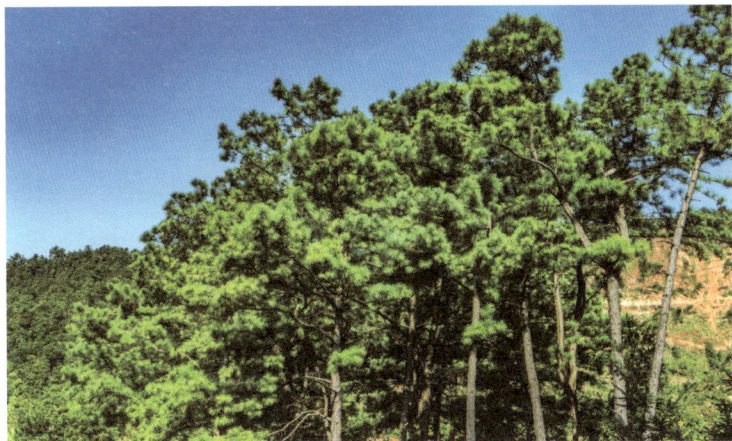

里仁听松　吴昱／摄

吕惠卿等任命为其中的检详文字。当时我弟弟也参与草拟新法，后来子由一看荆公听不进劝谏，变法的方向不对，他就及时辞职不干了。两个月后，荆公又派人到各地察看农田水利，了解赋税利弊。这实际上是撇开原来那些反对变法的官员，另外任用一批新人来推行新法。我对此是反对的。我在《拟进士对御试策》中，劝谏圣上'使两府大臣侵三司财利之权，常平使者乱职司守令之治，刑狱旧法不以付有司而取决于执政之意，边鄙大虑不以责帅臣而听计于小吏之口，百官可谓失其职矣。''臣以为消馋慝以召和气，复人心而安国本，则莫若罢制置三司条例司。'

"反对农田水利法。同年，条例司颁布了《农田水利条约》，鼓励各地开垦荒地，兴修水利。我在凤翔当签判时就很注意兴修水利，但我还是反对这个条约，因为条约只规定奖励兴修水利，严惩阻扰的人，而对那些妄有所陈、误兴功役的人，却没有规定当得何罪。这样功成则有赏、事败则无诛、阻挠之罪重，而误兴之过轻的条例，对兴修水利没有好处，只会被那些不负责任的浮浪奸人所利用。

"反对雇役法。熙宁三年（1070）一月，荆公废除差役法，实行雇役法，让那些原来就不负担差役的官户、女户、寺观户、未成丁户都要按定额的半数交纳役钱，叫作助役钱。我反对雇役法是担心此法会加重一般老百姓的负担，担心后世出现多欲之君和聚敛之臣。

"反对青苗法。熙宁二年（1069）九月颁行青苗法，规定在夏收秋收之前，官府以半年取十分之二的利息，借贷给农民，夏收秋收后还纳。这实际上是夺取高利息者的部分利益归朝廷，由朝廷放贷取息，但在推行的过程中存在不少问题。我在给圣上的疏中说：'虽说不许抑配，而数世之后，暴君污吏，陛下能保之欤？'实际上并没有等到数世之后，当时就出现了抑配。青苗法中不许'抑配'一说，便成了一纸空文。

"反对均输法。熙宁二年（1069）七月颁行均输法，规定凡籴买、税敛、上供的物品，均可'徙贵就贱，用近易远'；

凡需供办的物品，可以'从便变易蓄买'。这对限制大商贾，增加朝廷收入是有利的。但我反对朝廷与商贾争利，认为'亏两税而取均输之利'，非但不能增加朝廷的收入，反而会增加朝廷的负担。

"反对变科举，兴学校。我朝的科举取士仍考诗赋，以声律对偶定优劣，而明经科则完全靠死记硬背。熙宁二年（1069），荆公主张废除诗赋明经考试，主张以经义、论策取士。我认为根本问题不在于改革考试制度，而在于朝廷用人是否得当。

"无咎啊，你从我的六个反对中就可以得知，我对荆公推行的新法几乎都是持反对态度的。我也不怕讲给你们听。我在上皇帝的疏中就是这么说的，'陛下自去岁以来，所行新政皆不与治同道。立条例司、遣青苗使、敛助役钱、行均输法，四海骚动，行路怨咨，自宰相以下皆知其非。'我要求尽快废除新法，我来杭之前面辞圣上时说，'今日之政，小用则小败，大用则大败，若力行而不已，则大乱随之。'"

苏轼的一番慷慨陈词，让大家震惊不已。

辩才仍双手合十道："大人以民为本，不惜开罪圣上、宰辅，救百姓于水火，功莫大焉，阿弥陀佛！"

"我到杭州来，通过巡视杭州的十个县，特别是新城，了解到新法真的把百姓害苦了。"

苏轼拍了拍案几，继续道："苏杭上缴的青苗钱，朝廷不满意。海边的盐户们又坚拒盐法。按荆公的盐法，盐户生产的盐一律卖给官府，再由官府高价专卖。这使得盐户也买不起盐，于是，纷纷私藏、私贩，有些大盐商搞武装贩运，朝廷派军队镇压，杭州在卢秉提举两浙盐事后，行事非常强硬，牢狱中犯人激增。"

晁端友插了一句："是啊！大人，陈武就是卢秉派人抓的。"

"像陈武这样的人，懵懂不知如何犯了青苗法，又不知为何犯了盐法。犯市易法的百姓更是蒙在鼓里，犯了事还浑然不知啊！"苏轼说完，又使劲拍了拍案几。

晁端友怕苏轼气坏了身子，也怕他累着，便让人上酒菜，早早请苏轼他们吃晚饭了。

第七章

苏轼此次来陈氏园休养，一早就跟晁氏父子说好，一路轻车简行，不扰民，也不直达陈氏园，而是要一路游玩，最后到达陈氏园。

其实苏轼也没什么毛病，只是前段时间审理案子、督修运河，心情郁闷，休息几天就好了。当然他跟太守陈襄是不会这么说的。

昨夜在贤明山的驿馆睡了一觉，大概是驿馆所处的位置幽静，空气清新，苏轼睡眠充足，早上起来还去爬了贤明山，登上了仰贤阁，看了苍松翠柏，心情大好，气色看起来比前几日好多了。

用完早膳，他们便向陈氏园进发。晁氏父子规划的行程，

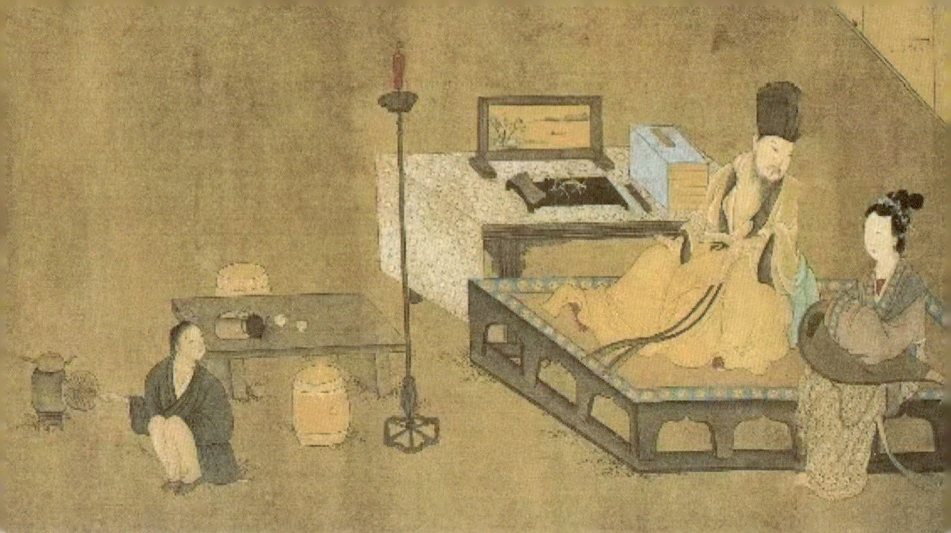

《东坡谈禅图》　私人藏品　项文军／摄

已得到了苏轼的首肯，今日要去的三溪枫林咽泉，是新城的奇观之一。

枫林咽泉在广陵溪旁的枫林坞，与天雷山近邻，距陈氏园十余里。

枫林咽泉、珍珠泉、洞顶泉是陈氏园这一带的三大奇泉，天雷山、天云山、天井山是陈氏园这一带的三大名山。苏轼特意交代，去陈氏园休养前，先把这三大名山三大奇泉游个遍。

今天的行程当然是枫林咽泉和天雷山，还有天云山。枫林咽泉静静地躺在枫林坞的沟壑之中。既名枫林坞，漫山遍野都是巨大的枫树，一到秋冬季，层林尽染，一片火红。

枫林咽泉所处的位置不高，但为了给苏轼节省体力，晁端友吩咐随从用轿椅把他抬上去，坐在椅子上看咽泉起落。

苏轼运气好，一到泉前，就见泉水从一块巨石下涌出，流入一个三尺多长、一尺多宽、七八寸深的小石潭。

当地人认为，谁到泉前泉上涌，谁的运气就好。大家都纷纷为苏轼鼓起掌来。

随后泉水又慢慢退下去，直至枯竭。晁端友向苏轼介绍起此泉的妙处在于"间歇"。刚刚还是哗哗流淌的泉水，转眼之间会莫名其妙地小下去，直至枯竭，仿佛倒流回岩下。可是一刻钟不到，水又会从岩石下汩汩流出，并渐渐增大，声音也逐渐响亮起来，直到小潭注满之后，还会从小潭中溢出，泻作一片宽一尺有余，高近二尺的瀑布。瀑布经历从无到有、从小到大、从大到小、从小到无的过程。这一"间歇"现象历年不变，只是循环往复的周期随季节变换略有变化。

苏轼听完晁端友的介绍后，又静静地等了一次泉涌泉枯的过程，慢慢地站起身来指着泉水道："这口奇泉的水时来时止，像人喝水一样，咽一口，停一下，再咽一口，又要停一下。加上泉水出来时，岩石下咕噜咕噜的响声与咽水下喉时的声音几

枫林咽泉　吴昱／摄

乎一模一样，所以此泉取名为咽泉，名副其实。"

当地的里正听苏轼这么一夸，欣喜万分，也不紧张了，拱手对苏轼说："小人姓罗，是唐代大诗人罗隐的后代，我家祖先与这泉还有个传说呢！"

"噢，说来听听。"苏轼捋着须道。

罗里正拱拱手说了起来——

民间传说当年罗隐来到这里，口干舌燥之际，忽见一泓清泉哗哗流淌，不禁喜出望外，便急忙狂饮起来。谁知喝水太急，一不留神，泉水呛入气管，差点被呛死。罗隐站起身来，感慨万分，自言自语道："泉水虽甘甜可口，可惜来得太快太急，口渴者容易噎入气管而丧命，要是急慢间歇，满浅有时，那就好了。"罗隐是上天星宿，是有名的"讨饭骨头圣旨口"，他无意之中一开"金口"，这泉水就不再连续不断地涌出，而成了今天这个样子，似乎有一个仙官在管理着它，约束它时刻遵照罗隐的"圣旨"出水歇水。

听里正说完，苏轼哈哈大笑起来，罗隐的诗文，他自小就没少读。对他的《咏蜂》诗，更是时时吟诵，特别喜欢。

此时，苏轼看见咽泉旁的野花丛中刚好有一群蜜蜂在飞舞采蜜，便情不自禁地念起了《咏蜂》诗："不论平地与山尖，无限风光尽被占。采得百花成蜜后，为谁辛苦为谁甜？"

苏轼念完，感慨道："罗隐出身寒微，却处处关心百姓疾苦。钱镠在受任节度使时，叫他的幕僚沈崧草拟一篇给唐王朝的谢表，其中原有一些夸耀江浙财富的词句。罗隐看后对钱镠说：'现在朝廷连年用兵，财源枯竭，正是向地方伸手要钱的时候。谢表中把浙江说得如此富庶，入奏朝廷，必然增加负担，这不是苦了老百姓吗？'说完他提笔把这些词句删掉，改为'天寒而麋鹿常游，日暮而牛羊不下'。把浙江地区描绘得十分荒凉贫穷，以避免朝廷的横征暴敛。从此，钱镠更加敬佩罗隐的见识。钱镠统治浙江的时候，规定西湖渔民每天要上交一定数量的鲜鱼，供自己食用，名叫'使宅鱼'。即使天寒地冻、刮风下雨，也要照数缴纳，不能幸免。有的渔民捕不到鱼，只得用高价买了鱼来缴纳。渔民深受其苦，敢怒不敢言。一天，钱镠召罗隐来，请他在一幅画着姜太公垂钓的《磻溪垂钓图》上题诗。罗隐灵机一动，借题发挥，提起笔来写道：吕望当年展庙谟，直钩钓国更谁知？若教生在西湖上，也是须供'使宅鱼'。钱镠看了这首题画诗，知道罗隐在讽刺他，不能无动于衷，从此就把'使宅鱼'给免除了。"

大家静静地听苏轼说完罗隐的故事，罗里正摸了摸头说："苏大人知道的可真多，我们只会讲老一辈传下来的神话故事。"

"神话故事好啊！你刚才讲的故事，百姓都知道了，这泉水就神奇啦！就有人来喝来取这神泉啦！"苏轼对罗里正笑道。

晁端友道："大人，罗隐在家乡留下的传说故事很多，再往里走，天云山上的珍珠泉传说，把罗隐说得可神奇啦！"

"噢！有意思，里正知道那珍珠泉的传说吗？"苏轼回头看着罗里正道。

"知道知道，其实这十里八乡的人都知道。上次，我就跟晁大人说过，今天，我再跟苏大人说说，就是苏大人不要笑我们这些乡野小民讲的这个传说太神奇，这可是咱对罗隐的感恩耶。"

里正清了清嗓子，又讲起天云山珍珠泉的传说——

相传罗隐少年时即为"神童"，玉皇大帝也为之不服，叫了雷公劈打罗隐，将他脱胎换骨。好在罗隐遭受雷劈时，咬住了母亲的裙衩，没有伤及嘴巴，于是便成了"讨饭骨头圣旨口"。之后罗隐浪迹江湖，讨饭为生，但口出金言，句句灵验。

这事又让玉皇大帝不高兴了，派了铁拐李化作叫花子，与罗隐一起讨饭，伺机镇住罗隐。这罗隐绝非等闲之辈，他早就察觉到来者不善，同行讨饭，便有意扮哑巴。有道是"凡人不开口，神仙难下手"，那铁拐李也一时也没有办法。

一个炎炎夏日，罗隐、铁拐李讨饭来到菖蒲村天云山，累得汗流浃背、气喘吁吁，便在一座悬崖下的山洞内坐下歇脚。这洞内有石床、石桌、石炉、石灶，生活起居的物件一应俱全。铁拐李便作法兴起了一场大雨，这场大雨竟下了三天三夜。山下洪水猛涨，淹没了田野、村庄，百姓怨天咒地，哭爹喊娘。罗隐实在看不下去，便唉声叹气起来。铁拐李却幸灾乐祸地说："朝山好、坐洞好，蹲上三年没啥大不了。"

罗隐心想，玉皇大帝派铁拐李来镇我，只要我不开口，铁拐李便无从下手，但我不能连累山脚的无辜百姓，有道是君要臣死，臣不得不死，何况是我这个要饭的穷秀才。于是，罗隐含着泪道："朝山好，坐洞好，只怕后山石壁倒。"话音刚落，只听见"轰隆隆"一声，山体滑坡，整座悬崖倒了下来，铁拐李见状吓得连忙化作一缕青烟逃了出去，但还是被一块石头砸中了左脚，从此，铁拐李走路便一瘸一拐了。而罗隐却永远被

三溪寻踪　吴昱／摄

镇压在了天云山下，但他死不瞑目，左眼化作了"蜜蜜泉"，右眼化作了"珍珠泉"。

　　菖蒲村的百姓在蜜蜜泉挖了水沟，把泉水引到了村子里，村民特爱喝这略带甜味的山泉水。珍珠泉则日夜泛着串串"珍珠"。奇怪的是，每逢大旱之年，其他村庄久旱无雨，天云山脚的菖蒲村却是雷雨阵阵；其他地方颗粒无收，菖蒲村却是五谷丰登。这是因为铁拐李镇住罗隐之后，觉得良心上过意不去，便在大旱之年用雷阵雨来回报罗隐和山脚下的百姓。

　　辩才听罗里正说完，连忙双手合十，口中念道："阿弥陀佛！罗隐立地成佛！善哉善哉！"

惠勤也双手合十，念道："度人不如度己，我不入地狱谁入地狱！"

苏轼这次没有笑，捋了捋胡须，朗声道："罗隐一生为百姓说话，为百姓作诗，为百姓写文，百姓就不会忘记他，将他变成神，好让子孙后世都记住他。君成兄，罗隐墓在哪里？我想去祭拜他。"

晁端友戚然回道："大人，罗隐没有落叶归根，而是葬在杭州郊区的徐村，等大人身体完全康复，我们一道去祭祀他。"

苏轼感叹道："国计已推肝胆许，家财不为子孙谋。这两句是罗隐的名句。告诫世人，当官是为民谋福祉的，不是为子孙谋私财的。当官要与民同忧乐，万不可摆老爷的架子要老爷的威风。"

罗里正听了苏轼的话，激动地鼓起掌来，说："苏大人，您说得太好了。摆官老爷的架子，连我们的咽泉也不答应。苏大人、晁大人，我这里还有一个有关咽泉的神奇故事，不知大人们想不想听？"

苏轼又露出幽默的本性，一本正经地对里正说："你都讲了两个了，还怕你讲第三个吗？"

众人哈哈大笑起来。

罗里正清了清嗓子，讲道："说话大宋初年有个杭州府来的大官，带着十几个随从，坐着八抬大轿，锣声前导，旌旗扇盖，摆足了官老爷的架子来咽泉探奇。咽泉由于不屑于他的这种做派，居然不予理睬，任凭大官一众人如何等如何看，咽泉愣是不出水也不歇水，半天都没动静。直到有位路过的好心人告诉大官，咽泉最怕当官的阵势大耍威风。大官闻言幡然醒悟。第二天，他换了青衫小帽，独自一个人诚心诚意地前来拜谒，咽泉才让他看了泉水从慢慢淌出到慢慢枯竭的整个过程。自从他看了咽泉之后，整个人都变了，回去之后，行事低调，爱民如子，成了一个受百姓尊敬的好官。"

听完罗里正讲的故事，晁补之拱手对苏轼说："恩师，刚才听了里正讲的这则故事，暗合了学生近段时间的一个想法，明年的科考，学生不想去考了。"

晁补之的话一出，晁端友也没有说话，只是轻轻地叹了口气。苏轼说："无咎，你能说说缘由吗？"

晁补之说："您与父亲都是进士，当然父亲是没法跟您比的，您不仅科考是榜眼，制科更是大宋开国百年第一的成绩，但又怎样呢？父亲从上虞转任新城，考核优等，本来早应该磨勘升转了，但到头来仍然是个知县。恩师您从凤翔担任判官以来，已经过了十年，按照资历已经足以担任知州了，但中书对圣上要授您知州却百般阻拦，只许您当个颍州通判，还是圣上把颍州通判改成了杭州通判。好人好官难做，小人奸臣当道，弟子不想科考是不想步你们的后尘，只想在陈氏园隐居读书。"

"无咎，原来你有这个想法，今天为师就得好好开导开导你。"苏轼说着便在咽泉旁的一块巨石上坐下来，然后拍拍手，道："为师先跟你讲讲科举吧！我与你父亲都曾考中进士，对吧！不过，同样的进士，在唐朝以前和大宋开国以后，却有着性质上的重大变化。唐朝以前做官的多为门阀贵族，大宋开国之后的官员则以进士为主。唐以前，特别是魏晋时期，是贵族把持朝政。贵族子孙仅凭血统就可以做官，继承世袭的特权。可想而知，在这样的制度下，贵族是不怎么害怕皇帝的，他们最怕的是军阀。那时的皇帝虽然表面至高无上，但为了维持统治基础的稳定，在面对拥有巨大超强实力的贵族时，也必须与他们妥协，在朝堂上则表现为虚心纳谏。"

苏轼看了看陷入沉思的晁补之，继续说道："这当然会令'暴君'很不开心，于是隋炀帝便发明了一种叫作'进士科'的科考制度，通过考试来获取他所需要的官员。唐太宗虽然比隋炀帝显得更善于纳谏，但他也继承了隋炀帝对进士科的重视。等到武则天称帝，遵守礼教的贵族都反对她，而通过科举考中的进士们却容易支持她，只要能获得提拔，他们不怎么在乎皇帝的性别问题。所以，武则天就大批提拔进士。安史之乱以及乱后产生的割据军阀，持续摧毁着门阀贵族的势力，唐朝中期之后的朝廷，基本上就靠进士出身的官员来维持了。所以说，大宋开国之后，便完全进入了科举取士为官的时代。"

苏轼稍稍停了下，侧过身看看石罅下涌出的泉水，俯下身双手掬着尝了一口，又吐掉，几次漱口之后，才接着道："相比于门阀贵族，科举出来的官员对皇帝和朝廷是忠心的，他们从考场起家，为天子门生，受到皇帝委任，是朝廷命官，其中相当一部分并没有显赫的家世，得不到家族势力的支持，其荣辱沉浮全听朝廷之命，只能与朝廷同呼吸、共命运。朝廷也依靠科举为庞大的官员队伍不断换血，以保证其活力。自大宋开国以来，在各个领域，进士官员都是当仁不让的主角精英。所以，杰出的进士官员几乎是全能的，既是政治家，也是思想家、学者、诗人，甚至还是军事家和外交家，进士官员们所创造的文化，带有许多与其身份相对应的特征，可以称为科举文化，也就是一种精英文化。"

见大家听得认真，苏轼粲然一笑，道："说了这么多，来说说我自己吧！我是在嘉祐二年（1057）进士及第的，当时算是二十二岁，我是腊月十九生的，实际上只有二十岁。先父一辈子都没有考上进士，而我和弟弟子由却考运亨通，第一次赴考就金榜题名。无咎啊，考中进士，你就有'座师'与'同年'啦！按科考的规则，主考官是所有考生的'座师'，而被录取的及第者，便都是他的'门生'，这些'门生'之间则称'同年'。座师与门生，门生与同年之间的关系，就是科举士大夫党派林立的起因。我与子由反对荆公的变法，人家就称我为'蜀党'之首啦！哈哈哈！"

苏轼突然间大笑起来，转而又神情凝重。他此次到陈氏园来养病，内心来讲是高兴的，因为有晁氏父子、辩才、惠勤等相陪，既能吟诗文，又能谈佛法，每天还能听朝云弹琴唱歌。但变法还在继续，还在加码，他的内心又是痛苦的。他见晁补之还有要听下去的意思，便继续讲道："我这榜的同年有曾巩、曾布、张载、程颢、章惇、吕惠卿、王韶，当然你叔父晁端彦也是我同年，新城的许广渊也是我同年。"

晁端友插话道："大人，我近日收到许大人的信，信上说朝廷已任命他为复州知州，他特意绕道回家乡走走看看，恰好，你们这对同年能在陈氏园遇上。"

"好啊！"苏轼高兴地站了起来，走到晁补之跟前，拍了拍他的肩膀后说，"参加科举，才有同年，不管同年合不合得来，至少大家是同一榜的进士，无论谁再厉害，同年的身份是没法改变的，你叔父、子奇兄（许广渊，字子奇）都是我的同年，还是我的好友。你们晁家，自大汉晁错起，就是诗礼传家的仕宦大族。现在的晁氏族人中，数'端''之'两字辈的俊才最多：晁端彦、晁端仁、晁端礼、晁冲之、晁说之、晁咏之、晁将之，还有站在我眼前的你们父子。无咎啊！你父亲是你的第一位老师，但今天你父亲是一位通过科举考中的进士。我的第一位老师也是我父亲，父亲却以没能考中进士为他终生憾事，我和子由当年高中进士是对他最好的补偿和安慰。你明年能在科考中高中进士，也是对你父亲、对我最好的礼物和安慰。你去年年初写给我的那篇《七述》，博辩隽伟，纵横驰骋，才气俊逸，必显于世。我当时就跟李𠃊说："吾可以搁笔矣。"才华不能浪费，要用你的才华考中进士，才有好的机会为百姓做事。哪怕像我和你父亲不得志，但多多少少也能为百姓做点实事。"

见晁补之点头，苏轼又欣慰地拍了拍他的肩膀。这时，王朝云用咽泉水煮的茶，已是茶香四溢。她正在用茶筅在黑釉斗笠大盏中快速搅动，让茶末跟滚水充分混合，茶汤上面泛起一层乳白色的泡沫。

据罗里正介绍，今天他拿来的几包散茶是天雷山茶中的极品。

"天雷山的茶？君成兄，天雷山是否就是我们在坞口看到的特别陡峭且云雾缭绕的那座高山？"苏轼边问边接过王朝云递过来的一杯茶，先闻了闻，然后小小啜了一口，让茶停在喉咙处一会儿，轻轻地用舌头顶一顶喉尖的茶水，再慢慢地启动喉结滑下去，让茶香在口里、喉里、食道里慢慢扩散。

苏轼连啜了几口，满口称赞起来："这一定是'闻雷茶'，茶叶中的香都被天雷所惊醒，真是与众不同。"

晁端友见苏轼饮之有味赞不绝口，高兴地回道："大人，

天雷藏寺　吴昱／摄

天雷山顶有块悬崖，前临数十丈深渊，崖顶有几十棵百年以上的老茶树，常年被云雾缠绕，时隐时现，老茶树尽纳日月雨雾之灵气，产茶不多，但真是好喝。连山脚下的老农都说，要有缘分才能喝到天雷山崖顶上的茶。"

"罗里正，这么好的茶，平时有人管吗？"苏轼听完晁端友的介绍后，不放心地问道。

罗里正回道："我们这里民风淳厚且家家户户都有茶山，那崖顶上的茶每年由看山的章老汉和他的孙女采摘，我们给章老汉家钱。村里为了感谢晁大人对我们的好，每年把茶叶送去，他每年都不收，这么好的茶叶，我们又舍不得喝，就在城里高价卖掉，把钱都存攒起来，等到哪一年，我们存攒够了，就在天雷山的悬崖上建一座寺庙，让天雷山上的寺庙也能像天云山上的寺庙那样，香火鼎盛，保一方平安。"

辩才与惠勤听说天雷山上要建寺庙，连忙双手合十，对罗里正许诺，要是寺庙建成，天竺寺与孤山寺各匀出五位僧人到天雷寺来弘扬佛法，让天雷寺的声名远播。

苏轼闻言点点头道："要是天雷寺建成了，那时我不管在哪里，一定想办法求得十道度牒送给你们。"

说完，又对晁补之说道："今天是否还要去天云山，天云寺的香火真的很旺吗？"

晁补之回道："旺！恩师，登上天云山，进入天云寺，有'摩肩香市同天竺'之感。"

辩才师马上双手合十，口中念道："甚好甚好，阿弥陀佛！"

大家又饮了一会儿茶。

饭点还没到，村里的富户俞某已领着几个人抬来了酒菜，在距离咽泉几十丈的石亭内摆好。富户见准备妥当，便小跑过来请大家入席。

辩才师这时却拦着苏轼："大人，老衲读过您的许多诗，也知道您出口成章，但终未亲眼所见，今日赏了咽泉的妙处，又品了咽泉泡的闻雷茶，大人您何不为咽泉留下一首诗呢？"

对辩才师的提议，众人齐声叫好。

苏轼用手理了理衣袖，笑道："这有何难，我就以'枫林咽泉'为题赋诗一首。"

苏轼诗才涌动，刚站起身，诗就有了。

"古道幽深通涧水，何时涨落亦难猜。春寒烈夏无停日，玉液吞吞吐吐来。"

众人击掌称妙。

这时，管山的章老汉与孙女也拎着一个食盒来到大家跟前，章老汉的小孙女怯怯地跟大家打招呼。

章老汉说："昨日罗里正上山来对老汉说，今天苏大人来，本来想请大人爬爬天雷山，听说苏大人贵体未康愈，就不请大人爬山了，但天雷山上的天雷笋，还是要苏大人尝一尝的。所以今天老汉我特地起了个大早，到竹林里去挖了几株新鲜的笋，孙女刚做好，就急急地给诸位大人送来了。"

老汉说完，孙女便从食盒里拿出了一盘还冒着热气的鲜笋。

晁补之手快，嘴里说着"学生先替恩师尝一下章家小妹的手艺如何"，便试吃了一口笋，还没细嚼就吐了出来，道："这是什么味？忘了放盐了吧！"

王朝云尝了一口，也吐了出来，捂着嘴道："老爷爷，拿点盐来，我用水煮下。"

章老汉耳有些背，一开始没听清，问："什么？"

晁补之大声喊道："盐！盐！"

章老汉听清了，说："没有盐啊！我们穷户没有盐啊！苏大人，老汉已经三个月没有尝到咸味了。你看老汉家的小孙女连走路都快没力气了。"

苏轼皱着眉头，关切地问："怎么连盐也没有？"

章老汉眼眶瞬间就红了，拉着孙女道："朝廷有新的王法，不许百姓自己熬盐、卖盐。谁私自熬盐、卖盐，都要抓去坐牢。只是，官家的盐又不多，价钱又贵，百姓便没有盐吃了。大人千万莫要见怪。村里有盐的，只有他们几家富户了。"说完，用手指了指送饭的富户。富户有没有盐？俞某站在旁边也不作声，只是表情呆滞地苦笑了一下。

苏轼沉默了，他慢慢从朝云手里接过筷子，夹了一口山笋，放在嘴里嚼，嚼着嚼着眼泪就下来了。

嚼碎咽下，苏轼轻轻地放下筷子，口中念出一首诗来："老翁七十自腰镰，惭愧春山笋蕨甜。岂是闻韶解忘味？迩来三月食无盐。"

大家听着苏轼吟出如此伤情的诗句，一阵唏嘘，辩才与惠勤双手合十默念起经文，晁氏父子也不知道该如何安慰苏轼，王朝云轻轻拉过章老汉的孙女，紧紧地抱在一起哭泣起来。

第八章

苏轼一行往天云山进发，一路上，不断看到一些年轻人兴冲冲地往城里赶，还有一些年轻人操着不伦不类的、模仿城里人的口音，在路边的茶摊上嘻嘻哈哈地谈笑。

苏轼很奇怪：这些人怎么不去忙春耕？等苏轼一行来到农地旁，却发现只有一些年迈的老人在艰难地耕地，苏轼走到田里询问了一位正在耕地的老人家："老伯，家里没有儿子干活吗？"

"唉，有两个儿子又怎样呢？本来还好好干活的，谁知官家派了青苗贷款下来，我儿子那里见过这么多钱？一个儿子当场高兴疯了，另一个揣着钱到城里鬼混去了。等到了秋天拿什么还贷款？可怜我这个老头子啊！呜呜！"老人家说到伤心之处，不禁大哭起来。

岂有此理，竟有如此不孝的子孙！苏轼怒火中烧，一怪青苗钱坑人，二怪年轻人见钱眼开。苏轼直话直说："老伯，你不要担心，我这就派人把你的两个儿子抓起来，如此不孝的子孙，我会替你好好管教他们。"

一听苏轼这话，老伯吓得连忙扔掉锄头，跪在地上央求道："你，你是当官的？大人啊，求求你放过我的孩子吧！就当老汉我什么也没说，你大人有大量！"

苏轼慌忙上前搀扶起老汉，摇了摇头，叫老汉保重。苏轼实在受不了老人流泪，拍了拍老汉粗糙的手，叹了口气，转身离去。一路上，苏轼咽不下这口气，用愤懑的心情又给大家吟诵了一首诗："杖藜裹饭去匆匆，过眼青钱转手空。赢得儿童语音好，一年强半在城中。"

大家听了也是一阵唏嘘。

走进村里，看见村民纷纷拆房子卖耕牛。

苏轼连忙制止，村民告诉他："拆房子纳税，卖耕牛也是为了纳税。"

苏轼听完马上问："房子拆了住哪里呢？耕牛卖了如何种地？"

村民说："到天云山上去，挖山洞住。"

辩才听了，双手合十，问道："把耕牛卖了，往后大家伙吃啥喝啥？”

有一位村民瞬间爆发，涨红了脸吼了起来：“我喝西北风，我吃官府去。”

王朝云听了，吓得慌忙摇头：“官府你是吃不了的，人家有军队，军队来抓你。”

正在远处拆房子的村民高声道：“抓进牢狱吃牢饭，在村里要饿死，到牢里有饭吃。”

这时，几个村民各牵了水牛朝这边走过来，晁补之迎上去问：“你们也要卖牛纳税吗？”

一个村民傲然道：“卖牛买刀。”

晁补之再问：“买刀干什么？”

另一个村民道：“干官军。”

看到村民在拆房卖牛，听到村民要卖牛买刀，苏轼慢慢地转过身，默默地向前走去。天空中竟飘起了蒙蒙细雨。

晁端友知道根源在哪里，他读过苏轼的《吴中田妇叹》，那“卖牛纳税拆屋炊，虑浅不及明年饥。官今要钱不要米，西北万里招羌儿”的词句早已刻在了他心里。两浙盐运使卢秉在祸害百姓，他虽为父母官，但不跟他们站队，自己也是自身难保啊！

雨后的天云山，山中景色焕然一新。峰峦叠翠，山峰顶着洁白的云朵，宛如戴上了轻软的丝绵帽子。

天云奇水　吴昱／摄

　　苏轼一路前行，路旁的景色让人目不暇接。上山之后，苏轼的心情平复了许多，欣赏起两边的风景来。山路边有一条小溪，溪水叮咚悦耳，山道峰回路转，一步一景。耳听水声，眼观山色，大家边走边看，便没有疲劳困扰，几个转弯后，天云寺便展现在眼前。

　　站在天云寺前，大家惊讶地发现天云寺虽背依大山，但却三面空悬。寺门前有大约半亩水田。右边水声潺潺，原来"蜜蜜泉"的源头正在寺后不远处。罗里正说天云寺刚好建在了老鹰的头上，左边那座山便是日夜守护该寺的神龟，因而这里有"半亩水田圆如镜；三面空悬壁挂灯""鹰形涌出三尊佛；龟势生成一洞天""石上清泉，流出头头是道；山间明月，照来色色皆空"等妙对。寺后绝壁下有哗哗的水声，罗里正介绍，寺后有天云石窟，窟内有石人、石桌、石凳、石床，犹如人家的样子。室外有瀑布坠下，终年发出"哗哗"的声音，大家齐声称奇。

天云寺住持遂空见苏轼、晁端友一行到来，忙将他们迎进寺去。苏轼告诉遂空不去方丈室喝茶，请他带大家直接去看寺内的奇泉"珍珠泉"。

遂空忙引着往右走，穿过长廊，进入中厅，便到了珍珠泉前，珍珠泉约一丈见方，二尺多深，水清如镜。它不但冬暖夏凉，春清秋碧，四季长流，可供寺中所有人吃用，更为奇特的是，它逢人围观便会泛起一串串如同珍珠的水泡。

大家围在奇泉的四周，水底居然冒出了一串串的水泡，像极了一颗颗晶莹剔透的珍珠。

苏轼盯着一串串从泉底冒上来的水泡，诗兴又上来了，轻轻地吟出："四海云峰四季春，菖蒲自古伴溪行。山巅曲径通禅寺，院内奇泉护众村。"

这一次大家没有唏嘘，而是击节称好。

用了斋膳后，遂空陪辩才、惠勤在禅房打坐。

晁氏父子在罗里正的陪同下，下山进村，安抚百姓，商量对策。

　　苏轼则在王朝云的搀扶下来到客房。走了一天的路，苏轼确实有些累了。但他没有立即休息，而是叫王朝云磨墨，他要写诗。

　　一天下来，苏轼心下寻思，虽欣赏了二处奇泉，但也目睹了新法给山村造成的诸多惨状，更加坚信"青苗法"有众多漏洞，让老百姓吃尽了苦头。而且因为禁止私盐和催还青苗贷款而抓捕的犯人，一年就要接近两万，牢狱内已是人满为患。想到这，苏轼的内心感到忧虑与不安。

　　苏轼尝尽了审问犯人的苦楚。作为通判，每逢初一、月半都要清点犯人，看着他们个个衣衫褴褛、衣不蔽体的样子，苏轼就心存不忍。大多数犯人都是因为新法的弊端而被捕，他自己都反对新法，又怎么忍心惩处他们呢？想到这，天性耿直的他按捺不住自己愤懑，见墨已磨好，便拿起毛笔，蘸墨、�笔，在一摞笺纸上写起诗稿来，共五首，题目叫作《山村五绝》，有两首已吟诵过。

　　一会儿工夫，《山村五绝》写就。王朝云从前看苏轼写诗，都没有像今晚那么快速、那么紧锁眉宇的。在王朝云眼里，苏轼永远都是乐呵呵的、幽默风趣的、眉头舒展的。王朝云接过诗稿，念了起来：

山村五绝

其一

竹篱茅屋趁溪斜，春入山村处处花。

无象太平还有象，孤烟起处是人家。

其二

烟雨蒙蒙鸡犬声，有生何处不安生。

但教黄犊无人佩，布谷何劳也劝耕。

其三

老翁七十自腰镰，惭愧春山笋蕨甜。

岂是闻韶解忘味，迩来三月食无盐。

其四

杖藜裹饭去匆匆，过眼青钱转手空。

赢得儿童语音好，一年强半在城中。

其五

窃禄忘归我自羞，丰年底事汝忧愁。

不须更待飞鸢坠，方念平生马少游。

王朝云念完诗稿，心头突然间抽了一下，寻思道，天哪！老爷的这五首诗从五个不同的侧面讥讽时政，万一传出去，会成为反对变法的证据。老爷到杭州来，也是因为在朝堂之上为民力争，得罪了变法派，所以变法派千方百计把老爷弄出京城，

天云山　吴昱／摄

到了杭州后，好多人都劝他莫谈国事，莫要吟诗，千万别让变法派再抓住把柄。老爷的这五首诗，与《除夜直都厅题壁》《吴中田妇叹》《汤村开运盐河雨中督役》等诗一样，充斥着对新法的讥讽，火药味极浓。

自从王朝云做了苏轼夫妇的侍女之后，有一项非常重要的工作，就是保管苏轼的手稿，分诗词、文章、手札等三大类别收管，所以朝云对苏轼的诗文内容很是了解。晚上见苏轼写了《山村五绝》，便提醒道："老爷，您忧国忧民，大家都敬重老爷，但老爷千万别把这些诗稿传抄给别人，万一人家断章取义把您的诗文往朝廷一送，给您安个嘲讽朝政、诋毁同僚的罪名，会给老爷您惹来麻烦。"

苏轼抬起头细细地打量着眼前这个懂事的丫头，虽身材娇小，但黛眉淡描姿容秀娟，清丽恬淡，说话都仿佛有一股玉兰花朵般的清香沁入苏轼因仕途变迁而略带苦闷的心田，他越发喜欢让她跟他一路行走，朝夕相处。

王朝云被苏轼看得脸庞上浮起两朵红霞，苏轼也察觉到自己失态了，连忙找话题道："朝云啊，我一直想给你取个与朝云相般配的字，但一直没想好，现在有了，今后就叫你子霞吧！王朝云，字子霞，钱塘人氏，你看可好？"

"子霞，子霞，子霞。"王朝云轻轻地念了三遍，突然转到苏轼的书案前，理了一下云鬓，郑重地向着苏轼鞠了一躬，

（清）费丹旭《东坡居士像》
私人藏品 项文军／摄

抬头时眼角已淌出了泪花，声音也有些颤抖："谢谢老爷赐字，我与夫人一样也有名与字啦！子霞，朝云喜欢子霞这个字。"

苏轼又乐呵呵地看了几眼王朝云，用手招她到跟前来。朝云移步走到书案前，双手又轻轻地拿起诗稿，说："老爷，朝云刚才所提之事，还请老爷记在心上，老爷虽有一肚子的不合时宜，但不能让别有用心的人用老爷的诗文做文章。"

"好！我以后小心就是。写诗作文说话，我从来都是有什么说什么，有什么写什么，不说不写如鲠在喉。"苏轼从容地说道。

没等朝云答话，苏轼又说道："子霞啊！你尽会提醒老爷，你自己也是个有什么说什么的人，眼睛里容不得沙子，像老爷一样直言快语，你刚才提到老爷的不合时宜，我又想起了这个'不合时宜'的出处。"

去年秋天的一个午后，苏轼摸着大肚子在大厅前来回踱步。这是他多年养成的习惯，每次吃完饭都要捧腹摸腹。看到王闰之、王朝云、翠儿几个正在树下嗑瓜子闲聊，便摸着肚子走到她们跟前，先捋着胡须看了看她们，然后哈哈大笑起来，拍了拍凸出来的大肚腩，道："夫人、朝云、翠儿，今儿个老爷要考考你们。"

她们几个听罢苏轼的话，瓜子也不嗑了，把手上的瓜子往盆里一丢，拍拍手站起身来，王闰之用柔顺的目光打量着摸着肚皮的苏轼，见苏轼神神道道的，不知他葫芦里卖的是什么药，一边扶着苏轼坐下来，一边问道："老爷，你要考我们几个什么？"

苏轼看着王闰之急切的样子，故意哈哈大笑起来，摸着肚子高声道："你们猜，老爷的肚子里装的都是什么？"

王闰之想也没想抢着回道："老爷的肚子里装的肯定都是文章。"

苏轼又是一阵哈哈大笑，也不回答王闰之，望着翠儿道："翠儿，你说呢？"

翠儿见苏轼问她，连忙竖起大拇指道："老爷的肚子里可是一肚子的见识。"

苏轼笑着叹了口气，摸着肚子问王朝云道："那朝云你说说看，老爷肚子里装的是什么？"

　　王朝云看着苏轼摸着大肚腩的憨样，一字一句道："依朝云看啊，老爷肚子里装的可是一肚子的'不合时宜'。"

　　听到王朝云这么说，苏轼笑着颔首捋须，喃喃道："正是一肚子的'不合时宜'。知我者，朝云也。"

　　苏东坡说起王朝云说他的"不合时宜"，禁不住又哈哈大笑起来。

　　"是啊！朝云，不不不，现在起应该叫你子霞了。你说得对，我对国事直言己见，对荆公的变法更直言不讳，反复向圣上陈述变革和变法的差异，我提出渐进变革，而非荆公激进的变法。直言的后果，是荆公那边的人对我恨之入骨，几欲除之而后快。我三次上疏，又出乡试考题"论独断"，彻底激怒了荆公。荆公的姻亲谢景温竟诬陷我'丁忧贩盐'，这可是犯国法逆天理的大事。当然彻查之后，朝廷还是还我清白的，但我已感朝中凶险，力求外放，这才到这杭州来了，不过，这一肚子的'不合时宜'，还是值。"

　　王朝云捧着诗稿，看着苏轼说话时坦然的样子，眼眶中打转的泪水不知不觉地涌出，顺着白皙的脸颊流淌下来。

　　苏轼抬头看了看正在饮泣的王朝云，心里倏地震了一下，转而故作轻松地对她说："陈氏园这一带，蜿蜒曲折的小路、蔽日的竹林、云雾之间的庙宇，一定会让你大饱眼福，心旷神怡。去年来新城观政的时候，我是骑马来的。路上看见远处被云雾笼罩的山顶，犹如山巅戴上了一顶白色的头巾，如火的朝阳，艳丽的桃花，低矮的篱笆，依依垂柳和田里耕作的百姓构成了一幅和谐的春耕图。联想到漫漫人生和自己脚下这漫长而崎岖的山路并无区别，便放松缰绳让马儿慢慢走。原来看到山中如画的美景，我就更加厌恶刀光剑影的朝堂，不由得感叹自己如同久在沙场冲锋陷阵的战马，身心俱疲。当时老爷我心中的归隐之意渐浓，提笔写下了《新城道中二首》，现在，我念给你听听。第一首：'东风知我欲山行，吹断檐间积雨声。岭上晴云披絮帽，树头初日挂铜钲。野桃含笑竹篱短，溪柳自摇沙水清。西崦人家应最乐，煮葵烧笋饷春耕。'第二首：'身世悠悠我此行，溪边委辔听溪声。散材畏见搜林斧，疲马思闻卷旆钲。细雨足时茶户喜，乱山深处长官清。人间歧路知多少，试向桑田问耦耕。'"

王朝云用仰慕的眼光看着苏轼，颤声道："老爷，好诗！有渊明先生的桃源之感。"

苏轼笑道："我这也是诗赞德政。君成先生在新城有德政，刁璹同年在於潜有德政，述古大人在杭州有德政，皆是美事。去年与述古大人疏浚钱塘六井，亦是美事一桩。杭州近海，其水苦恶，唯负山凿井，乃得甘泉，但所及不广。唐朝宰相李泌曾在杭州城凿了六口井，引西湖水来饮用。其后，白居易进一步治湖浚井，民赖以生。我来杭州之时，有的井早已不能用了。

而六井不治理，老百姓的用水就不能解决。于是，述古大人和我就组织杭城百姓整治六井。当然，这是认识你之前的事。"

王朝云道："老爷与陈大人疏浚六井的事，杭城百姓无人不晓。去年江浙一带大旱，饮水困难，别的地方的老百姓以罂缶贮水相饷如酒醴，而杭城百姓却不仅不缺饮水，还有水喂牛、洗澡。说起这个事，杭城百姓没有一个不称颂陈大人和老爷您的。"

"能为百姓做点实事好事，才不枉为官一场。"苏轼看了看王朝云，捻须说道。

王朝云羞涩地低下了头，仍是一字一句清晰地说道："老爷不是不合时宜，是太合时宜啦，只是人家不懂。"

苏轼闻言怔了怔，许久，放声笑道："知我者，朝云也！"

王朝云又羞涩地低下了头，喃喃道："老爷……"

苏轼见状，也感觉气氛有些尴尬，忙岔开话题，尽量用轻松的语气对王朝云说："待会儿你去跟晁大人说一声，让他明天带些盐去大溪。大溪的葵菜特别好吃，加上贤德的竹笋，真是人间美味。'西塘人家应最乐，煮葵烧笋饷春耕。'老爷我就是吃了那里的葵菜和鲜笋写下的。"

"好的，老爷。我这就去告诉晁大人。"王朝云摆了万福，随手开门而去。

《东坡吟望图》　私人藏品　项文军／摄

　　苏轼闻遂空禅师喜欢对联对句，自然十分高兴。自小就被称为"眉山才子"的苏轼，小时候却在一副对联上出过丑。

　　大概是他十岁那年的除夕，其父苏洵在外游学没有回家过年，他便大书一副五字对联，张贴在自家宅门上，对联内容为

"识遍天下字，读尽人间书。"

一时间，过往路人纷纷驻足观看评点。有人大赞眉州才子的神童气概；有人大赞其书法有大家风范；也有人暗中议论，说他过于狂妄，目中无人。一个衣衫破旧的老人只在一旁冷笑。

苏轼见了不悦，上前问道："先生是认为我联意不通，还是认为我书法欠佳？"

那老者也不多说，只从怀里掏出一本残旧的古书，递给苏轼说："公子能否当众读出第一篇？"

苏轼接过古书，不假思索地说："这有何难，待本公子读……"

话未说完，苏轼已羞容满面，原来他刚翻开第一页，开头一行十多个字，他竟有三四个字不认识，这本书好像天书一般。

苏轼羞愧难当，把古书还给老者，转身就向自家的内堂跑去，边跑边高喊："等我回来……"

引得围观的人群哄堂大笑，想不到"识遍天下字"的小神童，竟也有出洋相的时候。正当大家准备散去的时候，苏轼拿着笔墨跑出来，向老者恭敬作揖道："多谢先生指点。"

随后，他用毛笔在上下两联各加了两个字，一副墨迹未干的门联语意全改："发奋识遍天下字，立志读尽人间书。"

"这才是眉州神童的本色！"大家都为这老者的称赞而欢呼。

当然，这事苏轼是不会讲给遂空听的。但遂空与惠勤是同门师兄弟，听过许多苏轼对对子的故事。

譬如与辽使对对子的故事。前几年，辽国派使者到汴京朝见神宗皇帝。在大殿上，辽使出了上联"三光日月星"，请朝中大臣作对。在场文武百官竟无一人能对。

辽使见状，口出狂言道："如此简短之句都无人能对，算什么泱泱大国！"

苏轼闻言，愤而出列，对道："四诗风雅颂。"

辽使大叫不通，取笑道："既说'四诗'，为何只有《风》《雅》《颂》三篇？"

苏轼反驳道："无知辽官，还敢口出狂言！我朝三岁孩童，都知道《诗经》分《风》《大雅》《小雅》和《颂》四部分。我对句中的'雅'，就包含大雅和小雅，连这点都不懂，还想在此卖文舞墨！"

一番话，让辽使刹那涨红了脸，茫然失措。

苏轼又道："贵国流传许久无人对的出句，在我这里却有多个对句。譬如'四德元亨利'。"

辽使更加茫然。

苏轼笑道："四德应为四字，但最后一字系先皇的圣讳，臣下不敢妄言。"

原来，"四德"指"元、亨、利、贞"。其中"贞"与宋仁宗之名"赵祯"的"祯"字同音，必须避讳。

辽使叹服。

苏轼却道："还可以对，'六脉寸关尺'。中医切脉时，左右手各有三个部位，即寸、关、尺，合称'六脉'。中医常以食指按寸部，以中指按关部，以无名指按尺部。"

辽使听后，无可挑剔，但对"四德"联提出毕竟少一字，希望另构一语相对。

苏轼见殿外雷雨大作，便道："好，我再对一个，'一阵风雷雨'。"

听罢，辽使佩服得五体投地。

遂空知道眼前的通判大人与佛有缘，与佛印、惠勤、惠能、辩才等关系甚好，当然也知道他对品行不端的或势利的和尚是很反感的。

去年，杭城就传出了两则苏轼为和尚题联的故事。

有一回，苏轼微服游山，到了一座寺院。寺院知客僧在大厅冷漠地说："坐。"并对小僧说："茶。"

接着在言语之间，见苏轼颇通禅机，深悟禅理，就改口请苏轼进内堂，说："请坐。"并吩咐小僧"泡茶"。

后来，苏轼的随从到来，知客僧才知来人是通判大人，马上低眉拱手道："请上坐"，并叫执事僧马上"泡好茶"。

苏轼对佛门中人的这种市侩之举非常反感，临行时，知客僧恳请他为寺门留下墨宝，苏轼就将知客僧的话，连缀成联：

"坐，请坐，请上坐；茶，泡茶，泡好茶。"

知客僧见联自然是羞愧万分，无地自容。

还有一次，苏轼到一座寺庙游览，听说寺里的住持品行不端，心中顿生厌恶。然而，住持得知通判苏大人前来造访，便忙前忙后，恭敬伺候，还恬不知耻地向苏轼索字留念。

苏轼见状，一股怒火泄之笔端："日落香残，去掉凡心一点；火尽炉寒，来把意马拴牢。"

住持为了炫耀，很快将联语刻在楹柱上。许多人见了皆忍俊不禁。原来，苏轼将"秃驴"二字暗嵌其中，意在嘲讽。

上联"香"字去掉"日"为"禾"字，"凡"字去掉一点为"几"，"禾""几"合为"秃"字；下联"炉"字"火尽"后为"户"，"户"拴一"马"为"驴"字。上联"秃"下联"驴"合在一起就是"秃驴"。

苏轼一行来佛殿大堂辞别遂空时，惠勤提醒遂空道："师兄，大人可是当今对对子的方家里手，你若不抓住今日这千载难逢的好机会，以后再遇到可就难了。"

遂空知道惠勤的好意，自己也想与苏轼等人切磋一下，便起身合十道："大人，贫僧平日里除了吃斋念佛外，唯对对子兴致日浓，但处穷乡僻壤，无人指教，所以词乏联陋。此次得遇大人，贫僧想当面请教大人一二。"

遂空说完，深深地向苏轼鞠了一躬，虔诚之意溢于言表。

苏轼也被遂空的诚意打动，揖手道："法师严重了。此次苏某来陈氏园休养，路过宝刹，前来叨扰，幸得法师热情款待，又闻法师工于对联，苏某自然不会放过与法师切磋的机会。"

苏轼说话自带幽默。一阵山风吹过大堂，大家皆闻风惬意。堂前的两棵巨松稳如石柱，但松枝却轻轻摇曳，不时地有松子掉落在树下的棋盘上，遂空看了看刚刚落下的松子吟道："松下围棋，松子每随棋子落。"

苏轼见遂空出了上联，想以眼前景就地取材，他引着大家走出大堂，抬眼四处张望，忽见不远处的池塘边几棵稀疏的柳树下，有个渔夫正握着长竿垂钓，便把下联吟了出来："柳边垂钓，柳丝常伴钓丝悬。"

大家一阵叫好。面对着天云山的美景，人人心旷神怡。突然间，遂空又出一联："无山得似巫山好。"惠勤未加深思，乘兴脱口道："何叶能如荷叶圆？"

苏轼赞誉一番后说："惠师的下联虽对得敏捷，但用'叶'对'山'似有不工，能否略改一二？"

惠勤一怔，然后说："噢！请大人来对。"

苏轼清了清嗓子，说："可否将'荷叶'改为'河水'？"随后吟道："何水能如河水清？"

晁氏父子、辩才、遂空等人齐声叫好。三人的对句，妙在"无—巫""何—荷""何—河"皆同音异义字，实属奇思巧构。

遂空又说："诸位，我这里有一副缺字联'轻风＿＿细柳；淡月＿＿梅花。'请大家补全。"

晁补之思维敏捷，即刻想到了"摇""映"二字，抢先道："轻风摇细柳；淡月映梅花。"

苏轼听后，微笑着点了点头，突而又摇了摇头，对着晁补之道："无咎啊，你补的这两个字还不够巧，若将'摇'改为'扶''映'改为'失'，此联会更妙！轻风扶细柳；淡月失梅花。"

众人称妙。一向不太说话的晁端友，此时也激动地评点道："苏大人用'扶'字，凸显了'轻风'之温柔；用'失'字说明了'淡月'与白梅间的色调变化。月色愈明，则梅色愈淡，失去本色，则给人以扑朔迷离之感。"

遂空双手合十，用敬畏的目光凝视着苏轼——才华横溢却一身祥和，无丝毫争奇斗勇之骄气，心中越发敬佩苏轼。顿了顿，遂空口中又吟出一联："新城几时旧？"

众人一听，暗自思忖：这联出得巧啊！此地不就是新城么，这联不好对，大家都望着苏轼。

只见苏轼问晁端友道："君成兄，昨日我们上岩石岭，在葛溪边见到的那块巨石叫什么名字？"

晁端友回道："大人，叫浮石。"

"这不，就有了。"苏轼眼睛一亮，高声道："浮石何日沉？"

苏轼下联一出，众人称奇，晁端友激动地评道："大人与遂师的这副奇联堪称绝对。联中'浮石''新城'皆地名。'旧'与'新'，'浮'与'沉'为反义相对。'何时'与'几时'皆为设问。联虽寥寥十字，字字工整，新颖别致，巧中见奇。"

苏轼笑道："山是天云山，人却是遁世高人。遂师，时候不早了，苏某等就此告辞，来日再聚，我们还来对对子。"

遂空得遇高人，遂了多年的心愿，十分高兴，说到分别，心中自然十分不舍，想请苏轼为天云山再留诗篇。

苏轼对着遂空拱了拱手，微微地摇了摇头，道："苏某昨日已题了诗，我出京时，与可兄告诫苏某，'北客若来休问事，西湖虽好莫吟诗'。吟诗就跟喝酒一样，戒是戒不掉的，只有少喝点少写点。此次来陈氏园的路上，已写了不少啦！昨晚，朝云还提醒我，眼前美景道不得，只因忧思在心头。临别之际，苏某想起来十多年前在凤翔写的两句诗：'二曲林泉胜，三川气象侔。'送给天云山也正合适。"

从天云山下来，苏轼一行先沿广陵溪走，到了三溪口，再沿葛溪往上走，到达施村，苏轼停了下来。因为施村是唐代诗人徐凝的墓葬所在，苏轼要祭一祭被他调侃过的这位徐诗人。

徐凝墓坐落在葛溪左岸，西石岭的对岸。墓园周围全都是青松翠柏，苍翠欲滴，中间还夹杂着几株高大的枫杨和白杨，古墓掩映其中，不到跟前完全看不到古墓的模样。

几个衙役拿着镰刀锄头在前面开路，辩才与惠勤念着偈语

徐凝像，出自《东安徐氏宗谱》 项文军／摄

紧随其后，晁氏父子与王朝云等扶着苏轼缓缓地走在后面。

因清明节未至，徐家后人都没来上坟，所以古墓四周春草萋萋，苏轼叫衙役不要除草，只要将横在墓碑前的枝丫砍去即可。

墓碑完整地露出来了，上面刻着"唐先祖徐山人之墓"八个遒劲有力的大字，显然是大宋开国后重立的，旁边还刻一大串重修此墓的徐氏后裔的名字。

整个墓茔靠山面水，水前玄雀的后面群山连绵，左右侧是青龙、白虎，风水甚好。墓修得也甚为坚固，四周全都采用青石板叠砌，巨大的墓穴之上全都用黑泥堆实，只可惜墓顶长出了两棵巨大的枫杨，苏轼见衙役在祭台上摆好了祭品，便走上前去，取了三支香在蜡烛上点燃，双手合十捻香默念，然后拜了三拜，把香交给衙役，衙役接过香，转身将香插在墓碑前的石炉内。几缕轻烟在氤氲的绿色中升腾而起。

苏轼凝视墓碑好一阵子，才缓缓回头对王朝云说道"子霞，今日我们来祭两位名动大唐的诗人——施肩吾和徐凝，你要用老爷收藏的唐代古琴来弹奏。我说施肩吾、徐凝的诗给大家听。君成兄、无咎啊，这小小新城县，有唐一代竟出了六位名动天下的诗人：许敬宗、施肩吾、徐凝、袁不约、何希尧和罗隐。许敬宗这人，我不喜欢，但我却从孙莘老那里收藏了他用过的一方砚台。袁不约、何希尧，我不了解，也没读过他们的诗。

罗隐的诗，我是常读的，但罗隐生在新城葬在钱塘。今天在徐山人墓前，和着雷琴声，我来与大家说说施肩吾和徐凝。"

此时，王朝云已从马车上取来了雷琴，只见她小心翼翼地将雷琴放在衙役抬来的案几上。

这雷琴，可是苏轼珍惜到骨子里去的宝贝，他还专门撰写过一篇《家藏雷琴》的文章。"众琴之妙而雷琴独然。求其法而不得，乃破其所藏雷琴求之。琴声出于两池间，其背微隆如薤叶，然声欲出而隘，徘徊不去，乃有余韵，此最不传之妙。"据苏轼自己的鉴定，他收藏的这把雷琴，是盛唐开元年间蜀地制琴世家雷氏雷威制作的。它的声音温劲松透，纯粹完美，被誉为"九霄环佩"，是古琴中的"仙品"。

"九霄环佩"四个小篆，刻于雷琴龙池的上方，琴腹铭文有一行写着"开元三年斫"，正是雷威在玄宗朝担任琴待诏的时期。

九，在传统文化中是皇权的象征，有至高无上的意思；九霄是神话传说中的仙境，在九重天之上，所以九霄象征着至高无上的皇权。环佩是玉制饰物，戴在身上走路时叮当作响，声音清脆动听。古琴取名为九霄"环佩"，无疑是为皇室特制的。"环佩"在道教中，通常作为女神仙的信物出现。而女神仙是如何现世的呢？长啸。长啸在道家可是一种神仙秘术。古代的幽人逸士在鼓琴时常常伴以长啸，如"竹林七贤"之一的阮籍，鼓琴的时候就喜欢长啸。

刘宋刘敬叔《异苑》中便有这样一则故事。一日，刘元在剑池之上鼓琴长啸，把神女紫玉给感动了。于是在那朦胧的月夜中，紫玉现身人间，罗衣上响着环佩的悦耳之音。这个故事所展现的，便是环佩与琴及神仙之间的缘分。至于"九霄"高处，就更是仙家追寻、向往的极乐胜境了。

除了与道家极有缘分外，"九霄环佩"琴也极有个性。在琴声雅韵中，蕴藏着超世脱俗、情思缥缈的诗心，所以也引得诗人们争相咏赋。

九霄环佩出自名家之手，来自皇室，琴面材质为桐木，琴底为梓木，鹿角灰胎，葛布为底，材质精良，蚌徽、红木轸、白玉足，护轸为紫檀。无论从材质或者制琴师，还是造型，都代表着古琴最高的规格。也难怪苏轼对此琴视若珍宝。

苏轼特别爱"九霄环佩"弹奏出的声音，亡妻王弗曾在凤翔为他弹奏过古曲《高山流水》。苏轼听后，激动不已，写下四句诗来形容"九霄环佩"之音："蔼蔼春风细，琅琅环佩音。垂帘新燕语，沧海老龙吟。"意思是说，"九霄环佩"所弹奏的美妙声音，犹如春天和煦的细细春风，犹如仙女身上响起的琅琅环佩之音，犹如春燕在自己耳边温软呢喃，犹如海中老龙的悲戚低吟。

苏轼连用四个比喻，将这把"九霄环佩"琴的琴声描绘得惟妙惟肖，且百音横生，含有无穷的变化。王弗去世后，苏轼将这句诗题刻在了"九霄环佩"琴上，以示纪念。

王朝云看着苏轼陷入沉思，知道他又在睹物思人了。她轻轻地拨动琴弦，试了试音，见众人盘腿坐了下来，便弹唱起来："萧娘脸薄难胜泪，桃叶眉尖易觉愁。天下三分明月夜，二分无赖是扬州……"

萧娘与桃叶均是指男人心中所爱。诗人笔下，佳人的泪眼和愁眉，令人梦绕魂牵。而普天下总共三分月色，倒有二分被扬州独占。面对这二分明月，却让人爱也不是，愁也不是。

这位将天下月色划分为三，又将其中二分归于扬州的诗人，就是葬在此处的徐山人徐凝。他的这首诗赢得了扬州人的心，他们以"二分明月"作为家乡的代称，至今扬州城中还有徐氏园、徐氏亭、徐氏台。

王朝云一曲终了，众人还沉浸在琴声与歌声中，久久才回过神来，不由自主地鼓起掌来。

晁补之对着王朝云感慨道："琴有四美，一曰良制，二曰善斫，三曰妙指，四曰正心。前两则，是琴的材质，后两则是弹者的技艺与情感，四美俱存，则可感动天地人神也。"

晁端友平时对心仪的古琴也是爱不释手，他对这把"九霄环佩"弹奏出的声音更是回味久久，见儿子说完，他用了七个词来评价这把古琴的音韵："松透、恬静、圆润、雄伟、沉厚、悠远、神奇。"

辩才缓缓睁开眼睛，把刚才一手拿珠一手捻珠的姿势改为双手合十，悠然道："人若有德，高山仰止。琴若有德，景行行止。琴乃君子之器，象征正德之气。琴有九德：奇、古、透、静、润、圆、清、匀、芳。虽然说一张同时具备九德的琴是难以遇到的，但老衲刚才细细聆听，这张琴却能同时兼备九德之音，真是一张难得的好琴啊！"

惠勤听了辩才的话，也不住地点头："声音纯粹无疵病的古琴，千百种不能得一二也。像朝云施主这样的琴者，也是可遇不可求的。苏大人的《减字木兰花·琴》中便有这样两句：'神闲意定，万籁收声天地静。玉指冰弦，未动宫商意已传。'"

听了众人的言语，苏轼再次用欣赏与赞许的目光看了看王朝云，恰巧微风吹过，她的长袖随风飘拂，宛如仙人。他说出了他的感受："今日，子霞的弹与唱，配合得天衣无缝，弹唱之时，万籁收声，玉指冰弦，种种高妙，回味无穷。"

苏轼说完，慢慢起身走到王朝云面前，呆呆地凝视这张"九霄环佩"琴，若有所思，然后吟道："若言琴上有琴声，放在匣中何不鸣？"

又看了看王朝云的纤纤玉手，接着吟道："若言声在指头上，何不于君指上听？"

大家皆被苏轼的才思所折服。

还是王朝云抚琴提醒道："老爷，您不是要给大家讲一讲施山人和徐山人的吗？"

看着冰雪聪明的王朝云，苏轼心头又是一热，露出久违的笑容，道："这施山人与徐山人都是白居易称呼出来的，白居易一生很赏识这两位山人，分别写下《题施山人野居》和《凭李睦州访徐凝山人》。徐凝也写过：'一生所遇唯元白，天下无人重布衣。'对白居易极为推崇。苏某也很推崇白居易。"

苏轼接着说道："白居易任杭州刺史时，曾经到杭州开元寺观牡丹，见徐凝《牡丹》诗：'何人不爱牡丹花，占断城中好物华。疑是洛川神女作，千娇百态破朝霞。'大为赞赏，便邀请徐凝与之同饮。白公问他还有何佳作。徐凝便将近作《庐山瀑布》吟了出来：'虚空落泉千仞直，雷奔入江不暂息。今古长如白练飞，一条界破青山色。'白公听罢击掌称妙，大加赞赏，说徐凝此诗可比诗仙李白的《望庐山瀑布》比肩。白公为官清廉，一生为民。白公诗，天下知。他的《东坡五首》，苏某至为推崇，拟归隐之后，亦能耕作东坡。但对徐凝这首诗的评价，苏轼实在不敢苟同。几年前，苏某听到这个故事的时候，当即就写下一首诗：'帝遣银河一派垂，古来惟有谪仙词。飞流溅沫知多少，不与徐凝洗恶诗。'到了抄录的时候，苏某还特意加了长题目《世传徐凝瀑布诗云一条界破青山色至为尘陋又伪作乐天诗称美此句有赛不得之语乐天虽涉浅易岂至是哉乃戏作一绝》。"

苏轼说完，回头看了看徐凝墓，又道："刚才听了朝云姑娘弹唱他的《忆扬州》，苏某的心境起了变化。徐凝的诗能被白居易、元稹看重，绝非浪得虚名之辈。他用'无赖'之'明月'，把扬州装点出无限的风姿，将扬州写到了入神的地步，使天下人对扬州向往不已。"

苏轼停了一停，继续说道："徐凝还有一首诗就像崔颢的《黄鹤楼》一样，诗成之后就没人敢再题的。"

见苏轼没有说下去的意思，晁补之赶紧问道："恩师，徐凝的哪首诗这么厉害？"

苏轼拔掉了身旁几株杂草，直起身子才说道："徐凝有一首诗是题处州缙云山黄帝上升之所鼎湖的，写得特别好：'皇帝旌旗去不回，空余片石碧崔嵬。有时风卷鼎湖浪，散作晴天雨点来。'他的这首诗一出，从此就没人敢再为鼎湖题诗了。"

晁端友走上前，焚香朝徐凝墓拜了三拜，把香插在石炉内，轻轻地拍了拍手，看着墓碑道："徐凝还是有才的。"

苏轼接道："是有才。几年前，苏某那首洗恶诗洗错人了。据说徐凝到了长安后，因不愿炫耀才华，又没有遵循'潜规则'去拜谒诸显贵，以致竟不成名，最后铩羽而归。归去的时候，他在一首诗中写道：'欲别朱门泪先尽，白头游子白身归。'

大溪蓼海 吴昱／摄

道尽了他对社会的不满，也流露出一种无奈的情绪。回到家乡后，徐凝潜心诗酒，以布衣终老，择葬于此。"

苏轼说完，又深深地朝着徐凝墓鞠了一躬。

站在稍远处的陈氏园杜里正，见此刻气氛凝重，忙找了个轻松的话题："苏大人，陈氏园的牡丹花也开了，一大片一大片的，您去年来错过了花期，今年，您可以慢慢欣赏了。"

晁补之见杜里正说起牡丹花，便对苏轼说道："恩师，学生认为，徐凝在白居易面前写的另外一首《题开元寺牡丹》诗，甚是不错。"

"哦，说来听听。"苏轼回头看了看晁补之。

晁补之便吟了起来："此花南地知难种，惭愧僧闲用意栽。海燕解怜频睥睨，胡蜂未识更徘徊。虚生芍药徒劳妒，羞煞玫瑰不敢开。唯有数苞红萼在，含芳只待舍人来。"

苏轼捻着须，点头道："无咎的记性好。徐凝的这首《题开元寺牡丹》比他另一首《牡丹》写得好。"

辩才介绍说："素有国色天香之称的牡丹花，大约是在中唐时期从洛阳传入杭州的。现在的杭州，也成了盛产牡丹的地方。每逢春天牡丹盛开的季节，观赏的游人不绝，声势极盛。大家一起品赏牡丹，题诗作文，设宴畅饮，乃至插花秉烛夜游。"

惠勤听辩才介绍起牡丹，便接道："去年三月二十三日，贫僧记得很清楚，苏大人应陈大人之邀，到吉祥寺观赏牡丹花，贫僧应守璘法师的邀请也去了。园内各类品种的牡丹花有近百种，争奇斗艳，异香飘逸，使人陶醉不已。吉祥寺僧为了款待陈大人、苏大人及僚友们，特意摆出丰盛的酒宴，奏起优美的笙乐，寺内外洋溢一片节日的气氛。州民们听说陈大人、苏大人等州郡长官聚集在吉祥寺观赏牡丹，也都闻讯赶来，并推出代表，在笙歌四起的伴奏声中，向陈大人、苏大人及其属吏共五十三人敬献了'金槃'和'彩篮'。"

听惠勤提起去年在吉祥寺赏牡丹，苏轼一阵哆嗦，脸色苍白。时隔一年，苏轼一想到那天发生的事，还会后背发凉，后怕不已——

那天，是杭州的传统节日——吉祥寺牡丹会。

这牡丹会，不仅赏花，还赛花。凡栽种了牡丹的百姓，都可以在这一天选出自家最好的牡丹，写上家主的名姓，捧到吉祥寺来参赛。主持评选的是当地缙绅，颁奖者是府衙官员。牡丹获奖，被视为牡丹爱好者的最高荣誉。

知州大人陈襄从未亲临过牡丹会。今年特殊，因为苏轼苏大人在杭州任通判，能与誉满天下的大才子苏轼一起饮酒赏花，乃人生一大幸事，于是他欣然前往。知州大人都去了，州府官员自然全体出动。下午未时一过，官员们便齐聚凤凰山麓的州衙前，一人一顶轿子，跟随着陈大人向吉祥寺进发。一路上，彩旗飞扬，鼓乐喧天。州民们也将日常烦恼丢在脑后，夹道观看这长长的轿子队，鼓掌欢迎父母官来到他们中间。

轿子在吉祥寺山门前停下，陈襄率领众官走向大殿。这时，等候在殿前天井里的十个绅民代表，便用铜盘托着牡丹走来，当着围观的群众，为官员们头上戴花。

苏轼想，自己是个半老大男人，头上戴朵花成什么样子？他想躲开，但看见陈大人等都微笑着让人把花插在头上，他也只好就范。他戴完花不好意思地偷觑身旁，却见周围的人，不论男女老少，头上都戴着一朵牡丹花，而且相互看着笑着，十分开心。苏轼见状，也不觉呵呵笑了。

接着，官员们走上殿前宽大的走廊，在事先摆好的椅子上入座。

州衙的书吏何诚站在台阶上，向围观的州民宣告："今年的牡丹花会，难得知州大人亲临，与民同乐。知州大人特请苏大人为今日盛会咏出牡丹诗，待会儿，由盈春院的姑娘弹唱苏大人的诗，并献上牡丹舞。请列位大人与百姓同赏。"他举手向一旁示意，殿侧便响起了丝竹之声。

围观的民众立即闪开一条路，领舞的樊娘、琼娘带着乐伎香香、雪雪和伴舞的姑娘们，手执牡丹来到殿前。她们载歌载舞："一朵妖红翠欲流，春光回照雪霜羞。化工只欲呈新巧，不放闲花得少休。"

一曲之后，围观百姓按惯例退出此院，到寺内外其他地方去赏花、评花。这里便摆出宴席，让州县官员进餐。

今天，因为有知州大人出席，州衙官员都异常兴奋。苏轼、卢秉等数人与知州陈襄一桌。陈襄也想借此机会，和同僚一起高兴高兴。为了解除众人的拘谨，他说："诸位，只是吃菜喝酒也无趣，我们来行行酒令如何？"

众人一听，连忙凑趣："好哇好哇。大人说，行什么酒令？"

陈襄道："行这样一种酒令。说出一句与历史事件或历史人物有关的话，就可以独吃一盘菜。最后没有菜吃的人，便要罚酒。"见众人不大明白，他说："那就让我先来吧！"说完大声道："姜子牙渭水钓鱼！"说罢，伸手把一盘鱼端到自己面前，笑道："这盘鱼归我了。"

众人笑道："明白了，这酒令好，没得菜吃的，罚酒三杯。"

笑声未停，便有人大声叫："秦叔宝长安卖马！"说完端走了那盘马肉。

又有人叫："苏子卿匈奴牧羊！"一盘羊肉又被端走。

卢秉赶紧叫："张翼德涿县卖肉！"说着便伸手去端那盘猪肉。

苏轼站起身来，伸开两手大叫："秦始皇吞并六国！"他指着剩下的六盘菜说道："都归我了！都归我了！"

苏轼手舞足蹈的滑稽模样，惹得大家哄堂大笑，连知州陈襄也笑得人仰马翻。

心情愉快的苏轼，尽兴喝了几杯，结果当然醉倒。知州大人出去为牡丹发奖，他也没能同去。有人将他搀到轿中，要把他抬到哪里，他也全然不知。夜幕降临时，他的官轿进了盈春院。

盈春院里，住着樊娘、琼娘、雪雪、香香四名乐伎。乐伎，人称"乐籍女子"，身份是"贱民"。因为她们抛头露面，以声色事人。所以，乐伎都是从穷家小户或犯罪人家的女子中挑选而来。她们不但个个面目靓丽，而且都学会了琴棋书画。她们的任务，就是在官府的社交场合中助兴；应官员的召唤陪他们饮酒、品茶、下棋、赋诗。鉴于这个职业的特殊性，大宋的法律规定：乐籍女子要年老色衰时，或久病不愈时，才可申请"脱籍"，脱籍后方可谈婚论嫁。同时，法律禁止官员与乐籍女子有男女私情。如果有了这种事，官员就要被革职问罪，乐籍女子也会受到严惩。

盈春院分四个小院，分别居住着樊娘、琼娘、香香和雪雪，以及她们的伴奏、伴舞、伴唱和伺候她们的丫头婆子，这些人都是由官府供养。每年的今天，姑娘们都要去吉祥寺参加牡丹会。傍晚时分，樊娘感觉到身体不舒服，就跟州衙管事告假先回盈春院了。回来后，便躺在了二楼走廊的躺椅上，张望着院外西湖边华灯初上的美丽景色。

天黑时，她看见有乘官轿进来，直接去了琼娘的小院。接着听见脚步声，分明是有人上了琼娘的楼。然后，又见轿夫抬着空轿走了。

樊娘觉得蹊跷，暗自思忖：当官的今天都在吉祥寺，谁会黑灯瞎火来琼娘的楼上？他不怕别人知道后，不仅自己倒霉，还会连累琼娘吗？樊娘觉得，需要去提醒这个人，让他赶快离开。

于是，她跑下小楼，跑到院子里拐个弯，再跑进琼娘的小院，跑到琼娘的楼上，跑进她的客厅。

客厅里没人！从琼娘的卧室里却传出男人的鼾声。

樊娘感到事态严重。她放胆走进琼娘的卧室，顿时惊呆了：烛光下，横躺在琼娘床上的，竟然是她熟悉的崇拜的敬重的大才子苏轼苏大人！前不久，还将自己捡养的丫头王朝云托给了眼前的这个男人。

她奔到床前，嗅到了浓烈的酒味。苏大人醉了！必须让他马上离开这个房间！她去叫他。可是，叫不醒！她去推他，可是那高大的身躯一动不动！她连忙一口吹灭烛火，希望黑暗能掩护苏大人不被人看见。

她六神无主地站在房中，忽然想起，琼娘也许参与了这件事。若不然，别人怎么敢把苏大人弄进她的卧室。这么一想，樊娘更加心慌意乱。

这时，她听见楼外有了杂沓的脚步声，那是她熟悉的轿夫们的脚步声。这脚步声告诉她：姑娘们回来了！她立刻转身下楼向香香的小院奔去，同时决定：先不让琼娘知道自己看见了苏大人。若是琼娘参与了这件事，她上去至少要点灯、更衣，这就给了自己想办法的时间。但是她又想，琼娘与苏大人无冤无仇，为什么要害人害己？那么，今天的事，她或许是被迫的。

于是，她产生了一个念头：既要救得了苏大人又要保护好琼娘。

琼娘上楼进屋，发现里里外外一团漆黑。她站在小厅里，听见了男人的鼾声。

苏轼还没来到杭州时，盈春院的人就早已知道他，而且熟悉他，因为她们唱过他很多的诗词。苏轼来到杭州后，他的爽朗与亲和，他写下的西湖诗篇，他善待王朝云的事，使她们忘了贱民的伤痛。要琼娘陷害苏轼，实在非她所愿。

可是，她又不得不这么做，因为她必须要保护另一个男人，那男人也是个官员。他不幸爱上了自己，更不幸此事被何诚发现。何诚答应为琼娘保密，条件是，她必须当场抓住苏轼对她图谋不轨。何诚还说："苏轼是举国闻名、皇上宠爱的大才子，一点男女之事，朝廷不会把他怎样。"听到这个说法，琼娘稍微宽心。她哭着点了头，为自己心爱的男人，她答应与何诚共设陷阱。

听见苏轼的鼾声，琼娘的心忍不住战栗。但是她知道，何诚正在墙外的黑暗中等待。她还知道，一旦事成，何诚会马上派人去京城告发。因为她听她男人说起过，何诚是京城派来监视苏轼的。

只要她发出信号，何诚就会跑来"寻找""失踪"的苏大人，就会看见苏轼穿着内衣睡在她的床上。那时，她就说出事先准备好的谎言，把一切责任推给苏轼。

琼娘颤抖着摸索到梳妆台前，慢慢打开抽屉，摸出火镰，哆哆嗦嗦打火点燃蜡烛。借着昏暗的烛光，琼娘看见苏轼横卧在自己的床上。她颓然摊坐在梳妆台前的凳子上，觉得没有力气将这件事情进行下去。

床上的苏轼却开始抬手动脚了，他口齿不清地嘟哝着："茶……"他叫："娘子，茶……"等了一会儿，他翻身坐起，闭着两眼说："我要喝茶……"

琼娘战战兢兢站起，她望着苏轼，不知该不该给他送茶。

苏轼费力地睁开眼睛，叫道："娘子……"他摇摇晃晃站起来，迷迷糊糊晃到了梳妆台前，看见了铜镜。他坐下，镜子里便映出一个戴牡丹花的人头。

苏轼笑起来，说："这老头是谁呀？头上还戴花？"他凑到镜前细看："哦。是苏某。哈哈！苏子瞻啊苏子瞻，你才三十七岁怎么就变成老杂毛了呢？"

他对着镜子，左看右看，然后颤悠悠地吟了起来："人老簪花不自羞，花应羞上老人头。醉归扶路人应笑，十里珠帘半上钩。"

他"呵呵"笑着扯下牡丹，放在梳妆台上。

琼娘渐渐镇定下来，走到苏轼身后，小声道："茶来了。"

苏轼撇撇嘴："渴了，我渴了。"他接过茶盅。咕嘟咕嘟一饮而尽，然后打量着茶盅道："这……这茶，怎么与往日的味道不同？"

琼娘从他身后接过茶盅，低声说："睡觉吧。"她放下茶盅，蹲到苏轼的身旁，低着头去给他解衣带。

苏轼道："我才起来，如何又睡？"他站起身，晃晃悠悠地说道："娘子，你已怀孕八个月，过不了两个月，你就要生了，我名字都想好了，生儿子就叫苏过，生女儿就叫苏杭，呵呵！"突然，他的蒙眬醉眼圆睁，问："你、你是何人？"说着，他一把将蹲在身边的琼娘推开，环顾四周道："这是什么地方？"

琼娘"扑通"一声跪下道："我是琼娘，这里是、是我的卧房。"

苏轼急问："我如何会在这里？"

琼娘道："大人您醉了，说要来我这里的！"

苏轼厉声道："闭嘴！就算我醉了，可是你没醉！难道你不知道朝廷的王法吗？你竟敢将朝廷命官抬入你的卧室之中！你是何居心？是否有人指使你这样做？快快从实招来！"

说完，他大步走出卧室，来到厅堂，到桌边掸衣正冠而坐，看样子就要审案了。

正在这时，樊娘与香香闯进门来。樊娘叫道："苏大人，快下楼去。姐妹们都在等着您呢。"

苏轼又吃了一惊，问："等我？等我做什么？"

樊娘道："等大人赋词啊！您在牡丹会上答应给我们几个赋词的。大人您说，牡丹会后还来这里看我们跳舞。琼娘请您上楼品尝她的新茶，让我们先准备着。这会儿，姐妹们都已经准备停当。大人您要喝茶，就下楼一边喝茶一边赏舞吧。"说着，樊娘和香香上来，一边一个挽住苏轼的胳膊，不由分说地架着他向楼下走去。

在下楼的过程中，苏轼已经彻底清醒。他想不起有赏舞赋词这回事，但明白樊娘是故意前来打岔。他十分感激她们来打岔，否则，这件事真不知如何收场才好。他断定琼娘没有这么大的胆子，也没有必要陷害自己，她背后定有指使的人。这件事若不追究，别人知道了又有点说不清楚。若要认真追究，自己与州衙上下都不免难堪。有樊娘这么一岔，便可顺水推舟，装个醉酒糊涂，让这事不了了之。想到这，他感激地看着樊娘。

自从被诬"贩卖私盐"后，苏轼才明白竟有这么多人仇恨自己。他曾发誓决不喝醉，以免酒后误事。今天的牡丹会，他放松了警惕，因为在座的都是州衙官员，还有知根知底的知州陈襄，他认为不会有什么意外。喜欢热闹又是初次参加牡丹盛会的他，真的开心了，他已经很久很久没有这样开心了，便忍不住多喝了几杯，谁知竟会出现了这种叫人难堪的事。

当脚还在楼梯上"咚咚咚"往下走的时候，苏轼已在心底给了自己一个严重的警告："不跟变法派站在一起，就会有人想陷害你，要时刻检点自己的行为！凡有外人的场合再也不许喝醉，不能让对方有机可乘！"

楼下的厅堂里，雪雪和几个伴唱伴舞的女子正嗑着瓜子聊着天，见苏轼进来，便起身相迎。

樊娘与香香扶着苏轼在椅子上坐下，雪雪端来一杯茶放在旁边的案几上。

樊娘领着香香、雪雪站在苏轼面前，齐刷刷道了万福，樊娘道："苏大人，您在牡丹会上说过，来我们这里，看我们跳舞，给我们赋词的，大人您可不能反悔！"

苏轼长长地嘘了一口气，顺着樊娘的意思道："本官当然不会反悔，那就有劳你们跳舞，本官来为你们一一赋词，但在牡丹会跳过的舞你们可不能重复！"为避人耳目，苏轼自称时都称起"本官"来了。

曼舞轻歌，是樊娘她们的强项。在琴声的伴奏和丫头们的伴舞下，三人跳舞更为认真，把多年所学的绝技也施展出来。因为现在是单独跳给苏轼看的。三人舞姿轻灵，身体软如云絮，双臂柔若无骨，如花间飞舞的蝴蝶，如潺潺的流水，如深山中的明月，如树林中的晨曦，如荷叶尖的圆露……苏轼目不转睛，看得如饮佳酿，感觉又一次醉了。

三人舞毕，便向苏轼讨要诗词。苏轼早已胸有成竹，打好腹稿，待她们奉上纸笔后，就拿笔蘸着丫鬟磨了好久的墨，写了起来。一刻钟的样子，三张笺纸上已写好了三首词。然后一人一张，分别赠给樊娘、香香和雪雪。

雪雪先念了起来："《减字木兰花》：娇多媚煞。体柳轻盈千万态。殢主尤宾，敛黛含颦喜又瞋。徐君乐饮。笑谑从伊倩意恁。脸嫩肤红，花倚朱栏裹住风。"雪雪念完，如获至宝，高兴得手舞足蹈。

接着香香也念了出来："《减字木兰花》：双鬟绿坠。娇眼横波眉黛翠。妙舞翩跹，掌上身轻意态研。曲穷力困。笑倚人旁香喘喷。老大逢欢。昏眼犹能仔细看。"香香念完，嫣然一笑，向苏轼致以谢意。

樊娘也经不住姐妹们的央求，润润嗓子，吟诵起来："《减字花木兰》：天真雅丽，容态温柔心性慧。响亮歌喉，遏住行云翠不收。妙词佳曲，啭出新声能断续。重客多情，满劝金厄玉手擎。"

樊娘念完，向苏轼道了万福，问道："大人，您给我们仨都写了《减字木兰花》，那您给王朝云写过《减字木兰花》吗？"

众姐妹一阵诧异，没想到樊娘会问苏大人这样一个问题。

苏轼知道樊娘想试探他对朝云的钟爱程度，便道："你们都有了《减字木兰花》，朝云她焉能没有！"

香香是个直性子，嚷嚷道："那大人念来听听。"

苏轼便吟道："琵琶绝艺。年纪都来十一二。拨弄么弦。未解将心指下传。主人瞋小。欲向东风先醉倒。已属君家。且更从容等待他。"

字字真意。樊娘从词中知道苏轼没有辜负她的一番良苦用心。

苏轼写给王朝云的这一首《减字木兰花》，给他的牡丹会遇"险"记画上了圆满的休止符。苏轼回到家里，把这有惊无险的故事讲给王闰之听。王闰之明白了，在杭州还有人对苏轼放冷箭、设陷阱，便叮嘱王朝云一定要管紧老爷的诗稿。

用这种下三烂的计谋陷害苏轼，可不是王珪的主意，而是何诚自作聪明。王珪只要求他收集言论和诗词。王珪相信"言多必失"这句老话，而苏轼爱说话，又爱写诗。只要他敢非议朝廷，讥讽新法，就可按王雱"京城逻卒"的方式对他治罪。纵不能置他于死地，也能让皇帝对他心生厌恶。

可是何诚发现，来到杭州的苏轼，已不是凤翔时的苏轼了。那个锋芒毕露、年轻气盛、硬顶硬碰的苏轼不见了。知州陈襄又对他格外敬重，难办的差事都不叫他去办。所以，官绅百姓见到的苏轼都是笑呵呵的，以致何诚收集不到他的什么不当言论。至于苏轼的诗，那倒是收来不少。但何诚横看竖看，也找不到可以给苏轼治罪的理由。直到发现琼娘的私密时，他才想到可以利用美人计，在牡丹会上陷害苏轼。他知道苏轼好酒而无酒量，只要他醉倒，就可让他身败名裂。到那时，皇上再怎么偏袒他，他也不能回朝了。

何诚急于这么做，还有他的个人原因：他不甘心永远只当个书吏！现在，王珪的官做得不小了，他答应过自己，若能替他除掉苏轼这个心腹之患，便可让他当个七品知县。面对"七品知县"这样的诱饵，陷害苏轼便不仅仅是变法派和王珪的需要，也是何诚的需要了。

可是，何诚只知苏轼"少饮即醉"，却不知苏轼"小睡即醒"。在他周密的计划中，苏轼竟过早地醒来，这实在是何诚始料未及的。而且，他醒来后还要审案子，这让何诚想起来都后怕。幸亏樊娘和香香来把苏轼拉走，否则后果不堪设想。计谋失败虽然让何诚耿耿于怀，却又庆幸苏轼没有深究。否则，他定要偷鸡不成蚀把米了。

"'人老簪花不自羞，花应羞上老人头。醉归扶路人应笑，十里珠帘半上钩。'恩师，您的这首《吉祥寺赏牡丹》诗，不仅杭城的官绅百姓争相吟诵，在各个属县也传扬开了。"晁补之见苏轼长时间不说话，且神情严肃，特意吟诵起老师的牡丹诗，以缓解尴尬的气氛。

苏轼回过神来，感激地看着晁补之。他的那次有惊无险的经历，除了樊娘、琼娘、香香知道外，他只告诉过夫人王闰之，连王朝云也不曾透露半句，晁补之当然是不会知道的。

这个时候，苏轼又"呵呵"笑了，幽默豁达的天性再次露了出来。他指着晁补之道："无咎啊，你知道为师除了写过吉祥寺的牡丹，去年在杭城还写过哪里的牡丹？"

这问题，王朝云当然是知道的，因为诗稿是她收藏的。晁补之也很聪明，连忙把目光投向王朝云。王朝云只是羞涩地低下头，也不提供线索。辩才与惠勤是知道答案的，因为是他俩陪苏轼同去的，他们见王朝云不作声，也装作不知道。

晁补之只好摇摇头对苏轼说道："学生不知。"

苏轼"呵呵"一笑："告诉你吧！杭州观赏牡丹胜地除吉祥寺外，还有木子巷的明庆寺。吉祥寺牡丹大会结束两天后，为师在辩才、惠勤两位法师的陪同下，欣赏了明庆寺的牡丹，写下一首《雨中明庆寺赏牡丹》诗：'霏霏雨露作清妍，烁烁明灯照欲燃。明日春阴花未老，故应未忍著酥煎。'"

晁补之接道："好诗！雨中牡丹，清妍可爱，色泽更加绚丽夺目，比之灿烂阳光下的牡丹花别有一番风味。只是学生有一事不明，'著酥煎'，难道牡丹花还可以煎着吃吗？"

"你说对了。"苏轼又是"呵呵"一声，"为师家乡眉山就有用油煎食牡丹花瓣的习惯。牡丹不但可供观赏，还可以食用。将花瓣洗净后，拖上面粉，用麻油或牛油煎食，其味鲜美。呵呵！"

听到苏轼的口头禅"呵呵"，众人也哈哈大笑起来。

第十一章

大溪蓼海　吴昱／摄

　　他们在大溪客栈住了一晚，第二天起来，让苏轼惊喜的是，同年许广渊居然赶到了。

许广渊是许敬宗的后裔。许敬宗（592—672），字延族，唐新城县人。少时以能文著称，隋大业中举为秀才，任淮阴郡书佐。其父许善心死江都，许敬宗投李密起义军中，为元帅府记室。唐高祖武德初任涟州别驾。唐太宗召为文学馆学士。贞观八年（634）以著作郎兼修国史，迁中书舍人、给事中。十七年续修高祖、太宗两朝《实录》成书，封高阳县男、检校黄门侍郎。后唐太宗破辽于驻跸山，许敬宗奉旨草诏马前，词采富丽。由此专掌诰令。唐高宗即位，授礼部尚书，以受贿贬郑州刺史。永徽三年（652）入为卫尉卿，加弘文馆学士，兼修国史。既而，助唐高宗废王皇后而立武后，遂进侍中，加封郡公。旋又党同李义府助武氏远贬褚遂良、韩瑗、来济。逼死长孙无忌等旧臣。显庆三年（658）擢为中书令，同中书门下三品。龙朔三年（663）改右相，加光禄大夫。第二年又拜太子少师，监修国史。卒赠开府仪同三司、扬州大都督，陪葬昭陵。起初，许敬宗修高祖、太宗两朝《实录》，被誉为信史。到了龙朔年间，许敬宗掌知国史，则以自己的爱憎曲直进行删改，有失史笔尊严，被人诟病。著有《文馆词林》四卷及文集若干卷。

　　许广渊却不以许敬宗为荣，他称自己为许善心与许远的后人。许善心（？—618），字务本，隋新城县人。祖懋、父享，仕于梁、陈二朝。许善心幼即聪敏有思理，通五经百家之言，尤善《春秋》。任职陈新安王法曹。陈亡，隋文帝遣使为通直散骑常侍，爱其辞赋，升秘书丞。大业十二年（616），隋炀帝游幸江都，授通议大夫。十四年，宇文化及弑隋炀帝，欲立杨浩为帝，百官皆上朝堂拜贺，唯独许善心不去。宇文化及命人将其擒至朝堂，又令释放，许善心却不拜谢从容而去。终为宇文化及所不容，被其杀害。许善心的母亲抚棺不哭，只大声说："能死国难，吾有子矣！"遂绝食十余日，死去。

许远（709—757），字令威，唐新城县人，为许善心玄孙。生性宽厚，明于吏治。早年从军河西，任碛西度支判官。后被中伤，贬高要尉。安禄山乱起，唐玄宗闻许远有军事才能，特地召见，拜睢阳太守，累加侍御使，本州防御使。唐肃宗至德二年（757），安庆绪杀安禄山自立，派部将尹子奇以大军围攻睢阳。真源县令张巡前来支援，许远自认为才能不及张巡，便让张巡全权统率全军，自己则全力配合，共同坚守，往往出奇制胜。坚守将近十个月，因外援不至，兵粮皆尽，城陷被俘。尹子奇杀张巡，将许远押送洛阳交由安庆绪处置，但到了偃师，许远已绝食而死。唐肃宗下诏赠荆州大都督，立庙睢阳，岁时致祭。韩愈曾为文论之，以为"以千百就尽之卒，战百万日滋之师，遮蔽江淮，阻遏其势"，实有存天下之大功。在其家乡新城县建"忠烈祠"以祭之。

许广渊，字子奇，大宋嘉祐二年（1057），与苏轼、苏辙、曾巩、晁端彦等同榜考中进士。苏轼因深得主考官欧阳修、时任宰相文彦博和富弼、枢密使韩琦等大佬的赏识而名震天下。许广渊、晁端彦两位也是欧阳修得意门生，他俩秉承欧阳公的钧意主动登门求交于苏轼。三人见面后，相谈甚欢，从此结下了深厚的友谊。

许广渊有很重的家乡情结。这次也是在赴任复州知州前再一次回家乡走走。在四十岁之前，许广渊的官运比苏轼要好，现在苏轼还是杭州通判，他已升任复州知州了。复州知州任后，许广渊的官路不再亨通，反而跌为通判，后还做过一任知县，五十岁不到就致仕回到了新城老家，游遍家乡周遭的山山水水，吟咏唱和，留下了许多诗篇，合成一卷《新城杂咏》。苏轼去年在渌渚碧沼寺就读到了许广渊和晁端友的一首诗："山盘村曲晓烟迷，昼静新禽信意啼。风敛雨痕千嶂碧，日烘蚕箔万家齐。叶怜绿密真成幄，花惜红深又落泥。气候宜人尤解倦，夕阳归路绕长溪。"读后，赞赏不已。

这次，苏轼与许广渊一照面，就提起了这首诗，称赞"叶怜绿密真成幄，花惜红深又落泥"这两句写得有深意。

他俩携手走进与大溪比邻的中堂畈隐居寺，寺院周围风景犹如一幅山水画。地势开阔，群山环抱，中有一溪，穿畈而过。溪边有一古刹，即隐居寺。寺门前面有水塘，进入山门后院子十分狭小，几棵巨大而苍老的槐树相互穿插生长，挤拥着冲向高处，树下阴暗，早已看不到天的模样。穿过狭小拥挤的院子便来到大殿，说是大殿，其实也很小，里面仅有三尊佛像而已。但是香火却很旺，当地百姓觉得隐居寺的菩萨很灵验。殿后便是藏经阁和钟楼。藏经阁没有经书，唯一的好处是楼建得很高，游人可以登高望远，一览如山水画般的美景。

许广渊进京赶考前就来过隐居寺，对这一带也比较了解，他便给苏轼当起了向导。他向苏轼说起了隐居寺名字的由来。隐居寺早先的名字叫东林寺。施肩吾、徐凝就出生在离此不远的桐岘乡，他俩还在此处留下东林寺对句的故事——

相传，施肩吾年少时经常与同乡徐凝到东林寺游历赏玩。

一日，施肩吾与徐凝相携来到东林寺。中午时分，他俩在院中一边喝酒，一边对句，引来了寺内僧众旁听。

徐凝指着寺外的池塘出了下联："青草塘内青草鱼，鱼戏青草，青草戏鱼。"

施肩吾像，出自《东安施氏宗谱》
项文军／摄

施肩吾先笑徐凝不按常理出联，竟给出下联。笑归笑，上联还是要对的。他抬头望了望门外的田野，这时正值柳绿花红的春天，满田畈的油菜花开得黄灿灿的一片，一个小囡正一边小心地分开两边田里的菜花，一边在田塍上走着。施肩吾看到此情景，顿时来了灵感，马上对出了上联："黄花田中黄花女，女弄黄花，黄花弄女。"

"黄"对"青"，"女"对"鱼"，一个是田里所见，一个是池塘里所观。

众僧拍手，齐声说道："对得妙！对得妙！"

徐凝呷了口酒，又出一联："打开石壁，见巨龙文昌壁。"

这一联把中堂畈周围的石壁、巨龙、文村等地名都隐含在里面了。徐凝想借此难住施肩吾。

谁知施肩吾不慌不忙，提起酒壶对着酒盏洒出一线酒来，边洒边吟出下联："卷起中堂，现吕公查口堂。"

他这联也把中堂、吕公、查口等地名捎带进去了。

徐凝不禁连声叫好，但他眉头一皱，又说道："打开石壁，见巨龙文昌壁，顶天立地。"

施肩吾笑道："我这下联也可加字，叫'卷起中堂，现吕公查口堂，穿云破雾'。"

众僧连声赞道："高！高！高！"

两人站起身来，在九曲回廊上观赏雨后春景。

施肩吾说："接下来，该我出上联，你来对下联了！"

云台杜鹃　吴昱／摄

大溪古民居　吴昱／摄

施肩吾故里贤德　吴昱／扌

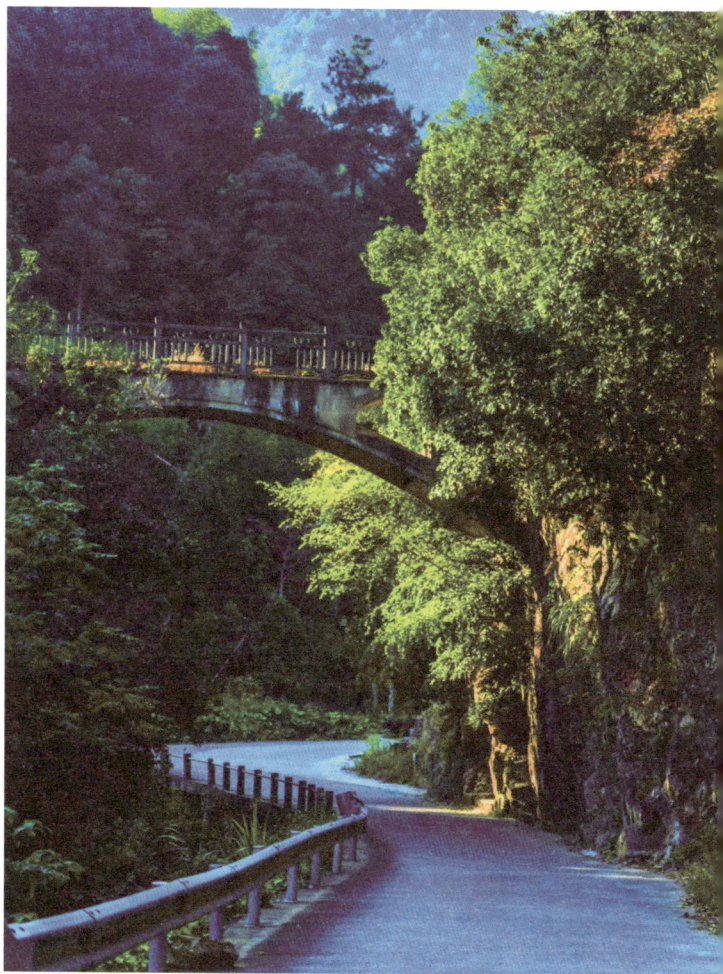

通往大溪古民居的路　吴昱／摄

徐凝拱手道："请！"

施肩吾随口吟道："一水贯中堂，烟霭有无，徐山人归苍茫处。"

这一联不仅把徐凝隐含在里面，把文溪贯中堂畈的地形也包含在其中了。

徐凝对道："千峰朝东林，雨晴浓淡，香炉坪在画图中。"

徐凝答得十分巧妙，把施肩吾住的香炉坪与东林寺融合在一起，与施肩吾出的上联很贴切。

施肩吾又出一联道："老欲依道。"

意思是他上了年纪之后要皈依道教。

徐凝大笑，认为施肩吾嘴巴讲讲而已，就答道："急则抱佛。"

施肩吾说："我这个上联，只要加个'头'，便成了一句古诗——'头老欲依道'。"

徐凝说："我这个下联，只要添只'脚'，便成了一句俗谚——'急则抱佛脚'。"

两人仔细一回味，不禁会心地哈哈大笑起来。

过了几年，施肩吾离开家乡，前往京城长安赶考，以第十三名的成绩考中了进士。施肩吾考中进士的那一年，一共只录取了二十九名进士，状元是卢储，余下的二十八人，其实人人都可以称状元。中唐以后，考个进士实在是太难了。

每年参加进士考试的考生达数千人，获得进士身份的只不过三十人左右。

在大唐，进士身份是一道无比耀眼的光环。虽然考进士犹如行蜀道，有登天之难，但"十年寒窗无人问，一举成名天下知"，土鸡变成凤凰的诱惑，让考生们无怨无悔。

争考进士，是大唐的一种社会风尚。难怪五十岁的孟郊在考中进士时会兴奋地写下"春风得意马蹄疾，一日看遍长安花"。

当年，施肩吾也无比兴奋与激动地写下了"报花消息是春风，未见先教何处红"。

在唐代，考中进士不容易，要想当官就更不容易。施肩吾好不容易考中进士，但事实上并没有像新城、分水两县争状元故事中说的那样引起唐穆宗李恒的关注。元和十五年（820）正月，唐宪宗李纯被宦官陈弘志等所杀，刚刚继位的唐穆宗哪有心情关注这些士子，况且他还是历史上有名的不思进取的昏君。

要知道，在唐代，科举虽然已成为入仕的主要途径之一，但通过礼部考试的登第者，只能说是具备了从政资格，要想当官，还必须经过吏部的"铨试"。铨试的内容分为"身、言、书、判"四项，"身"是看你的体格与相貌，"言"是听你的口语表达能力，而最关键的还是"书""判"两项，就是看你能否写出书法端正、文理优长的应用公文。事实上，科举登第者通过吏部铨试而被授官的极少。

贞元十六年（800）登进士第后的白居易，考了两年才通过吏部铨试，授正九品的秘书省校书郎。韩愈参加了三次科举考试后才考中进士，其后又四次参加吏部铨试均被淘汰，困顿长安十年。

没有当官实践便很难通过铨试，通不过铨试又不能当官，这个悖论岂不意味着科举选才成了一句空话？也不是。唐朝的做法，是特许道府一级的高级行政长官聘请那些被铨试刷下来的登第者，先在参军、从事、功曹这一类属员的职位上锻炼起来，虽然没有吏部颁发的"告身"（即官员身份证），不算中央正式任命，但因此得到了熟悉政策法令和处理公务的实践机会，经过这样的一番见习，就比较容易通过吏部的铨试了。假如还像韩愈那样不走运，屡试屡败，也还有另一种途径：依制度，凡三选不中而又在地方幕僚做满规定年限的登第者，都可以通过州府刺史的奏荐，由朝廷授予州县的参军簿尉等职务以获得告身，待做满任期后，便可以参加统一的官员考核，与通过铨试者一样享有听候铨选调升他职的待遇。韩愈最后走的就是这条路。

在等待吏部铨试的日子里，施肩吾给他的恩师李建写过一首《上礼部侍郎陈情》："九重城里无亲识，八百人中独姓施。

弱羽飞时攒箭险，蹇驴行处薄冰危。晴天欲照盆难反，贫女如花镜不知。却向从来受恩地，再求青律变寒枝。"

这首诗清晰地说明了施肩吾这种寒门进士的无奈。不到走投无路，施肩吾哪至于去恩师面前发这种感慨？当时，也许真的只有李建才能对施肩吾施加援手。元和十五年（820）二月二十九日，李建已经从太常少卿升为礼部侍郎。四月，作为礼部侍郎的他奏上大行皇帝谥曰圣神章武孝皇帝，庙号宪宗。可见此时他已经是朝中重臣。可惜李建死于长庆元年（821），时年五十八岁。施肩吾不能依凭他发展，也是天命。

幸好此时，由于唐穆宗仰慕白居易的才华，把白居易召回了长安，先后任司门员外郎、主客郎中知制诰、中书舍人等。施肩吾与张籍、白居易等老朋友相聚，才不至于十分寂寞。但当时朝中很乱，大臣间争权夺利，明争暗斗，唐穆宗又政治荒怠，不听劝谏。白居易对朝政失去信心，极力请求外放。唐穆宗长庆二年（822），白居易出任杭州刺史，杭州任满后任苏州刺史。白居易在外调杭州刺史时，向当时的洪州刺史李宪举荐了施肩吾。

李宪（762—829）是西平王李晟的第十个儿子，历任洪州刺史、江西观察使、岭南节度使。就这样，在长庆二年（822），施肩吾成了洪州刺史李宪的幕僚。

虽然不是独当一面的一方诸侯，但也可以一展身手，施肩吾还是很兴奋的。离开长安时，张籍赶过来与施肩吾话别，并赋诗一首《送施肩吾东归》，其中"知君本是烟霞客，被荐因来城阙间""早闻诗句传人遍，新得科名到处闲"两句是很有名的。

施肩吾的个性与李宪有点接近，所以宾主之间，倒是融洽和谐，配合默契。

长庆四年（824），江西发生了严重的蝗灾。李宪、施肩吾顶住压力，成功捕蝗。刚捕杀了蝗虫，还来不及喘口气，又遇上百年难得一遇的大旱，此时的李宪已升任江西观察使，而观察使衙门仍设在洪州。李宪又准许施肩吾开仓赈灾。李宪、施肩吾等人的正确抉择，救了一大批即将饿死的百姓。被救的百姓们当然感恩戴德，但朝廷却没有放过他们。

不久，李宪因为擅自开仓赈灾，被贬迁岭南节度使，大和二年（828）卒于岭南官所。李宪在离开洪州之前，向吏部推荐了施肩吾，希望施肩吾接替他出任江西观察使。

但是，施肩吾在赈灾中私自插起杏黄旗，有冒充钦差巡视州郡的嫌疑，李宪的动议在吏部搁浅，石沉大海。

施肩吾为李宪鸣不平，同时看穿了官场的黑暗，于是不等吏部的批文下来，便悄然离去。

施肩吾之所以毅然离开官场，一方面当然与官场的黑暗有关；另一方面，他遇上了高人冲虚子罗子房。按照与冲虚子罗子房的约定，上了洪州的西山。西山是横跨南昌、新建、奉新、建昌四县地域山脉的总称。因为地处豫章郡城之西，故名西山。还因古仙人洪崖炼丹于此，又名洪崖山。

施肩吾隐于洪州西山后，自号栖真子，虔诚地修起道来。他在《西山静中吟》中写道："若数西山得道者，连予便是十三人。"这是施肩吾隐指自己遥承许真君一脉，是十二真君的衣钵传人。在西山隐居修道的二十年，施肩吾苦苦追求，颇有收获。

施肩吾的一生以他归隐西山为界，可分为两个时期。施肩吾一生酷好神仙道教，青年时期就在四明山一带求仙练道，施肩吾诗集中的《忆四明山泉》《同诸隐者夜登四明山》等，真实记录了他的那段生活经历。

施肩吾长年行修"三静关"法，开成三年（838）正月初一"闭户自修，不交人事"，后"此三者皆应"，在西山修道，他的最大成果就是写出了《养生辩疑诀》。

施肩吾、徐凝的诗在中唐的诗坛上独擅其能，二人又长时间跟张籍、白居易、元稹等著名诗人生活在一起，深受他们的影响，使得诗的风格跟元稹、白居易极为相像，后人将施肩吾、徐凝等人列为元白诗派的及门弟子。

施肩吾与徐凝的诗确实是通俗、流畅的。如，施肩吾的《瀑布》诗："豁开青冥颠，泻出万丈泉。如裁一条素，白日悬秋天。"《幼女词》诗："幼女才六岁，未知巧与拙。向夜在堂前，学人拜新月。"又如，徐凝的《古树》诗："古树欹斜临古道，枝不生花腹生草。行人不见树少时，树见行人几番老。"《答白公》诗："高景争来草木头，一生心事酒前休。山公自是仙人侣，携手醉登城上楼。"

施肩吾的年纪要比徐凝大十岁左右，但徐凝却比施肩吾早十年左右回家乡归隐。在这十年里，两人有频繁的书信与诗词唱和往来。施肩吾从西山写给徐凝的《西山即事奉寄故园徐处士》："仆作江西少施氏，君为城北老徐翁。诗篇忆昔欢相接，颜貌如今恨不同。世界尽忧蔬上露，时人皆怕烛前风。唯余独慕神仙道，芥子虽穷寿不穷。"徐凝从家乡回给施肩吾的《回施前辈见寄新诗二首》："（其一）九幽仙子西山卷，读了缘绳系又开。此卷玉清宫里少，曾寻真诰读诗来。（其二）紫河车里丹成也，皂荚枝头早晚飞。料得仙宫列仙籍，如君进士出身稀。"从中可看出两人真情真谊，关系非同一般。

施肩吾在西山隐居修道二十年后，回到家乡新城，此时的他已过花甲，鬓发皆白，家人都认不出他来了，回到家里的施肩吾，已是三代同堂，祖孙三代聚在一起，话别后家常，倒也是其乐融融，天伦尽享。

特别是《幼女词》写到的女儿宗英，嫁了个诗人女婿何希尧，更是让老爷子高兴不已。翁婿几乎天天在一起喝酒品

布衣诗人希尧公像

何希尧像，出自《东安何氏宗谱》 项文军／摄

茗作诗。

三个儿子，大儿子宗尧、二儿子宗舜、小儿子宗禹，分居三地，这也是施肩吾的爷爷定下的规矩。爷爷是一头挑着施肩吾的爸爸，一头挑着施肩吾的姑姑，逃难到此定居繁衍的。为了使后世子孙不被灭族，开枝散叶下去，留下遗训：施氏男女必须相距三十里而居，世系罔替。施肩吾的父亲施光国遵训，将大孙子宗尧迁居石壁口，离老宅不远。将二孙子宗舜迁临安，不止三十里。将小孙女宗禹迁居新城仙里，也不止三十里。将小孙子宗英和孙女婿何希尧留在仁阮的老宅里。

施肩吾刚到家的时候，三个儿子携家带口都赶回来相聚。看到儿女们都已成家立业、开枝散叶，施肩吾备感欣慰。

施肩吾在西山隐居修道二十年，与世隔绝，不知世俗艰辛。世道越来越乱，儿子们都得回去劳作，养家糊口，让刚享天伦的施肩吾既不舍，又无奈。

夜深了，施肩吾还端坐在书案前，一会儿冥思，一会儿奋笔疾书。他写道："一曰：重祭祀。水有源而流长，木有根而枝茂。祖者，子孙之根源也，须当因时致祭以尽报本追源之心。二曰：敦孝悌。爱亲敬长，人道之大端也。凡为子孙者，求为孝子慈孙，不可越礼犯分，得罪于名教，即为黜逐所不容，宜当戒之慎之。三曰：植名节。名以扬世，节以立身，生人之大端也。孝弟忠信礼义廉耻，须当克尽。四曰：和宗族。睦族之道无他，只在体祖宗遗意。患难吉凶，一应相关。一族之间不至怀奸作慝恃势欺凌，则敦睦之风不期厚而自厚矣。五曰：慎嫁娶。男女婚嫁，人伦之始，必要门户相当，勿苟慕其富贵，而轻视其事也。六曰：教子孙。子孙生质，或有贤愚，训诲无分弃取，愚则耕，贤则读，士农工商，各循一业，教道不可不严。七曰：勤耕织。耕织乃治家之本源，生财之大道。苟不务生业而懒惰偷安，内淫外荒，甘旨峻宇，至于年丰而啼饥，冬暖而号寒，悔何及矣。"

次日，待到儿女们前来问安的时候，施肩吾指着堂前新挂的中堂说："这是昨晚我亲订的家规七条，你等回家之前，须抄一份，回去贴于堂前，时刻遵照执行。"

几天之后，三个儿子便带着妻儿回到各自居住的地方过生活去了。

儿子们前脚刚走，老朋友徐凝就来了。他们俩见了面，对视片刻，忽然哈哈大笑起来，连声说："老了，老了！咱俩都是白首老叟了。真是岁月不饶人啊！"

一番嘘寒问暖后，徐凝说："老仙翁，咱俩已几十年没有去游东林寺了，趁现在正是盛夏，明日我们来一次故地重游，去乘风纳凉，您意下如何？"

　　施肩吾看着也已两鬓斑白的徐凝道："正合我意！徐山人，听人说了真法师已于前几年圆寂，现在的住持是我们小时候的同学杨山！"

　　徐凝回道："现在已没人知道杨山这个名字了，大家都叫他圆澄法师。"

　　第二天一大早，施肩吾和徐凝就出门了。慢悠悠走到东林寺的时候，早已是烈日当空，气温骤升。他俩这时只有不停地摇扇擦汗，快步走到寺前的广场边，在大树下的石条上坐了下来。

　　徐凝皱着眉头道："热煞啦！幸亏出门早，要是在半路，更吃不消了。"这时，圆澄法师迎了出来。他们仨已是几十年未见，相互对视，许久说不出话来。

　　他们仨坐在树下聊着几十年想聊的话，树荫遮日，凉风习习，像进入秋季似的，凉快极了。

　　施肩吾诗兴大发，当即吟了一首《同徐凝游东林》："火轮烈烈彩云浮，才到东林便是秋。有客可人来未暮，松风几沸碧山头。"

　　圆澄法师听后连连夸奖："好诗！好诗！两位施主几十

年没来东林寺了，你俩年轻时东林寺对句的故事，老衲可是知道得清清楚楚，现在，我这个少年时的老同学成了东林寺的住持。几十年了，这里的树更加郁郁葱葱、枝繁叶茂。近几年，寺内不仅增建了天王殿、弥勒殿，还扩建了经堂、僧舍与斋堂。你们看，整个西首山麓的幽谷中，殿宇林立，古木参天，气象不凡！"

施肩吾顺着圆澄手指的方向看了很久，捋着白须，感叹道："环境清幽，真是佛家宝地！"

徐凝接道："老仙翁，你二十年修道，接下来就在此处隐居吧！"

施肩吾笑道："好！徐山人，你来我也来，同隐此处，一起守着家乡的这一方净土！"

圆澄闻言，连忙双手合十，认真地说道："两位施主隐居鄙寺，那干脆将东林寺改名为隐居寺吧！"

施肩吾、徐凝异口同声道："隐居寺，此名甚好！"

从此，东林寺就改称隐居寺了。

苏轼耐心地听许广渊讲完施肩吾与徐凝的故事，感叹道："隐分身隐和心隐两种，至境即为两者结合。身隐即身处田园生活，种菜种树种花，吟诗弹琴作画，不问世事。心隐即淡然处世，不受喧嚣影响。身隐须山间僻静处，心隐乃身处闹市也可。眼前这隐居寺却是个身隐心隐的好地方！"

晁端友接道："许大人，何不听着山涧流水声，看着中堂山水为隐居寺吟诗一首，以助苏大人诠释隐居之意。"

许广渊也不推辞，背着手在院内来回踱了几步，便吟道："荒村十里居人少，中有僧庐挂隐名。高阁截空霜月古，群山临槛竹风清。潺潺鸣溜将心涤，艳艳新花共眼明。珍重肩吾能自适，尝招诗友避暄行。"

许广渊吟完，众人鼓起掌来。晁补之道："许大人的诗，每每情景交融，让晚生受益，让晚生佩服。晚生在许大人的《新城百咏》中读到过一首《题广福院》，其中'溪光山色照天晴，开豁襟怀远眼明。每日风清生竹韵，有时雨过沸滩声'与刚才这首诗中的'高阁截空霜月古，群山临槛竹风清。潺潺鸣溜将心涤，艳艳新花共眼明'有异曲同工之妙。"

许广渊听说过晁补之记忆力超群，刚刚的亲耳所闻还是让他大吃一惊，道："无咎过目不忘的能耐，让我大开眼界。你既读过《新城百咏》，那就考考你如何？"

晁补之也不胆怯，拱手道："请许大人出题！"

许广渊点题道："普照院诗。"

晁补之接道："乱峰环合处，中见古精庐。万象画不到，数僧闲有余。岭云时聚散，松竹昼清虚。自辨一泉后，每来长者车。"

许广渊又点题道："惠济院诗。"

晁补之接道："建刹基千古，凌云阁数层。成群皆旧衲，那个是真僧。来灭惟心火，长明总佛灯。泉灵名惠济，济物有时增。"

许广渊接着点题道："罗隐宅诗。"

晁补之马上接道："废宅百年后，荒基一亩平。独怜新桧柏，谁识旧轩楹。闾里清风在，溪山秀气明。当时苦吟夜，应使鬼神惊。"

许广渊暗暗称奇，口里又迅速点题道："杜公井诗。"

晁补之闻题，脱口而出，犹如自己写的一般："几处城中井，标名孰与伦。异非深百尺，功在活千人。大旱流皆涸，甘泉惠爱均。无情知水石，诚发应如神。"

见难不倒晁补之，许广渊心中越发称奇，点了其中极为生僻的一首诗："乌伊轩诗。"

话音刚落，晁补之不假思索地接道："轩开环列万峰青，门对乌伊遂榜名。千室楼台凭槛尽，一溪烟水卷帘明。炉烟晨起浮云篆，松韵时来杂梵声。峻极只宜长闭户，奈何持钵入东城。"

许广渊还想点题，苏轼摆手制止："子奇兄，你考不倒他的，晁家这过目不忘、记忆超群、文思敏捷的本事是天生的、遗传的，无咎这个叫过目成诵，他们家还有个更厉害的晁咏之，闻之能诵。朱弁在《曲洧旧闻》中说他看《汉书》一目五行，而且边看书边和客人问答，在漫不经心间，书中内容全部记下。合上书本，谈起书中人物经历的大大小小的事情，就像与那人同时代一样熟悉。"

许广渊见苏轼这么说，便停止发问，伸出大拇指朝着晁补之赞道："无咎资质敏捷，记忆超群，才气俊逸，必显于世。子瞻兄慧眼识珠收于门下，将来的前程不可限量！"

"咱们啊，也别太赞无咎啦！我也来赞赞子奇兄的这首《春日游隐居寺》，'高阁截空''群山临槛''潺潺鸣溜''艳艳新花'画面感极强，有王摩诘的'诗中有画，画中有诗'之感，好诗啊！欧阳公当年曾对我说过：'子奇的诗，常有出其不意的奇思妙想。'特别是最后两句把施肩吾、徐凝与隐居寺的渊源都巧妙地说出来了。"

苏轼接着道："我曾评过徐凝的《瀑布》诗，这次来到了他的家乡，对他有了新的认识。至于施肩吾么，对我影响最大的还是他的《养生辩疑诀》。施肩吾活了八十二岁，他在养生方面，不论是在理论上还是在实践上，都有较深的修养。我前两年在京城写的《养生论》主要参考了他的养生思想与理论。"

接着，苏轼慢悠悠地向大家讲起了他的养生之道。辩才与惠勤平时也注重养生，所以听得特别认真。

苏轼三十岁左右，在凤翔做签判时就开始了养生锻炼。特

春风桃李状元路 项文军／摄

别是从凤翔回到京城之后，政治上受压抑，对养生就更加倾心。他有一段时间是要追求长生不老，或骑鹤升天。但是，他看到所有搞炼丹或养生的人，即使活到百岁，也仍要离开人世的。他比较理智，及早地回到现实中来，只求得健康和长寿。

苏轼的养生之道或者叫长生术，主要由三方面组成。一是精神上建立稳定的心智情绪，二是生活起居上的锻炼和养成良好的习惯，三是药物帮助，特别是炼丹。

苏轼受施肩吾的影响，读了不少佛家、道家的经典，提出，养生首先要积极地取得精神上的宁静，必须克服恐惧、愤怒、忧愁等情绪，他主张"一概解脱"，那是一般人难以做到的。

苏轼从古书上摘取四项定则来概括他简化生活的常规，作为他长生术秘方之一。他写道："无事以当贵，早寝以当富，安步以当车，晚食以当肉。""晚食以当肉"，如他自己解释的，就是"已饥方食"，他说人饿的时候，吃淡泊蔬食，比吃山珍海味还要美。任性逍遥，自己安闲自在地走路，比坐轿、车好多了。早睡可以保证充足的睡眠，保持旺盛的精力。唯独"无事以当贵"，不太符合做事、生活的要求。人活在世上，总要干一些事情，四肢和头脑越用才会越灵活越聪明。

苏轼还总结了一套生活起居的习惯，用以养生。他每天后半夜都要披衣起来，面向东南盘腿坐好，先叩齿三十六下，然后闭目沉思，内观五脏，思念肺白、肝青、脾黄、心赤、肾黑，再想心为火红，向下压气，等气满丹田再慢慢呼出，使闭息循环。而后舌接唇齿，内外漱口水，津液满口之后，低头下咽。闭息九次，三咽津液而止。然后，以左右手热摩两脚心和脐下及腰脊间，都要达到热的程度。再用手摩熨眼面和脖颈，都要达到极热。还要用手捉鼻梁左右五七下，梳头百余梳，这些都做完了，才重新睡觉。他说这样会睡得十分香甜，一直到大天亮才会醒。

第十二章

施肩吾墓就在贤德集镇边上的罗梦山麓，当地人一直叫施肩吾墓为状元坟。整个墓区东到叶震奇地，西至叶遇时地，南至分水界，北至山峰，占地为一亩七分一厘八毫。墓东有观音堂，墓西是施氏祠堂。

施肩吾一生爱桂花。他在《买地词》中写道："买地不惜钱，为多芳桂丛。所期在清凉，坐起闻香风。"在《秋山吟》中写道："夜吟秋山上，袅袅秋风归。月色清且冷，桂香落人衣。"他生前在墓地上种下的金桂、银桂，树干已有一抱粗，已将整个墓地遮掩得严严实实。一下雨，苍翠欲滴；一开花，芳香袭人。苏轼一行也去了状元坟祭祀，让王朝云弹唱了施肩吾的名诗《春游乐》："一年三百六十日，赏心那似春中物。草迷曲坞花满园，东家少年西家出。"

祭祀完毕后，大家便陪着苏轼来到集镇上"煮葵烧笋"。苏轼从小就爱吃冬葵和春笋。

冬葵，早期叫葵菜，也叫冬寒菜。葵菜是先人吃了两千多年的一道蔬菜，被誉为"百菜之主"。《黄帝内经·素问》中说，"五谷为养，五果为助，五畜为益，五菜为充。"古代的"五菜"指的是葵、韭、藿、薤、葱。而葵，则被列为"五菜"之首。

《诗经·豳风·七月》中说："七月亨葵及菽。"这里"亨"是"烹"的意思，这说明，先秦时代，古人们已经将煮葵作为其日常生活的一部分了。

秦代之后，葵这种蔬菜，也时常出现在文学作品中。

汉乐府《长歌行》中就有"青青园中葵，朝露待日晞"的诗句。将这句同《十五从军征》中"井上生旅葵""采葵持作羹"，还有东汉阮瑀的"自知百年后，堂上生旅葵"等诗句摆在一起看，说明葵菜在两汉时是人们经常见到的植物。旅葵的意思，就是野生的葵菜。这种野菜，当时是经常被人们采来食用。

"岂无园中葵？懿此出深泽。"这一句是"建安七子"之一的刘桢写的，从这句诗可以知道，至少在刘桢生活的东汉，人们已经将葵菜放到菜园中进行人工培植了。

可能在相当长的一段时间里，人工培植的葵菜与野生的葵菜一直并存。在南朝梁诗人何逊的《行经范仆射故宅》一诗中，还能看到"旅葵应蔓井，荒藤已上扉"的诗句。葵菜的植株能够长到一人多高，长在水井边的野生葵菜倒伏后盖过井口，想必也不是什么难事，所以才有"蔓井"一说。

葵菜被大规模地人工种植的确切时间，最晚也得是北魏。贾思勰的《齐民要术》里，已将《种葵》列为蔬菜的第一篇，并详细地介绍了葵菜的栽培方法，怎么耕地，怎么作畦，怎么施底肥，怎样撒种子，怎么盖土，怎么采收，讲得一清二楚。

贾思勰在《种葵》篇中，介绍了春葵、秋葵和冬葵的种植技术。但是，他并没有把"春葵""秋葵"和"冬葵"当成三种不同的植物名称来讲，只是重点介绍葵菜在春、秋、冬三个季节的不同种植与采收方法。"春葵""秋葵"和"冬葵"的意思，分别是指"春天的葵菜""秋天的葵菜"和"越冬的葵菜"。可知，至少在贾思勰生活的北魏，"冬葵"还没有被用作葵菜的统称。

用"冬葵"来代指所有季节种植的葵菜，应该是在隋唐时期。因为在隋唐时期从中国引进大量典籍和植物的日本，从古至今一直用"冬葵"作为葵菜的称谓。

唐以后的数百年间，冬葵成了老百姓餐桌上的主打蔬菜。

后来出现了用南方小白菜同北方芜菁杂交而培育出的大白菜，又由于大白菜的产量远远超过冬葵，于是，冬葵便逐渐退出了历史的舞台。

应该说苏轼那个时代，是吃冬葵最时兴的时期。

苏轼在诗中写的"煮葵"煮的就是冬葵的嫩茎和嫩叶，幼苗当然更佳。苏轼喜欢煮后的冬葵那种甘滑的感觉，吃了有清热、舒水、滑肠的功效。

苏轼去年陈氏园之行时曾烧过一次葵菜。这一次，他又把"清煮葵菜"和"葵菜豆腐汤"的烹饪方法告诉了晁氏父子与辩才、惠勤他们。

除了葵菜，笋更是著名山鲜。笋可按照采集的季节分为春笋、冬笋和鞭笋，也可按照竹子种类来分类，如毛竹笋、麻竹笋、雷竹笋、箭竹笋、淡竹笋、绿竹笋、红壳笋、龙须笋等。

苏轼最喜欢吃一笃鲜，即咸肉炖春笋。春笋最嫩、最鲜，爽脆更是得自天成。所谓"尝鲜无不道春笋"，连唐太宗都对春笋朝思暮想，每年春笋上市，还要召集群臣共赴笋宴。

去年，苏轼来陈氏园"观政"，坐在望园楼中。他见碧樨山漫山遍野都是茂林修竹，连望园楼四周都是青翠的竹子。他便吟起了在於潜绿筠轩写的那首诗："宁可食无肉，不可居无竹。无肉使人瘦，无竹使人俗。人瘦尚可肥，士俗不可医。旁人笑此言，似癫还似痴。若对此君仍大嚼，世间哪有扬州鹤？"

晁端友打听到陈氏园"笋焐肉"烧得最好的，是住在朝山脚下的王婆婆。他便请王婆婆精心烧制了一碗"笋焐肉"来招待苏轼。这是用新鲜春笋和腌肉加上佐料烹制的，吃时切忌大嚼，只能细尝。苏轼食后赞不绝口，不禁在原来的诗后又加了一句："若使不瘦又不俗，还要日日'笋焐肉'。"

在贤德集镇状元楼上，苏轼品过"煮葵烧笋"后，透过窗户，看到鳞次栉比的商铺中有几家酒肆，斜挑着杏黄旗，斗大的"酒"字异常醒目，便摸着肚皮走出了状元楼。

许广渊、晁端友等人跟着苏轼漫无目的地走着，忽然听到了隐隐约约的哭泣声，循声找去，原来是从一间低矮的屋子里传出来的。这间屋子，虽然大门半闭，但门外也挑着酒旗，显然也是一家酒肆。为何门庭如此冷落呢？

苏轼等人不禁满腹狐疑，轻轻地走了进去。

柜台旁坐着一个年轻女子，低眉垂首，满脸愁云，她见来了一帮陌生的顾客，忙抹去眼泪，起身相迎。

苏轼不便问她因何悲伤，只先问她所卖何酒。了解到这家酒肆只供应一种黄酒，而且价格比别人家的黄酒要贵许多。

苏轼问道："既然是黄酒，贵号的价格为什么要比别家贵许多？"

女子答道："我家的黄酒与别人家的用料不同，工艺不同，质地不同……"说到这，女子脸上的愁云似乎不见了。

苏轼听罢，不禁哈哈大笑："既然是黄酒，哪来那么多的不同，拿酒来给我尝尝。"

女子不敢怠慢，立即斟上一盅，恭恭敬敬地递上。

苏轼毕竟是品酒的高手，各种酒见识多了。当女子打开酒氅的时候，一股醇香从酒氅内袅袅飘出，就觉得此酒芳香绝伦，确实与众不同。等到一盅放到面前，只见酒色橙黄，品上一口，醇厚甘美，远非一般黄酒可比，尝着尝着便一饮而尽，不禁咂嘴称道："好酒！好酒！果然是好酒！"

苏轼向女子拱拱手，问道："敢问店家，如此美酒，如何制成？"

女子道："此乃祖上所传，家父所制。"

于是，苏轼求见女子的父亲，访一访这位手艺高超的酿酒师傅。

此时，女子的眼神黯淡了，脸上又堆起了愁云。

原来，女子的父亲正在生病，而她正为生意清淡无钱为父亲抓药治病而发愁。

苏轼来到后院，见病榻上躺着一个有气无力的老人，言谈中才知道，这种酒所用的是高山山泉。每当酿制季节，老人和女儿都要雇人到十里外的洞顶泉去装水，用糯米酿制此酒。所以，酿制这种黄酒，耗时长，成本高，自然卖价就高了。一般的穷苦百姓没能力买，富家阔户又瞧不起他们这种寒酸小店，也不会来光顾。酒虽好，生意却清淡，父女俩守着这酒肆糊口都难。

"那么，为什么不卖一般的黄酒呢？"苏轼若有所思地问。

老人缓了一口气，提起嗓门道："这乃是祖上所传，岂能在我手上失传？"

苏轼一听，甚为感动，说道："如此好酒，岂能没有酒名，如果有了酒名，既能区别于'女儿红'，又能道出酒的妙处，岂不容易卖出去了！老人家，此地可否有世代相传人人皆知的故事啊！"

不等老人回答，女子抢着说："有啊！这里世代相传人人皆知的故事就是'两知县抢状元'啊。"

接着，她清了清嗓门，也不管大家爱不爱听，就给苏轼一行讲起了"两知县抢状元"的故事——

那是唐朝元和十五年（820）的年底，正当大家忙着过年的时候，一个好消息传遍了新城和分水的街头巷尾："施肩吾在京城高中状元啦！"

施家宗族和状元郎的亲朋在听说这天大的喜讯后，高兴、自豪、荣耀溢于言表，整个村都沸腾了。新城县令和分水县令也异常兴奋，吩咐衙役大放鞭炮，并鸣锣宣告，以示庆贺。大家不禁要问："施肩吾状元及第，两位县令为何这么兴奋？"这里面有个缘故。

在唐朝时光，朝廷为了鼓励各地官员重视培育人才，凡是高中状元的县的县令，官可升级，全县老百姓也可免赋税钱粮一年。这就是两县县令都兴奋万分的原因。可是，大家又奇怪了，施肩吾是新城人，他高中状元与分水县又有何关系呢？这还得从施肩吾家族的安家史说起。

施肩吾的祖辈居住在湖州的吴兴，在一场突发的变故中，他父母举家外迁，来到杭州府新城县和睦州府分水县交界处住了下来。在那里，一条石塥成了两县的交界线。塥上是分水地域，塥下是新城地域，其实是个三不管的地方。当初，施肩吾的父亲在塥上搭了间小屋暂住了下来。数年后，他又将住房建在塥下较宽敞的地方，而将塥上的小屋作为堆放杂物和养牲畜的用房。

要是平常时光，两地相安无事，谁也不会去关注它。而现在不同啦！如果分水县令争得状元公出于本县，自己马上得到升迁。因此，分水县就拿这小屋说事，一口咬定施状元是分水人。当然喽！新城县令也不可能让本县状元被别县夺去。由此就发生了两县令抢状元的故事。

不久，双方县令放出去的探子，都得到了朝廷报喜官员要来的消息，也探知报喜官员从杭州乘船溯江而上的行走路线。新城县令闻讯后，马上在富春江支流的渌渚江码头搭建彩篷、举办集市，搞得十分热闹。当然，这一切情况也均在分水县令的掌握之中。他在分水做好了迎接报喜官员的一切准备工作，但相比之下，新城欢庆的火热程度要比分水高得多。

就在报喜官员要来的那天前夜，分水县令带数位官吏，半夜就从分水乘船顺水而下，经桐庐直达窄溪船埠等候报喜官员。他想赶在新城县令之前，在渌渚江与富春江交汇处将报喜官员接走，来个既定事实，看你新城县能奈我何！

眼看午时都已过，仍不见报喜官员到来。眯着眼坐在太师椅上憧憬着升官的分水县令疑惑起来。这时，一位探子气急败坏地向他禀报："老爷，大事不好啦！新城县令带人从新浦走陆路，在窄溪港前几站就将报喜官员抬去新城县衙了。"原来，新城县令棋高一着，在渌渚设了个迷魂阵，明修栈道暗度陈仓了。分水县令只得灰头土脸地率众回衙。

没接到报喜官员的分水县令，说什么也咽不下这口恶气。于是一怒之下，将新城县令告到了杭州刺史那里，说新城县令抢了分水县的状元。杭州刺史邀请睦州刺史共同调解两县纠纷时，分水县令振振有词地说道："施状元父亲最早建的住房就在分水县的地域内，再说，施状元在分水县的庆云寺课读中举，状元公理应是分水的。"

新城县令不动声色地回道："你说那小屋嘛，它早就不住人了，仅拿来养猪放杂物，怎么可以用来作证呢？再说状元公生在新城，长在新城，住房也建在新城地域内。两位大人不信可前去现场查看。再说，万丈高楼平地起，状元公在家乡石壁寺读私塾，后来又在陇坞安隐寺苦读。更何况状元公一家所种的田地全在新城地域内，他家每年都在新城县交纳皇粮钱税，这可是有凭有据的事，大人们可以查阅县衙的宗卷。状元公就是个地地道道的新城人。分水县居然要来抢新城县的状元，真是蛮不讲理，可笑之极。”

双方各执一词互不相让。这场争状元的官司，最后打到京城皇帝那里，还是皇帝做了个和事佬，下了个诏书：“新城、分水两县勤勉教化，培育英才，科举魁首，功绩可嘉。特准豁免两县一年田粮赋税，两县县令各加升一级。”两县均受嘉奖，才将此事摆平。

这个两知县抢状元的故事，在状元公的家乡，可是一代代的老人讲给一代代的儿孙们听的，所以在当地是无人不知无人不晓的。

“两县抢状元”肯定是当地的先人们杜撰的，但分水县对这份争来的荣誉似乎特别珍惜，在入宋前的百余年间，为状元公建石牌坊、筑文昌阁、立石碑，真可谓是不遗余力。相对来讲，新城县反而为纪念状元公少。新城县认为状元公是铁板钉钉的新城人，从施肩吾去世到入宋的一百多年间，新城县除多次重修“状元坟”外，只是将状元公家乡所在地的石壁口、叶家、塘头施家等地命名为昭德乡，以示纪念。分水县见新城县

查口探营　吴昱/摄

设置昭德乡，也将何村坞、宜桥、查口一带命名为招贤乡。

五代时，吴越王钱镠将与自己家乡临安县相近的招贤、昭德、广陵、宁善、南新、南安六个乡单独设置南新县，也作为他和吴越国的"后花苑"。到了宋神宗熙宁五年（1072），也就是苏轼到杭州任通判的第二年，朝廷诏令撤南新县为镇，全部归入新城县辖区内。招贤乡与昭德乡成了新城县两个乡，分水县就再也没有争抢施状元的必要了。

再后来，招贤乡与昭德乡合并成一个乡时，从两乡名中各取一个字，就叫作了贤德乡。至此，招贤乡与昭德乡变成了"同县"又"同乡"。

女子绘声绘色地讲完"两知县抢状元"的故事，一脸的自豪。

"看来，这里的老老少少、男男女女，对施肩吾这个状元公还是很尊崇的。"苏轼感叹道。

女子接道："这里的人，人人都会背上几首状元公的诗。像状元公的《幼女词》，这里的小孩从牙牙学语时就会背了。"

苏轼赞许地看了女子一眼，转向女子的父亲说："老人家，我来替你取个酒名如何？"

"好哇！好哇！"老人气喘吁吁地连声称好。

笔砚取来之后，苏轼叫女子到门外取下旗幡，放在桌子上摊平。然后，他不假思索，挥笔写道："状元郎酒，眉山苏轼题。"

晁端友适时地亮明了自己的身份，并简要地向老人介绍了苏轼。

老人大惊，呀！眼前这位先生，竟是大名鼎鼎的杭州通判苏大人，滚下床跪地就拜。

从此，这酒就叫"状元郎酒"，老人家精工善酿的黄酒，因为被名满天下的苏轼苏大人品尝过，又取名题字，生意也就一天比一天好啦。

第十二章

从状元郎酒肆出来，苏轼心情大好，在去往施肩吾故居的路上，主动向大家讲起了他学酿"百花蜜酒"的故事。

原来，苏轼到杭州任通判后，经常被文人雅士慕名邀请去饮酒吟诗，可杭州产的"西湖春"，因西湖长久没有疏浚，湖水日浅，水质浑浊，很不好喝。

有一次，苏轼在南山聚景园参加宴会，闻知南山有一处百花墩，墩上住着一位百花姥姥，经常自己采集百花，配制一种"百花蜜酒"。可是这位百花姥姥平常不轻易见人，所以很少有人能尝到她酿的"百花蜜酒"。

宴会一散，苏轼就略带醉意，到百花墩去找百花姥姥了。

苏轼沿着西湖，漫步向南山走去。刚出清波门，只见前面有一小洲，柳丝围绕，满洲盛开一片绯红的桃花。他穿过桃林，只见临湖有一间小草房，伸手轻敲柴门，出来一位农家小姑娘。

苏轼开口问道："请问姑娘，西湖百花墩不知在哪里？"

只见小姑娘"扑哧"一笑，回答道："百花墩吗？远在天边，近在眼前，不知先生到此有何事？"

苏轼说："我要找一位能酿'百花蜜酒'的百花姥姥！"

姑娘又"扑哧"一笑，回答道："哦！你要找我奶奶？她出门已有一个多月啦！"

苏轼大失所望，追问道："她现在何处？"

姑娘笑着答道："奶奶以西湖为家，采百花酿酒为乐，现在正是西湖春三月，百花盛开，她忙着采集百花哩！"

苏轼知道一时难以找寻，只得悻悻地辞别姑娘，打道回府。

过了一个多月，苏轼第二次来到百花墩。姑娘见到苏轼便说："啊哟，又不凑巧，我奶奶刚出门去西湖采集百花！"

苏轼又大失所望，叹了口气说："好难找的百花姥姥！"

姑娘一时也感到为难，问道："先生贵姓，请留下大名，奶奶回来也可告知！"

苏轼回答道："我姓苏，你只要告诉她有位爱喝酒的苏通判前来拜访过她。"

苏轼第二次拜访百花墩回来后，黄梅季节来临，久雨不停，苏轼忙着赈灾救民，直忙到秋天西湖桂子飘香，苏轼才想起要再次去百花墩拜访百花姥姥。

这天，秋高气爽，苏轼第三次来到百花墩，他来到小草房前，看到一对穿着孝服的夫妇正在院子里收拾东西。正想敲门，只听"咿呀"一声，柴门已开，姑娘头戴白花满脸忧伤，凄声说道："苏大人！奶奶久候苏大人，病中仍念念不忘，可惜她于十日前病故啦！"

苏轼一听，感到十分惋惜，深深地叹了口气说："叹！苏某只因公务繁杂，来迟了一步，再也见不到百花姥姥，品尝她的'百花蜜酒'啦！"

姑娘回答说："苏大人不必悲伤，奶奶知您为了杭州百姓，日夜奔波。临终前，她嘱咐留下十年前酿制的陈年'百花蜜酒'一坛，请苏大人品尝。"

姑娘请苏轼进了草房，从地窖中取出一坛"百花蜜酒"，坛口一开，酒香醉人，芳香扑鼻。苏轼一品尝，酒味醇美，连声赞道："好酒！好酒！"过了一会儿，又叹息道："可惜啊可惜！百花姥姥已仙逝，酿制'百花蜜酒'的秘方也失传啦！"

姑娘听后，从怀中取出一纸，交与苏轼说："苏大人，这是奶奶临终前，要我交给苏大人的酿酒秘方，请苏大人将这'百花蜜酒'佳酿永传杭州民间。"

苏轼听了十分高兴，接过秘方，在姑娘一家的引领下，到百花姥姥的坟上祭扫了一番。

很快，苏轼就按照百花姥姥的秘方酿成了"百花蜜酒。"忙不迭地请陈襄、辩才、惠勤、惠思他们过来品尝，大家都交口称赞。他为了纪念百花姥姥，还将秘方编成了一首《蜜酒歌》。

当然，等后来大家都叫他"苏东坡"了，这酒自然也被叫作"东坡酒"了。

苏轼一边走，一边说着酿制"百花蜜酒"的故事。许广渊、晁端友他们一边听，一边看着周边的山山水水，不知不觉走到施肩吾的故居施家村。

施家村幽美，在苏轼看来，它就是个世外桃源。这个地方群山环绕，山都不高，很秀气。群山山脚有清澈的小溪环绕着，还有一条溪弯曲着穿村而过。沿溪种满了柳树、桃树、银杏、桂树，还有溪边自然生长的枸树。一到春天，桃红柳绿，加上山坡上高大的映山红竞相开放，田野里绿油油的麦苗和金灿灿的油菜花，实在是漂亮。陈氏园周边的山村，都很美。要么是山上的树茂密挺拔，要么是山上的竹子茂密青翠，要么是田间的绿意和鲜花，要么是院落里攀上墙头的杏花、桃花、梨花，怪不得苏轼的《山村五绝》，第一句就是"竹篱茅屋趁溪斜，春入山村处处花"。

施家村的后山叫"莲花峰"，山上有八处瀑布飞珠溅玉，七十二眼山泉甘甜清冽。

贤德高吟 吴昱／摄

文村 吴昱／摄

莲花峰山腰有一块圆椅形的台地，台地中间凹进两端凸出，酷似一个对半切开的巨型香炉，当地百姓将此地称为"香炉坪"。

香炉坪左为驯狮山，右为伏象山，而香炉坪刚好处在两山的环抱中。两山左右拱卫，气势不凡。香炉坪下方则有乾溪、坤泉两股溪流从左右两侧奔流而下，到了山脚又汇为一体。站在山脚看，香炉坪巍峨凌空，紫气缭绕，宛如仙境。

香炉坪就是施肩吾的诞生地。

许广渊告诉苏轼，当地人说，施肩吾出生的时候，这里发生了一件令人匪夷所思的事情。

施家村原本山水环绕，风景优美，不知怎么的，突然溪水干枯断流，施家村的座山吕公山也忽然变得荒芜起来，百花不放，草木枯萎，就是那些禽鸟野兽，也在几天里面远走高飞了。

父老父亲们议论纷纷，百思不得其解。直到多年以后，大家才明白过来：原来这一年，状元公施肩吾降生在这片美丽清幽的山水间。施家村的山水灵气都集中到他一个人身上去了，所以才会出现这样子的奇异现象。

等到状元公施肩吾走完了他那不平凡的一生，灵柩葬回老家罗梦山麓后，才将灵气还给了这方山水，施家村才再次变得生机盎然。

苏轼耳朵听着许广渊讲的离奇故事，眼光却看着施家村案山的方向。案山不高，山顶异常平整，映衬着案山的是其后面重重叠叠的远山。案山遍植苍松翠柏，都有上百年的树龄，巨大而高耸的树干直插云霄。

许广渊见苏轼盯着案山，便介绍道："子瞻兄，这里的人都改叫案山为状元台啦！状元台上修建了状元亭、状元阁、状元楼，成了登高望远的好去处。"

苏轼拍了拍许广渊的肩膀，笑道："子奇兄对家乡的一草一木、民俗典故知道得够多的。"

晁端友提议上状元台走走，苏轼摆摆手说不去了，径自往前走了几步，回过头来说："子奇兄，咱们继续往前走，去文村。"

众人响应。

他们边走边谈，兴致勃勃，时间过得很快，从施家村出来，走到文村村口，已是红日西沉了。他们便在里正的陪同下，来到文昌阁后面的赏月楼安排好住宿。饭点时，他们来到二楼的雅间用餐。一天下来，苏轼走了不少的路，觉得有些乏力，破天荒提出晚上不喝酒。

众人见苏轼不喝酒，便都不喝酒，品着山间的土菜野味，吃起饭来。其实大家都乏力了，肚子也饿，所以吃得特别香。见众人吃完，里正便叫人撤去碗筷，捧上香茶，接着说起了这赏月楼的妙处。

苏轼听了很是好奇，第一个快步走到窗边，众人也围了上来。

这时一轮明月已挂在山间，悬在村子的上空，抬头见苍空如洗，面前的笔架山巍然矗立，半山腰里云雾缭绕。他转身俯视文溪，见水面平静如镜，映着天上的月影，两边一株株的柳树、槐树、枸树，如同一个个垂钓的老翁，无数倒挂的柳丝活像垂入水中的钓线。

苏轼被眼前的景象迷住了，情不自禁地赞叹道："人间竟有如此美景，可谓之'文村赏月'也。"

苏轼躺在床上，听着鸟儿的啼叫声、潺潺的流水声，还有风拂过树梢的声音，兴奋得睡不着，到了半夜还起来打开窗户，看着月亮嘴里喃喃着，仿佛在与月亮对话。

不知过了多久，东方已吐白。小路上有了行人，鸡犬也叫起来了，几户起早人家的烟囱已飘出炊烟。苏轼提了提身上披的外衣，搓了搓麻木的双手，口中却吟道："溪边坐赏山中月，小小村庄静静眠。犬吠鸡鸣栏栅处，披星戴月起炊烟。"

苏轼吟完，又重吟了一遍，不敢大声，怕惊醒他人。他依然呆呆地看到窗外的月亮，窗外的村庄，窗外的远山，窗外的溪水，丝毫没有睡意。

许久，他才转身走到书案前，取出笔砚，铺开纸张，挥笔写下了"文村赏月"四个遒劲的大字。

第二天近午，苏轼补觉醒来后，给大家看了凌晨时分题的字，并背诵了昨晚那首诗，让王朝云记录。

晁端友为了给县内的胜景增辉添彩，特地叫里正请来了石刻工匠，将苏轼题写的"文村赏月"四个斗大的字，刻在对面笔架山脚的石崖上。

等用过了午膳，苏轼便急急地唤上众人，说是要去村里走走。

文村是个古村，以文溪为界，右边全部是田地，左边全部是村舍庭院，一幢房屋叠着一幢房屋，一个庭院连着一个庭院，白墙黑瓦，石板路幽深而整洁，相隔半里便有一个清水池塘，池塘边接连开有四个小水池，小水池的一半被大青石覆盖，离池塘最近的水池水最清，离出水渠最近的水池水最浑。苏轼看着不解，便问正在洗衣的村妇。

村妇抬头见苏轼一副乡绅做派，后面簇拥着这么多人，猜想眼前的这个人肯定是个不一般的人物，便停了捣衣，蹲着用洗衣槌指着第一个小水池道："祖祖辈辈的规矩传下来，第一个小水池是供周边住户的饮用水，您看特别深，其实它就是一口井，只是春季雨水多，跟塘水平了，到了夏天，井是井，塘是塘，很灵清的。"

苏轼仔细看了看，确实是口井，其他三个水池的位置都比这口井要低。弄清了第一口井，苏轼便问第二个水池的作用，村妇说："第二水池，是周边的住户的生活用水，挑去煮猪食，喂鸡鸭狗，洗菜洗澡都用这个水池的水。"

分得这么细，苏轼不禁感慨，"那井水除烧饭做菜，还作何用？"

村妇见苏轼问得这么细，耐心地说道："祖宗规定，井水除烧饭做菜外，煮茶必须用这井里的水。"

苏轼又问："煮茶为何不用村边的文溪水，而用这井水。"

村妇仍然温和地回道："这井水神奇，煮茶不仅香醇无比，且喝了还清神，这里的读书人喝了这茶，记性好！"

晁补之一听村妇说喝了这井水煮的茶记性好，刹那间来了兴致，走上前来问村妇："请问大婶，怎么个好法？"

村妇叫了声站在旁边的娃，这娃四岁光景，穿着对襟短衫，两侧的头发都剃得光光的，头顶留一小簇头发扎了个抓髻，在众人面前一点也不怕生，见娘叫他，稳稳地朝前走了两步。

村妇俯身一把抱起娃，转身对晁补之道："我就让我娃跟您比记性吧！"

晁补之心想这有何难的，毕竟与他比试的只是个四岁上下的小娃娃。

晁补之走到村妇跟前，轻轻地捏了捏小娃娃粉嘟嘟的小脸蛋，调侃道："让我跟娃娃比背诗文，娃娃你背不上来也不倒霉，千万别哭！"

谁知小娃娃抱拳拱手道："等大哥哥赢了我再说！"

众人见了小娃这小大人的模样，便忍不住哈哈大笑起来。

晁补之清了清嗓子，背着施肩吾《幼女词》中的第一、二句："幼女才六岁，未知巧与拙。"

小娃娃接道："向夜在堂前，学人拜新月。"

晁补之见小娃娃轻松地接上来，便来个难的，背起了施肩吾《上礼部侍郎陈情》的首联和颔联："九重城里无亲识，八百人中独姓施。弱羽飞时攒箭险，蹇驴行处薄冰危。"

小娃娃想也没想，就接上了颈联和尾联："晴天欲照盆难反，贫女如花镜不知。却向从来受恩地，再求青律变寒枝。"

苏轼也惊了。

晁补之却欢喜得不得了。这次他叫小娃娃先背。

小娃娃也不客气，背起了徐凝的《题缙云山鼎池二首》的第一首："黄帝旌旗去不回，空余片石碧崔嵬。有时风卷鼎湖浪，散作晴天雨点来。"

这当然也难不倒记忆力超群的晁补之，他拍着手接道："天地茫茫成古今，仙都凡有几人寻。到来唯见山高下，只是不知湖浅深。"

晁补之想让小娃娃知难而退，背起了苏轼的长诗《凌虚台》："才高多感激，道宜无往还。不如此台上，举酒邀青山。青山虽云远，似亦识公颜。崩腾赴幽赏，披豁露天悭。落日衔翠壁，暮云点烟鬟。浩歌清兴发，放意末礼删。是时岁云暮，微雪洒袍斑。吏退迹如扫，宾来勇跻攀。台前飞雁过，台上雕弓弯。联翩向空坠，一笑惊尘寰。"

众人又惊叹于晁补之的记性了。

谁知小娃娃竟背起了苏轼的《凌虚台记》："国于南山之下，宜若起居饮食与山接也。四方之山，莫高于终南。而都邑之丽山者，莫近于扶风。以至近求最高，其势必得。而太守之居，未尝知有山焉。虽非事之所以损益，而物理有不当然者，此凌虚之所为筑也。方其未筑也，太守陈公杖履逍遥于其下，见山之出于林木之上者，累累如人之旅行于墙外而见其髻也，曰：'是必有异。'使工凿其前为方池，以其土筑台，高出于屋之檐而止。然后人之至于其上者，恍然不知台之高，而以为山之踊跃奋迅而出也。公曰：'是宜名凌虚。'以告其从事苏轼，而求文以为记。轼复于公曰……公曰……公曰……"

小娃娃因气接不上来，又因文章太长，一时卡壳，重复了好几次，也接不下去，涨得满脸通红，不知所措地看着母亲。母亲当然无法帮他接句，晁补之没背过苏轼的《凌虚台记》，自然也接不过来。苏轼先安抚小娃娃道："娃儿，你是我见过最棒的娃儿，小小年纪竟能背下这么多诗文，了不得啊！后面一段，我来替你背吧！"

苏轼清清嗓子，刚想接背下去，忽然走来一位老者，浓胡须大眼睛，颧骨突出，精神矍铄地站在苏轼面前。小娃娃亲昵地对着老者叫了一声："爷爷！"

老者开心地拍拍娃娃的脸蛋，自豪地对娃儿说："乖孙儿，爷爷刚才都听到了，表现甚佳，剩下的那一段，就让爷爷替孙儿背完吧！孙儿记住，哪怕是再熟背的诗文，也要时而温习之。"

小娃儿连忙向着爷爷拱手道："孙儿谨记！"

众人感叹：家教真好！

老者捋着须，声情并茂地背诵了起来："轼复于公曰：'物之废兴成毁，不可得而知也。昔者荒草野田，霜露之所蒙翳，狐虺之所窜伏，方是时，岂知有凌虚台耶？废兴成毁相寻于无穷，则台之复为荒草野田，皆不可知也。尝试与公登而望，其东则秦穆之祈年、橐泉也，其南则汉武之长杨、五柞，而其北则隋之仁寿、唐之九成也。计其一时之盛，宏杰诡丽，坚固而不可动者，岂特百倍于台而已哉！然而数世之后，欲求其仿佛，而破瓦颓垣无复存者，既已化为禾黍荆棘丘墟陇亩矣，而况于此台欤？夫台犹不足恃以长久，而况于人事之得丧，忽往而忽来者欤？而或者欲以夸世而自足，则过矣。盖世有足恃者，而不在乎台之存亡也。'既已言于公，退而为之记。"

老者流利地背完，苏轼带头鼓起掌来。老者显然还沉浸在《凌虚台记》的文字中，有些激动地对苏轼他们说道："这是杭州通判苏轼苏大人写于嘉祐八年（1063）的一篇记，当时他在大理评事签书凤翔府判官任上，刚从政两年有余，希冀奋发有为，故文章在叙写了凌虚台修建缘起、经过后，即景演说，就题发挥，于诠释太守命名之意而发的'废兴成毁'议论中，流露出希望多做些有利于国家和百姓的事，以垂诸久远的思想，以此勉励他人兼以自勉。"

苏轼见老者对自己的文章如此了解，问道："苏轼的这篇《凌虚台记》好在哪里？有人说他借文章'讥讽太守'！"

"非也！非也！"老者连忙摇头，"'记'本以叙事为主，而此文不主故常，叙述、描写、议论间错并用，尤以议论见长，一反'记'体的常规。其中，描写文字并颇出色，如描绘山景道'累累……'，状写山势云'踊跃……'，整篇文章，以动写静，静中见动，读来新奇悦目，为世所罕见。"

听了老者的评价，苏轼颇有路遇知己之感，拱手询问道："老先生，敢问您尊姓大名？"

老者还礼，回道："老朽姓沈，名闻，字知二，是村子里的老秀才……"

不等老者说完，他的孙子插话道："爷爷是老秀才，二爷爷也是老秀才，三爷爷还是老秀才！村子里有许多老秀才！"说完便开心地笑了起来。

苏轼也笑了笑，问娃儿："小娃儿，那你叫什么名字呢？"

娃儿收起了笑，学苏轼刚才拱手的样子道："我叫沈读，字知十。"

"那你可知'知二''知十'的来历吗？"苏轼接着问。

沈读摸了摸头，然后摇摇头说："沈读不知，请先生赐教！"

苏轼看着沈读知之为知之，不知为不知的样子，对小沈读更是喜欢得不得了。也不管他和他母亲愿不愿意，苏轼一把把他抱了过来。他用力地上下托举，逗得小沈读很是开心。

待举得有些累了，苏轼便把沈读抱在怀里，向他讲起了"闻一知十"的典故——

子贡是孔子的得意弟子，很有才干，孔子周游列国，子贡随行，涉及外交方面的事情，往往都由子贡去办。

有一次，齐国准备征伐鲁国，孔子想派弟子前去护卫，许多弟子纷纷自荐。孔子最后还是挑选了子贡。子贡果然不辱使命，使小小的鲁国免除了一场危难，尽管如此，孔子却认为他比颜回还差些。

他问子贡："你和颜回两人，哪一个强？"

子贡答道："我怎么能和颜回比呢？颜回听见一分就能知十分，而我听见一分，只能猜到两分。"

孔子听了，也同意子贡的话，并感叹道："你是不如他，而我也不如他啊！"

这个故事，后来被写进了《论语·公冶长》："回（颜回）

也闻一以知十，赐（子贡）也闻一以知二。"

苏轼话音刚落，沈读就迫不及待地说："爷爷名闻却自谦为知二，给孙儿取名为读，却希望我能知十。"

沈闻闻言，捻着胡须看着沈读，眼里发光，开心道："爷爷给你父亲取名为思，字知五，希望他能多思而知五。给孙儿取名为读，字知十，是希望你多读而知十。"

苏轼轻轻地放下沈读，沈读走过去拉住爷爷的手，转头看着苏轼。苏轼目光慈祥地看着沈读，心头想起了五岁大的儿子苏迨和去年才出生的苏过。现在若苏迨在跟前，见到如此聪慧的小沈读，又会是怎样的一番场景？

苏轼感叹道："此地文风甚盛，一个小沈读就让我等惊讶不已，何况你家还有三个老秀才。"

沈闻补充道："沈读的父亲也是个秀才！"

晁补之惊呼："一门竟有四个秀才，沈读生在这样的书香人家，难怪能背出这么多的诗文！"

沈闻说："我们村文风鼎盛还在唐朝，村里出过许多文官，因而村子也被叫作了文村。我们站了这么久，老朽还没请教你等的尊姓大名呢！"

苏轼先把许广渊、晁补之、辩才、惠勤、晁补之、王朝云等一一介绍给沈闻。沈闻听着一个个或熟悉或耳闻的名字，心里也基本确定眼前这位风度翩翩举止洒脱的人物就是大名鼎鼎的苏轼。

当苏轼说出自己名字时，沈闻还是感觉不敢相信自己的眼睛和耳朵。天下闻名，自己仰慕，全村读书人仰慕，自己背诵他的诗文，全村读书人背诵他的诗文，自己教儿子背诵他的诗文，儿子教孙子背诵他的诗文。此刻，苏轼就在眼前，沈闻开心得像个小孩子，拉着沈读的双手转起圈来。士林早已传遍"苏文熟，吃羊肉；苏文生，吃菜羹"的歌谣。

还是小沈读有好奇心，停止转圈后，气喘吁吁地对苏轼道："苏伯伯，那你的名字是谁给取的，又作何解呢？"问问题时，一副小大人的模样。

苏轼也忍俊不禁，摸了摸他的小抓髻后说："很多人对我兄弟二人的名字颇感好奇，先父为何给我们起'轼''辙'这样跟车有关系的名字呢？为了我兄弟二人的名字，先父还写过一篇《名二子说》的文章，对两个名字的来历和期望都作了描述。'轼'是指古代车厢前用作扶手的横木。先父认为，轼看似可有可无，却是车中必不可少的，而且是突出在外的。他希望我能够出人头地，显露自己的才能。而'辙'是车轮轧出的印记，不属于车的范畴，夸耀车的时候也根本不会提及辙，但车马遭受祸患、发生严重交通事故时，辙也不会受到损害，只要车走过了，辙就会留下来。先父为我兄弟取了两个预言般的名字。我与子由年纪相差不到三岁，但是性格却迥然不同。

我比较活泼、坚毅、勇敢，而子由却相对敦厚、温柔、内敛，我与子由在性格上是互补的。"

小沈读听了似懂非懂地点点头。

晁端友见苏轼在此处已站了许久，担心他累着，于是对沈闻说："沈氏一族学风盛行，想必宗祠也建得好吧！请沈先生带我们去宗祠看看吧！"

沈闻忙回道："苏大人、晁大人，沈氏宗祠就在那边，老朽这就领大家过去。"

说完，又对他儿媳说："贤媳啊！你洗完衣服，马上领读儿回家，早点准备晚膳，今晚，我们请几位大人与法师到家里来喝酒，别忘了，给两位法师准备些素食。"

也不等苏轼他们答应，沈读的母亲何氏便把洗了一半的衣服往篮里一放，带着沈读回家了。

沈读见母亲要带他回去，死活不肯，紧紧拉着爷爷的手不放。众人便为沈读说情，让他跟大家一起去宗祠。

沈闻手牵着沈读引着大家来到沈氏宗祠，宗祠坐落在民居的中央，也是白墙黑瓦，门口两棵高高的银杏树拔地而起，树下有一对高大威武的石狮子。祠堂大门精致，梁下有雕刻的斗拱，牌匾周围雕刻着精美的图案。院子里安静而庄严，有两间大厅，四间厢房，八个祭台。天井中还有两根高大的旗杆，挂着红色绸缎的幡旗，上面绣着"沈"的篆体字。

　　沿着走廊往前走，左侧立满了巨碑，一排就有七八块之多。前面四块石碑主要讲沈姓的起源演变，沈氏历史上有沈约、沈彬等名人，朝堂上有沈遘、沈括等名宦，苏轼刚到杭州的时候，知州是沈立，因而众人都想了解沈氏的起源演变，于是认真地看起了碑文。

　　第一块碑写沈氏第一支源出嬴姓，是帝俊之子实沈之后。实沈氏族以猴为图腾，初居于山东曲阜之沈犹，为东夷一支，嬴姓。后来与亲族阏伯相争后西迁山西汾、浍之间，建立了沈国。当夏兴起后，姒姓夏人夺取了嬴姓沈国之地，沈人南迁河南固始的寝丘立国。商灭夏后，嬴姓沈人复国。到周武王灭商后，晋国吞并沈土，嬴姓沈人南逃到河南沈丘立国。周昭王南征淮夷时灭了嬴姓沈国。

　　第二块碑写沈氏的第二支源出姒姓。夏朝建立后，夏人并吞了四周的部落，同时也吞并了在山西临猗县西的嬴姓沈国，建立了姒姓沈国。到商灭夏后，亲商的嬴姓沈人复国，姒姓沈人南逃渡过黄河，进入河南新城县北的邥垂，后继续南迁至河南固始之寝丘立国。周朝初年，蒋国灭了河南固始的姒姓沈国，沈人南逃楚地的沈鹿，成为楚国一邑。

　　第三块碑写沈氏的第三支出自姬姓。文王之子季载封于沈，古城在平舆北，也称聃，侯爵，后为蔡国所灭，子孙以国氏。西周昭王时，蒋国移封于河南固始蒋集，并吞并了姒姓沈国，

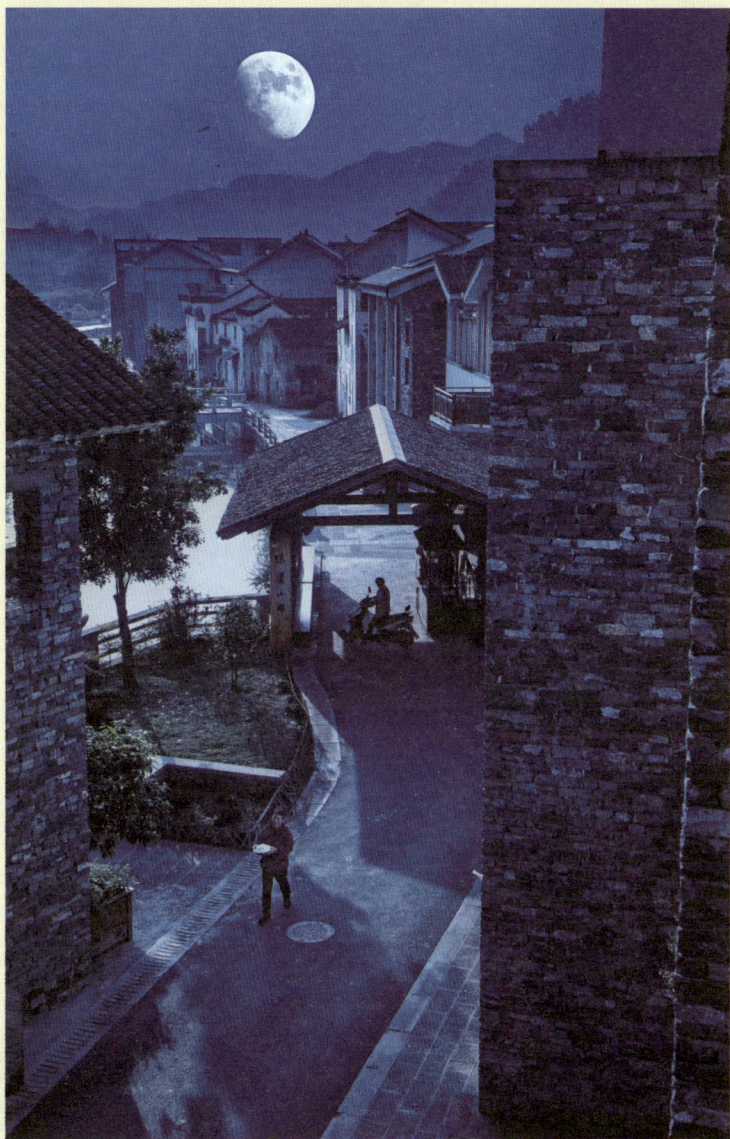

文村赏月　吴昱／摄

以封其子为姬姓沈国。鲁炀公封庶子沈季于沈犹，为鲁附庸国，以沈为氏。西周昭王南下征伐淮夷，鲁炀公之庶子沈季，随周昭王南征灭了河南沈丘的嬴姓沈国，封沈季之子沈子它于临泉，建立姬姓沈国。春秋中叶楚国先后灭了两姬姓沈国。

第四块碑写沈氏的第四支源出芈姓。楚穆王时楚国灭了河南固始的沈国，楚庄王封孙敖之子于沈。又封其子公子贞于沈鹿，两地的后代均以沈为姓氏。

沈闻见大家看得如此认真，便向大家介绍起了沈氏的迁徙传播。他说："沈氏最早起源于豫皖之间，春秋战国时期，逃至楚国的沈氏族人，仕楚为左司马，并世袭此官，长期居于叶邑。先秦时，沈姓主要活动于豫鄂地区，在晋皖陕甘川等地也有沈氏的足迹。东汉时，沈氏进入浙江，子孙昌盛。在初唐时期，武康有一支沈氏迁入文村，成为本地的始祖。"

苏轼听后若有所思地点点头，问道："此地沈氏与当朝翰林学士沈括有无关联？"

沈闻回道："大人，您过来看看这张世系图。"苏轼、许广渊、晁端友等人便走向前，在《沈氏世系图》前驻足察看。

沈闻指着《沈氏世系图》说："沈氏自唐以来就是吴兴的大家望族。文村沈氏和钱塘沈氏均来自吴兴沈氏家族，同根同祖。文村沈氏一世祖沈耕与钱塘沈氏一世祖沈种是两兄弟，沈耕自吴兴来到文村落户，沈种自吴兴来到钱塘落户。大家请看，这一支是沈大人的世系，他的祖父沈承庆曾作大理寺丞，其父亲沈周、伯父沈同均为进士。"

　　说起沈括，苏轼跟他还是有些缘分的。沈括比苏轼大五岁，却晚他六年中进士。治平二年（1065），苏轼进入史馆，而沈括在前一年任职昭文馆。大宋沿唐制，以史馆、昭文馆、集贤馆为三馆，通称崇文院。

　　同事还不到一年，治平三年（1066），苏洵因病在京城去世，苏轼兄弟扶柩回乡守孝三年，等他再次返回京城时，就与沈括走上了不同的政治道路。熙宁二年（1069），王安石被任命为参知政事，后被任为宰相，进行变法。沈括受到王安石的信任和器重，担任过主持变法的三司条例司署官等许多重要官职。苏轼也赞成改革，但主张"渐变"，与王安石意见相左。

　　苏轼在凤翔做过三年的地方官，对地方百姓有着比较深刻的了解，而王安石变法当中许多具体的条目，对百姓的触动是非常大的，因此苏轼开始强烈反对变法。他前后写了《上神宗皇帝书》《再上皇帝书》，把新法比作"毒药"。

　　苏轼当年参加"贤良方正能言极谏科"考试，看这一考试的名目就知道是谏官的考试，所以苏轼屡次上疏表明自己的政治态度。他把新法比作"毒药"的说法非常尖锐，也是非常胆大的。因为神宗皇帝已经重用了王安石，而苏轼却说如今的变法"小用则小败，大用则大败"，直接把新法贬得一无是处，是冒着极大的风险的。并且说"力行不已"则"乱""亡"会随之而来，这更是对现行政策的反对。

激烈的变法和反变法的政治斗争中又夹杂着党派倾轧，既有政见的不同，也夹杂着学术的争辩，甚至还有彼此性格不合带来的成见。

其实王安石变法的许多内容都不错，但是由于王安石性格执拗，苏轼叫他"拗相公"，而地方官员执行不力，朝廷许多政策没有正确执行下来，还有一些官吏在执行新法的过程中贪赃枉法，使百姓并没有享受到改革的实惠，反而遭受许多的刁难，甚至灾难。

以"青苗法"为例，当时规定，朝廷由以前的收粮租税改为收白银。在把粮食变卖换取白银的过程当中，百姓就遭到了官府的克扣。而白银的发放过程当中，又因为官银铸造的含量不足使百姓再次遭到克扣。所以百姓很难完成按亩数每年交白银的任务，经常发生卖房、卖地、卖牛、卖种子，甚至卖儿卖女的惨剧。而王安石面对这种情况，又提出由官府贷款给百姓，但贷款的期限只有几个月，还要交高额的利息，很多贫苦人家贷了款之后到了年终不但还不上本金，还要负担很高的利息。很多富户也借机来贷款，到了年终的时候不还。这样的话，朝廷官府的贷款并没有起到真正救济穷人的作用，反而被富人拿来挥霍浪费，穷人陷入更加贫困的境地。

苏轼强烈反对王安石变法，遭到了变法派的嫉恨，决心搬掉这块绊脚石。熙宁三年（1070）八月，王安石的姻亲谢景温弹劾苏轼，说他在扶苏洵灵柩回四川途中以及守孝期间夹带私货、贩卖私盐。用这种罪名来弹劾苏轼，是想把他置于不忠不孝的境地。最终虽然查无实证，未加问罪，但是苏轼已经感觉到自己的处境凶险，因而请求外放。

熙宁四年（1071）六月，苏轼被任命为杭州通判，离开了京城。他离京的时间和司马光到洛阳的时间大体相近。

苏轼担任的杭州通判属于知州的副手，是朝廷所派的京官，因此还是有一定权力的。他非常喜欢杭州这片土地，也愿意与普通的百姓交往，去考察他们的生活，体验他们的生活。

杭州本来是钱塘江冲击所形成的小平原，由于海水倒灌，这里的水质不好，苦涩难咽。唐朝时期宰相李泌在杭州任刺史，曾经挖掘了六口井，分布在杭州城区的各个角落，将西湖的淡水引过来供钱塘百姓饮用。后来唐代大诗人白居易在杭州担任刺史时，进一步治理了西湖，疏浚了六口水井，以解决杭州百姓的饮水问题。但是斗转星移，六口井又逐渐淤积，以至荒废了。

熙宁五年（1072）秋，苏轼与知州陈襄考察民情，问当地的百姓还有什么样的困难需要解决，百姓们说："我们现在饮水非常困难，那六口井如果能够恢复的话，对杭城百姓来讲是一个天大的福音。"

陈襄和苏轼当即决定疏浚这六口古井。他们找来了精通水利的僧人主持修复水井，并制定了行之有效的方案。杭州百姓听到这个消息，无不欢欣鼓舞，纷纷主动来参加劳动。经过杭城百姓的共同努力，六口古井焕发出新的勃勃生机，杭城百姓终于又喝到了甘甜的淡水，对苏轼和知州陈襄感恩不尽。

第二年，江浙一带大旱，很多地方吃水都成了困难，而杭城的百姓有古井的甘露，不但饮水无忧，还有水可以用于生产。苏轼像当年在凤翔写《喜雨亭记》一样，写了《钱塘六井记》来记叙六口古井的来历、修井的过程，以及修井给百姓带来的福祉。他写道："明年春，六井毕修，而岁适大旱，自江淮至浙右井皆竭，民至以罂贮水相饷如酒醴。而钱塘之民肩足所任，舟楫所及，南出龙山，北至长河盐官海上，皆以饮牛马，给沐浴……余以为水者，人之所甚急，而旱至于井竭，非岁之所常有也。以其不常有，而急其所甚急，此天下之通患也，岂独水哉。"

平日里，知州陈襄很少给苏轼派差。他认为，这是对苏轼的一种爱护：少让他去执行他反对的变法，少让他去接触苦难的现实。只有人手不够时，或有苏轼愿做的事时，他才支派苏轼。比如：疏浚六井让杭城百姓有甘甜的淡水喝，去常州、润州赈济灾民，去湖州督办堤堰工程，等等。这些事都是苏轼乐意做的，而且也一定能做得很好的。

刚刚说起了沈括，苏轼便想起了一个月前，沈括前来考察农田水利的事。

那一日，陈襄把苏轼请到州衙书房，对他说："上司公文到来，朝廷命翰林学士沈括前来杭州检查两浙农田水利建设。沈大人到后，总需有人陪同。我想来想去，只有子瞻你去陪同最合适。但不知你愿不愿意？"

苏轼道："大人吩咐，下官敢不从命。何况沈大人是当今名士，轼又与他同馆为官过，虽然政见不同，但轼还是把沈大人当作老同事、好朋友。何况其算学之精绝，无与伦比。自汉代有了张衡，天下可与之齐名者，唯今日之沈括而已。此外，沈大人还精晓天文、地理、律历、医药。如此博学多才之人，下官很愿陪他同行，有许多事情，正好向他请教。"

陈襄笑道："这就好了。我还怕你不愿意呢。那就让何诚跟着，伺候你们的起居，还可叫他跑腿办差。你看如何？"

"好。"苏轼随口答应，他虽然不喜欢何诚，但也不会刻意反对。在胸怀坦荡的苏轼眼里，何诚不过是一个听命于人的小吏，一个在凤翔认识的旧人罢了。

四十二岁的大学问家沈括到了杭州。苏轼见他温文儒雅、意气风发，比在崇文院时越发有大师风范。

苏轼与沈括走在乡村的阡陌之间，他们的身后跟着何诚。

沈括边走边说："看江南如此的好山好水，不由得想到汴京一带的干旱。如果我的天文星象推算不错的话，今年北方的旱情将异常严重。"

苏轼眉头一皱，叹道："天灾人祸，百姓又要遭殃了！"

沈括说："朝廷一样遭殃。所以，三司颁布了《农田利害条例》，奖励各地开荒耕地，兴修水利，成绩卓著者加官晋爵。王相国变法，为的是富民强国，此乃朝廷之福啊！"

沈括说到这里，回头看了看苏轼，接着问道："听说苏大人再三上疏反对新法，不知何故？"

苏轼微笑道："听沈大人之言，想必大人未曾读过下官的那些奏章。"

沈括强笑着："临行前，皇帝陛下交代我：'苏轼通判杭州，卿其善遇之。'圣上知道沈某是钱塘人氏，苏大人也在杭州为官，沈某与苏大人又曾为同事，所以让沈某与苏大人好好相处。愿闻其详。"

苏轼道："早在十五年前，下官即向仁宗皇帝奏明，我大宋外患内忧，需变革国策以求民富国强。故而，在要求变革这一点上，下官与王相国原本相同。比如新法中之免役法，乃利民之法，下官在开封府也曾努力推行。"

沈括似笑非笑地问："这么说，苏大人也赞同新法了？"

苏轼道："也不能这么说……"他忽然犹豫了起来，想起离京时表兄信中叮咛："北客若来休问事，西湖虽好莫题诗。"此刻，他该不该与沈括谈论变法之事？

可是，沈括却停下脚步，追问道："那该怎么说呢？"

苏轼看着沈括儒雅的神态，暗想自己已经把话说到这个份上，便没有理由不说下去。否则，自己便有失胸怀坦荡的君子之风了。

在苏轼的心目中，沈括是一个有学问、有修养的人，但对于这个问题，他却一再追问。见苏轼看着自己，转而问道："苏大人既赞同变法，却又被同僚视为反对变法。其中缘由，可否与括道明？"

苏轼见沈括把话说到这个份上，只好回道："下官主张之变法，与王相国有所不同。首先，下官主张缓变、渐变。不赞同荆公的急变、骤变。其次，下官若要变法，便先要有严肃政纪、惩治贪官之法；下官还主张实事求是，有错必纠，不能只管推进新法，而不问新法之后果如何。所以圣上的想法并没有贯彻到民间，老百姓并没有得到朝廷想要给的实惠。相反，很多下层百姓的负担加重，本来就困苦的生活更加困苦。沈大人，您是翰林学士，应该上奏皇帝，要让圣上知道变法给百姓带来的痛苦。要让圣上知道变法不但没有改善民生，相反造成了朝廷与民争利的状况，导致上至皇亲国戚下至黎民百姓，许多人都反对变法。"苏轼说到这里心情激动起来，声音略带沙哑。

见苏轼打开了话匣子，沈括露出一脸愁容，愤愤地说道："是啊！很多地方的百姓生活不下去了，背井离乡，成为流民。在京城汴梁，也有许多流民沿街乞讨。皇宫有个门吏叫郑侠，像他的名字一样很有侠义之心。他看到很多流离失所的百姓从皇宫前走过，便把这种惨状画了一幅《流民图》，找机会呈给了皇帝陛下。这幅图让圣上大为震动。痛哭了好几次，对臣等说：'没想到朕一心推行的变革，竟给百姓带来了这么大的痛苦。'于是就把一部分新法内容给废除了。"

沈括话中带给苏轼的信息，无疑给苏轼反对新法更加坚定了信心。苏轼向着京城的方向深深地拜了三拜，回向沈括说道："当今圣上抱负远大，一心励精图治。荆公变法以富国强兵为旨，一切以大宋安危为重，这也是最初得到圣上极力支持的原因。但下官经常奔波于杭州各县，赈济灾民，竭尽全力来解决百姓的困难。那些达官显贵在朝堂上官府中尸位素餐，不知体察民生疾苦，不管百姓的死活，只顾自己的政绩。去年春天，下官就写了一首《雨中游天竺灵感观音院》：'蚕欲老，麦半黄，山前山后水浪浪。农夫辍耒女废筐，白衣仙人在高堂。'"

沈括接道："温公在洛阳也多次写信批评王相国，但相国在给温公的回信（《答司马谏议书》）中明确表示自己为天下理财，而不是为个人谋取私利。朝廷的税收，在短时期内得到了大幅度的提升。同时施行的青苗法、农田水利法、免役法、方田均税法等极大抑制了豪族富户兼并土地，有利于农业生产。"

"非也！非也！"苏轼见沈括如此为变法辩护，急道："沈大人是看到了变法当中的这些积极因素。下官来讲个故事，大人就会知道百姓的苦。去年年景本来就不好，赶上歉收，对百姓来说，已经是很大的损失，尤其是稻谷成熟得晚，霜又来得早，赶上下雨，很难收割，更加重了劳作的困难。连续的寒冷天气，大雨如注，锄头上都已经长出了霉菌，看到这些景象，百姓们的眼泪都已经流干了，雨却没有停下来。眼看着那些成熟的谷穗躺在泥水之中，怎能不叫人心疼？天晴之后收获的稻米品质不高，产量又少，费了很大的力气拿到集市上去卖，米价又非常低。为什么一定要卖米呢？这跟荆公推行的青苗法有关，因为朝廷收税的时候只收银两，而不是按照原来田地上的谷物比例来收取租税，所以一定要把稻米变成银两才能够交得上赋税。因为米的质量不好，价格又低，所得的钱根本不够交税的，没有办法，农民只能卖牛。牛是百姓耕种必备的劳力，把牛卖了，第二年都不知道用什么来耕种了。顾不上明年又怎样？只能先把今年的赋税交上去再说。西北仍在打仗，除了交租税之外还得去服兵役。这样的惨境，百姓还怎么熬下去？沈大人，这才是民间真实的景象！"

沈括眼望远方，对苏轼的话不置一词，突然问道："沈某听说苏大人来杭州不久就写诗反对王相国变法，可有此事？"

苏轼赶忙回道："沈大人言重了，下官写诗不是针对荆公的变法，只是对百姓生活的惨状如实描绘而已。"

沈括闻言摆手道："子曰诗可以怨。《诗·大序》中也云，'治世之音安以乐，乱世之音怨以怒，亡国之音哀以思。'沈某早知苏大人的诗有'诗史'之誉。今日又闻苏大人的一番真知灼见，忧国忧民之心溢于言表，沈某深为钦佩。此次沈某来杭，一来为考察农田水利，二来是向苏大人索取诗词的。你我一路同行，苏大人要多作几首诗词啊！"

苏轼看着对方和善的眼睛，客气道："愿在沈大人近前候教。"

一日，他们走到离钱塘县衙五十里的杨村慈岩院，参观风水洞。洞极大，流水不竭，洞顶又有一洞，清风微出，故名风水洞。

沈括便说："此处颇有野趣。苏大人何不吟诗一首。"

苏轼笑道："好吧！下官就来胡诌几句。"于是随口吟道："山前乳水隔尘凡，山上仙风舞桧杉。细细龙鳞生乱石，团团羊角转空岩。冯夷窟宅非梁栋，御寇车舆谢辔衔。世事渐艰吾欲去，永随二子脱讥谗。"

他们来到离富阳县城约五里的大明院，只见院前四峰环绕，东、西两庵绝壁联结。沈括见此奇景，又让苏轼作诗。顷刻间，苏轼又吟道："长松吟风晚雨细，东庵半掩西庵闭。山行尽日不逢人，袅袅野梅香入袂。居僧怪我恋清景，自恨山深出无计。我虽爱山亦自笑，幽独伤神复难继。不如西湖饮美酒，红杏碧桃香覆髻。作诗寄谢采薇翁，本不避人哪避世？"沈括击掌。

大明院的旁边有隋代名刹普照寺，沈括见古寺隐在苍松翠柏之间，云雾缭绕，殿宇院落间竟有白鹤安详行走，又请苏轼作诗。苏轼略一沉思，便吟道："富春真古邑，此寺亦唐余。鹤老依乔木，龙归护赐书。连筒春水远，出谷晚钟疏。欲继江潮韵，何人为起予。"

他们来到富阳县衙，县衙坐落在小隐山下，面朝富春江，沈括与县令何彦邀苏轼同游小隐山，因山上建有谢景温家族的小隐书室，苏轼便推说身体不适回驿馆休息去了。

第二日清晨，沈括与苏轼从驿馆散步至富春江边上船，去往渌渚。刚一上船，沈括又请苏轼以"富阳道中"为题作诗。苏轼靠着船窗，呆呆地看着突兀的鹳山，许久，站起身来吟道："清晨振衣起，起步方池侧。徘徊俯丹槛，倒影见敧仄。不识陶靖节，定非风尘格。遥怀谢灵运，本自林泉客。予生忽世事，不以形为役。顾彼冕弁人，冕弁非予适。"

等苏轼吟完，沈括笑道："苏大人此诗尽带沧桑矣！"

船到渌渚，因上溯不远即可到严子陵钓台，两人皆慕严子陵的隐者风度，便令船绕道钓台去凭吊一下。苏轼拜读过范仲淹的《严先生祠堂记》，被其中"云山苍苍，江水泱泱，先生之风，山高水长"所吸引，从小就想像范仲淹那样做个"人中之杰"，常以他在《岳阳楼记》中的名句"先天下之忧而忧，后天下之乐而乐"为自己的座右铭，鞭策自己一定要做一个忧国忧民、勤政为民的好官。

待船靠近严子陵钓台，沈括指着左岸说："这边应该就是东汉大隐士严子陵的钓台？"

苏轼看了看后说："正是'云山苍苍，江水泱泱'之处。"

沈括道："据史书记载，这严子陵曾与光武帝同榻而眠。酣睡中，竟将自己的脚压在皇帝的肚子上，而光武帝却不肯弄醒他。君臣间有如此情谊，实在是千古难得。过此富春江，观严子陵钓鱼台，苏大人岂能无诗？"

苏轼拱手道："'先生之风，山高水长'，下官也试着文正公的笔意作一首《行香子》的词吧。"

何诚铺好诗笺，递上毛笔。苏轼看了何诚一眼，何诚因在牡丹会上设计陷害过苏轼，所以不敢抬头看他。苏轼接过毛笔便笔走龙蛇地写了起来，写完后又改了几个字，便站起来走到船头吟诵起来："一叶舟轻，双桨鸿惊。水天清、影湛波平。鱼翻藻鉴，鹭点烟汀。过沙溪急，霜溪冷，月溪明。 重重似画，曲曲如屏。算当年，虚老严陵。君臣一梦，今古空名。但远山长，云山乱，晓山青。"

沈括情不自禁，击掌相和："'远山长，云山乱，晓山青'一言写尽富春江。好词！"

晚上，他们就住在渌渚的碧沼寺，晁端友、晁补之父子也赶过来相陪。饭后，苏轼等人陪沈括在寺院厢房的庭院内漫步。闲谈之间，沈括忽然指着前面的台阶道："苏大人，您看。"苏轼抬眼望去，见白净的台阶上，一簇簇树影在轻轻晃动，煞是有趣。沈括又道："月下小景，颇有雅趣，苏大人何妨一咏。"

苏轼看了看晁氏父子，微微一笑，便吟道："重重叠叠上瑶台，几度呼童扫不开。刚被太阳收拾去，却教明月送将来。"

沈括赞叹道："苏大人才思敏捷，实乃人间少有，佩服之至！"

何诚在一旁搭话："沈大人有所不知，杭城百姓都说苏大人是文曲星下凡呢！"

第二天，他们来到大乐坞口，看着葛溪水从高处飞溅而下，状如瀑布。再往上走，就是集镇三溪口了。葛溪自西而来，余溪自西南而来，广陵溪自东北而来，汇于此地，故名三溪口。大乐坞口，四面皆山，峰峦起伏，古道幽深，走在古道上犹如悬在绝壁之上。绝壁之下，葛溪水哗哗向东南流去。

沈括扶着悬崖，道："看见水，沈某就想起了北方的旱。可惜这清澈的葛溪水弄不到北方去。但是，在这里任其白白流走也太可惜，应在下面筑坝蓄水，以利灌溉才好。"

苏轼听到他讲筑坝蓄水，赶紧向他请教水利问题。沈括见问，也就滔滔不绝地说了起来。两人一个听一个说，兴致勃勃地走在前面，晁氏父子和何诚跟在后面，不觉来到大乐坞的一座村舍前。

沈括看到破旧的庭院内有桌有椅，沿墙还堆放几根石条，便笑道："说累了，也走累了，就在这山中的小院里歇歇吧。"

沈括推开院门，又转身对身后的何诚说道："本官是又渴又饿。你上前去敲敲门，问问老乡有什么吃的东西可以充饥，顺便弄壶茶水来给大家喝喝。"

何诚赶忙上前敲门去了，沈括、苏轼等人便在院中的破桌前坐下。院角的果树正开着花。

苏轼看看坐在旁边的晁端友，说："君成兄，待会儿也顺便向老乡问问农耕之事。"

晁端友忙点头会意。

不一会儿，何诚捧来了一个破瓦罐，说："几位大人，农家无茶。此乃山上泉水，聊与大人解渴。"

他将瓦罐放在桌上。

苏轼问："连个茶盅也没有？"

何诚道："没有。只有几只破碗，都脏兮兮的。不如就着这瓦罐喝，倒还干净些。"

苏轼将瓦罐推到沈括面前，道："沈大人，您先喝水吧！下官不渴。"沈括捧起瓦罐看了看，皱起眉头，还是下不了决心喝这个水。他又问何诚："有吃的东西吗？"

何诚道："没有几位大人吃的东西，屋里只有一钵玉米粥。菜嘛，这家的老头老太说，会到屋后去挖山笋。"

苏轼觉得很抱歉，说道："沈大人，要不您在这里多坐一会儿，让何诚下山给您找点吃的上来。"

晁端友也向沈括表示歉意，打算叫晁补之跟何诚一起下山去找吃的。

沈括道："算啦！等他们下山再上山，天都黑了，只怕是我们要露宿山野了。"

何诚愣愣地问了一句："那怎么办？"

沈括看了一眼何诚，冷笑道："有什么就吃什么，别饿得没力气下山就得了。"

何诚应声而去。

苏轼对着他的背影道："别忘了付些银子给人家！"

说完回头，见沈括已捧起瓦罐，大口大口喝水，喝得喉咙"咕咚咕咚"作响，连胡须都被泉水打湿了。

苏轼待沈括放下瓦罐喘气，便道："我等陪沈大人到山村考察，不曾想到连热茶都喝不上，我等真过意不去。江南乃鱼米之乡，谁知山村竟穷困至此！"

沈括大声道："故而要推行新法。否则，山村永无富裕之日！"

苏轼没有回答，只是苦笑不已。

这时，何诚端来一钵玉米粥和几个洗净的破碗，放在桌上。不料破桌一晃。那粥便泼洒出来，橙黄色的水顺着桌子往下流。吓得何诚赶紧撩起自己的前襟把黄水堵住，以免弄脏沈括的衣服。苏轼也忙起身帮沈括挪动椅子，换了位置再坐。

过了好一会儿，一对白发苍苍面色蜡黄的老头老太走了过来，老头的双手端着满满的一钵油焖笋，老太的手里拿着一把竹筷子。老头小心翼翼地将钵放在桌上，老太双手颤抖着将筷子分给众人。

苏轼起身拱手朝老人道："两位老人家，打搅了。"

老头耳背，又看不清，答非所问地说："几位老爷，没有别的菜，这山笋是俺刚挖来的，俺老伴将它烧成了油焖笋，新鲜得很。"

这时，沈括已试着吃了一口笋，想吐但不好意思吐出来，只有皱着眉头吞了下去，然后用筷子指着油焖笋说："这是什么味？老人家，是忘了放盐了吧！"

何诚闻言，便大声对老人喊道："老人家，赶紧拿盐来！"

老头侧耳问："什么？"

何诚涨着脸吼道："盐！盐！"

老太听清了，噙着泪说："没有盐哪！"她扶着老头向沈括说："老爷！俺们已经几个月没有尝到过盐味啦！俺们现在连走路都没有力气了。"

沈括把筷子一丢，没抬头，自言自语道："怎么会连盐都没有？"

何诚将沈括的话，大声地对着老人又说了一遍。

老头看明白了，摇着头道："老爷啊！朝廷有新的王法，不许百姓自己熬盐、卖盐。哪个私自熬盐、卖盐，都要抓去坐牢。只是，官家的盐不多，价钱又贵，百姓便没有盐吃了。老爷休要见怪！"

老头回头又对何诚说："不信，你可以进屋去搜搜，真的一颗盐也没有呀！"

晁端友知道山村百姓的生活苦，但没有想到有些山村已几个月缺盐了。顿时红了眼睛，泪水在眼眶里打转，慢慢地站起身来，双手比画着对他们说道："老人家，让你们受苦啦！县衙里还有一些官盐，明天就叫人运来分给村里的乡亲们。"

老头却说："老爷，有盐，俺们也没钱买啊！"

晁端友抹了一把溢出的泪水，吩咐晁补之即刻去将里正请来商议分盐的事，然后走过去扶住老头大声道："老人家，这盐不用钱，俺用官俸将它买了来分给乡亲们！"

老头拉着老伴就要跪下，苏轼、晁补之一边一个将两位老人扶住。半晌，老头道："谢老天开眼啦！谢谢青天大老爷！俺们有盐吃啦！"

说完，老头老太抱着痛哭起来。

沈括沉默了。何诚沉默了。回来的路上，苏轼和晁氏父子也没有说话。

"也不知道沈大人回京后，有没有向圣上禀明山村连盐都吃不上的事。"苏轼向沈闻等讲完他陪同沈括一路考察农田水利一路作诗填词的事后，发出了这样一句感慨。

沈闻说："苏大人体恤民苦，让沈某感动。待清明去钱塘扫墓，沈某定向尚在钱塘的沈辽打听此事。请苏大人放心。"

站在身后一直没怎么说话的王朝云，此时却对苏轼说："老爷！朝云记得，沈大人离杭前，抄去老爷来杭之后写的许多诗词。朝云担心，沈大人会不会在老爷您的诗词上做文章。"

晁端友也点头附和，轻声道："朝云说得有道理。下官也担心沈大人会拿您《吴中田妇叹》《鸦种麦行》《汤村开运盐河雨中督役》《除夜直都厅题壁》等诗去做文章。万一他上书皇上，说大人这些诗词诋毁朝政，讽刺新法，那后果就不堪设想了。"

苏轼笑道："苏某写诗填词，抒情而已。顶多发几句牢骚，哪有那么深的用意！"

许广渊道："子瞻兄，防人之心不可无，万一他对兄的诗文上心了，只要把你的那些诗文往变法派那里一丢，便后患无穷。"

苏轼看了看沈闻尴尬的表情，连忙道："像沈大人这样的学问家绝不会如此，此事以后莫要再提！沈老先生，除了文村，周遭还有可游之地吗？"

沈闻见苏轼无形间化解了尴尬，感激地说道："听闻苏大人喜欢画怪石枯木，本地倒有两处欣赏怪石枯木的好地方，一处是天井山，一处是洞顶泉。"

"这两处，我也没去过。"许广渊先接道。

晁端友道："晁某来贤德多趟，但这两处也未曾去过，下午请里正带路引我等去看看，苏大人，您意下如何？"

"好！来了就要去看看。"苏轼微笑着点头道。

其实，沈括回京后的表现，还真被王朝云、晁端友、许广渊他们说中了。

沈括既是大学问家，哪有不明事理、不辨是非的？他又何尝不知新法弊端，尤其是到江南走了一趟以后，他心里更加明白这其中缘由。但要挤进权力核心，就必须拥护变法。

沈括自己明白，虽然他官至翰林学士了，但环顾朝堂，有权有势者不是王安石、王珪两位宰相的亲信，就是推行新法的干将。而他沈括，只是靠学问立身朝廷。在这样的朝廷上，仅凭学问是没有多少发展的空间的。要想在仕途中更进一步，就必须在推行新法中立功，以靠近宰相或取得皇帝的信任。杭州之行，苏轼陪同，这是天赐良机。打击反对新法之人，特别是打击重量级人物苏轼，必然会博得群臣喝彩、宰相青睐、皇帝重视，为加官晋爵做好铺垫。

沈括充分运用他对自然现象刻苦钻研的精神，把苏轼送给他的这些诗词仔细研究了一番，终于，研究出了"成果"，苏轼的很多诗文中表达了对新法的不满！比如在《吴中田妇叹》中，苏轼写道："眼枯泪尽雨不尽，忍见黄穗卧青泥！茅苫一月垄上宿，天晴获稻随车归。"意思是眼睁睁看着金黄色的稻穗泡在泥地里，心里好比刀儿在割，一阵阵地疼，眼睛哭干泪哭尽，老天爷还是下雨不肯停。几个月来搭个茅棚田埂上睡，天转晴赶紧收谷用车儿运回。这不是在用老天爷下连阴雨来诅咒新法吗？再比如《王复秀才所居双桧》写道："凛然相对敢相欺，直干凌云未要奇。根到九泉无曲处，世间惟有蛰龙知。"皇帝如飞龙在天，苏轼却要向九泉之下寻蛰龙，二心臣子莫过如此……这样寻章摘句指鹿为马，沈括做了很多。

找到苏轼这些诋毁新法的"证据"后，沈括如获至宝，对这些诗词加以详细的"注释"后，送给神宗皇帝和王安石等人，说这些诗词"词皆讪怼"，如何居心叵测，如何恶意诽谤新政，如何藐视朝廷讽刺皇上，等等。

可他没料到，他的邀功之举，竟未能引起两位宰相的响应，这让他不得不深感遗憾，自讨无趣。

而沈括不知道的是，王珪没有积极处治苏轼，其原因与王安石有着根本的不同，他只是认为现在还不是整治苏轼的时候。

《南宋新城县区划图》 选自《富阳古旧地图集》上海文化出版社 2019 年 12 月出版

第十四章

贤德这个地方，有文溪、查溪、巨龙溪，小溪两边都是连绵起伏的群山，重重叠叠，苍苍翠翠，雾漫山野的时候，霭霭白雾笼罩着青青山峰，犹如仙境。

站在天井山的最高峰，有万峰朝贺之感。山虽陡峭，山顶却是个方圆三余里的盆地，奇怪的是，居然还有个清澈见底的湖泊。山顶有湖，那地儿就活了。湖周围筑着围堰石，湖中悠游着几只白鹅。湖畔植着一大片树冠巨大的苍松枫杨，直插云霄。仁者乐山，智者乐水，苏轼、许广渊、晁端友、辩才、惠勤、晁补之等人都是仁者智者，所以个个酷爱山水。

里正姓沈，是比沈闻小两辈的本家。沈家人不仅爱读书，博闻强识，而且还特别健谈，爱讲故事。一路上，沈里正给苏轼等人介绍此地的人文历史，讲此地的传说故事。

还没爬上天井山，沈里正就给大家讲起了天井山的传说。说的是在天井山上原来住着很多村民。有一年大旱，涧壑中的山泉都枯竭了。没有水，村子里的人只好背井离乡，外出讨饭了。这之后，村子里一户姓施人家的一个儿子，为了让大家有水喝，就每天起早摸黑地挖井不止，挖了好几年，后来还梦见一个白胡子老神仙，通过神仙的指引，他终于挖出了一口深井。村民看到汩汩涌出的泉水，就把小伙子挖的这口井取名为"天井"，这座山也改名为"天井山"。

爬上山顶，沈里正不等大家休息，忙引着苏轼等人去看天井。天井离"怪石林"的入口处不远，井口被打了一圈树桩，以防人兽掉落。

天井深不见底，井口虽圆，但井身四方，苏轼壮着胆凑近一看，感觉非常玄妙，这井绝不可能是人工的，而是天然的，斜着深下去，有如刀劈。井边的石壁还镌刻着"天井"两个大字，但风化严重，书写者的名字已无法辨认，众人细看，隐约像个"施"字，猜测字为唐朝施肩吾所题。

众人沿着蜿蜒的山道向怪石林攀去，其实从天井开始，山道两旁早已陆续有了一堆堆奇形怪状的巨石，细看之下怪石上有奇异的图纹，甚至怪石的缝隙还夹着螺壳、珊瑚等海里才有

天井揽翠 吴昱／摄

的东西。

山上空气清新，但寒气逼人，绿植夺人眼球。越往里走，古树就越茂密，高耸挺拔，遮天蔽日。此时，逐渐偏西的太阳，仍将它利剑般的一道道金光穿过树叶的缝隙斜照进来，整个森林的景色蔚为壮观，色彩也十分丰富。因为众人的行进，惊动了正在树上憩息的山鸡和小鸟，它们纷纷扑扇着翅膀，飞向更高的古树和怪石上去停栖。

巨大的，连片的，如同万里江山图卷般的怪石林呈现在众人面前。石头的样子千姿百态，高低错落，大的、小的、高的、长的，各种各样的石头汇集在一起，形成了一道独特的风景。怪石林里，有古松、有古柏、有古藤，藤缠树，树揽藤，有些藤条还琵琶别抱，居然缠住了一块块的怪石。

苏轼从没一次见过这么多形状奇特的怪石，细细看，细细品，穿行于嶙峋的怪石之间。重重叠叠的怪石绵延至另一座山谷的山腰。苏轼看累了走累了，就爬到一块下面镂空上面平整如榻的怪石上去盘腿而坐。

苏轼坐了一会儿，先是仰视遮天蔽日的古树，又平视怪石嶙峋的石海，再俯视奇花异草。怪石林幽深树密，湿气重，一会儿工夫，雾气升腾，石林又浸在了雾霭之中。忽然，他发现一块怪石旁居然长着几簇新竹，矮小而有味。此时的他，哪里还像个需要静养的病人，直接从坐着的怪石上跳了下来，落地时虽未站稳，但随手可以抓住藤蔓，不至于跌倒。就是跌倒也没事，地上的落叶堆积得很厚很松软。

他招呼众人过来看他发现的几簇新竹，晁补之像个没长大的孩子，直接趴在地上看，苏轼见状大笑，对晁补之道："无咎，你记性好，你给大家吟诵一下唐朝元稹的那首《新竹》诗吧！"

晁补之知道苏轼是要考他的记性，他还真经得起考，趴在地上就念出来了："新篁才解箨，寒色已青葱。冉冉偏凝粉，萧萧渐引风。扶疏多透日，寥落未成丛。惟有团团节，坚贞大小同。"晁补之一字不差地念了出来，众人击掌。

苏轼又问晁补之道："无咎，还记得去年在塔山饮酒赋诗的那回吗？"

晁补之马上回道："怎么不记得，那天烟雨蒙蒙，恩师您还在酒兴浓时画了《塔山对雨图》，那回父亲也在！"

苏轼、晁端友被他这么一说，脑海里立马浮现出去年那日的情景。

那是去年暮春的一天，下着蒙蒙细雨，苏轼、晁氏父子三人带着随从冒雨来到新城城外的塔山饮酒听雨。塔山紧傍葛溪，草木葱茏，景色宜人。"塔山拥翠"为东安八景之一。酒兴浓时，晁补之请老师作画。苏轼在亭子里铺纸挥毫，即席画下了《塔山对雨图》。画成，苏轼便令晁补之题诗。晁补之也是才气纵横，拿起毛笔就在画上题了两首诗。其一："竹枝草履步苍苔，山上孤亭四牖开。烟雨蒙蒙溪又急，小篷时转碧滩来。"其二："山外圆天一镜开，山头云起似浮埃。松吟竹舞水纹乱，坐见溪南风雨来。"晁氏父子都想要这幅画，苏轼没给，而是将《塔山对雨图》带回杭州送给了知州陈襄。

今天在这天井山的怪石林里，苏轼突然来了雅兴，他对晁补之说："为师上次没送你《塔山对雨图》，现在赶紧去给为师铺纸研墨，为师要画一幅《枯木怪石图》给你。"

晁补之喜出望外，兴奋地抱了抱旁边的一块怪石，然后向着天井湖边的揽翠亭一路小跑，做准备去了。

文人赏石、爱石、藏石、画石由来已久，据说早在秦汉就已经形成了风气，唐宋以来，赏石、爱石、藏石、画石达到了高峰，尤其是大宋百年以来，苏轼、王诜、米芾等人赏石、爱石、藏石、画石已成癖。苏轼喜爱石头，他童年的时候就与奇石结缘。在十二岁那年，他和弟弟苏辙在纱縠行的一片空地上玩挖土的游戏，从地里刨出来一块浅绿色的石头，形状像一条鱼，浑身晶莹湿润，布满了银星，敲打起来声音清脆悦耳。

父亲苏洵一看，就知是块天然的砚石，质地细腻，很容易发墨。天赐良砚，是个好兆头，预示着苏轼、苏辙兄弟将来必定能够取得功名。所以苏洵就精心把这块石头磨制成一方砚台，苏轼就用这方砚台研墨求学，一直到他们兄弟金榜题名。

他在凤翔当签判的时候，专程去终南山挑拣那些奇怪的石头，一共捡了一百块形状不同色彩各异的怪石，把它们摆放在一个古朴的铜盆里面，还起了一个非常诗意的名字——"怪石供"。

苏轼在京城为官的时候，他的表弟程德孺送给他一白一绿两块奇石。苏轼特别喜爱这两块石头，就把石头安放在一个高丽产的铜盆里，取名为"仇池石"，认定这两块石头是"稀世之宝"。

苏轼赏石藏石，爱石如命，他把石头写进诗中，还把石头画进画里。他还爱画枯木和竹子，他和文同创立了著名的"湖州画派"，另外他还提倡文人画，强调作画不求形似，要把自己的情感和追求在笔墨中表达出来。虽然，苏轼是跟文同学的画竹，不过与文同不一样的是，他把怪石也画了进来，以竹的劲节挺拔和石头的坚不可摧来抒发自己不向困难低头的顽强意志。他心中的"岁寒三友"是竹、木、石，他总结为："竹寒而秀，木瘠而寿，石丑而文。"

众人欣赏完了怪石林，移步到揽翠亭的时候，晁补之已铺好了纸，并用捡来的四块小怪石压住了纸的四个角，墨也磨得漆黑发亮了。王朝云还在一旁的石桌上架起了"九霄环佩"琴。

亭外炉香袅袅，里正叫来的几位农夫、村姑正忙得不亦乐乎，一只炉子上正在用天井水煮天井茶，一只炉子上正在用天井水煮腌肉和毛笋，茶、酒和腌肉当然是从文村带来的，毛笋是刚刚从天井山的毛竹林中挖来的，新鲜得很。

村姑请王朝云先给苏轼奉上一盏天井茶，苏轼接过茶盏喝了一口，含在口中慢慢地吞了下去，咂了咂嘴，摸了一下胡须，又喝了一口，然后放下茶，对里正道："里正，我问你，这是哪里的茶？香甜醇厚。"

沈里正回道："大人，这是怪石林下面的野茶，那里一年到头白雾弥漫，茶味与别的地方不同。"

苏轼重复了一句："天井山的茶，好！"

许广渊插话："子瞻兄，等你画完了《枯木怪石图》，我们用腌肉炖毛笋来下酒，那味道更好嘞！"

"好！那苏某就赶紧画，画完了好喝酒。"

"那恩师请！"晁补之请苏轼选笔。

苏轼眼睛一亮，拿起毛笔道："这是宣城的诸葛笔！"又指着墨道："这是李廷邦的墨，皆是苏某喜欢之物。"

晁补之拱手道："学生知道恩师最喜欢的笔是宣城的诸葛笔，最喜欢的墨是李廷邦的墨，最喜欢的纸是澄心堂的纸。今天没有澄心堂的纸，只有富阳产的竹纸。"

"竹纸？是不是去年在碧沼寺用过的纸？"

"是的。这些纸就是去年在碧沼寺用剩的。我去泗洲造纸作坊买纸的时候，做纸的师傅告诉我，这竹纸啊，是越陈越好。

苏东坡《枯木怪石图》　私人藏品

恩师您试试，是否跟做纸师傅讲得一样！"

"好！为师最喜欢的植物是竹子，用竹纸画竹子，感觉定会不同！"

苏轼此刻作画的兴致很高。他先用淡墨在纸的右半部分画了一棵弯曲的枯树，树身盘曲纠结，树枝画得像一丛耸立着的鹿角，再在树根的左侧画了一块横卧着的像蜗牛的丑石，又用浓墨在怪石的后面画了两三丛矮小的竹子，在树根的右侧用简笔画出几丛青草。

苏轼画画有个特点，就是胸有成竹，一气呵成。画面简洁，不求形似，但是水墨韵味十足。

在众人的赞叹和击掌声中，苏轼完全了这幅画，并在画面的最左侧题上"轼为无咎画"五个字，并钤上了"苏氏子瞻"白文印章。

苏轼画完，王朝云的琴也曲终，配合得天衣无缝，完美和谐。见众人为两人的默契合作鼓起掌来，王朝云羞得满脸通红，捂着脸跑到村姑那边帮忙去了。

接下来，除辩才、惠勤、王朝云喝茶外，苏轼、许广渊、晁氏父子，包括沈闻与里正皆边吃腌肉炖毛笋边喝酒。苏轼爱喝酒，但酒量小，一杯刚好，两杯嫌多，三杯必醉，醉了便小睡，小睡之后赋诗作文思如泉涌。

众人为了不让苏轼喝醉，便找话题与他闲聊。

许广渊也善画，前年路过家乡时，还给碧沼寺画过一套中堂山水画。他评价苏轼刚才画的《枯木怪石图》道："子瞻兄此图树石以枯笔为勾皴，不拘泥于形似。"

苏轼道："山石竹木，就像水波烟云一样，漫漶无形，然它们皆有灵魂，画出它们的灵魂，比画出它们的外形更为重要。"

晁补之听了苏轼的这句话，似有所悟，轻声道："恩师，您的意思是，画画的至高境界，是得其意而忘其形？"

"忘形不是无形，而是不拘泥于表面之形。"苏轼补了一句。

见晁补之还在沉思体悟，苏轼又道："为师所倡导的文人画，是为了开拓更高意境上的玄想，让色彩褪淡，让形式解散，只剩下笔的虬结和墨的斑斓，只剩下墨的堆叠、游移、拖延，在空白的纸上牵连移动，画出自己内心的风景。"

晁端友平时话很少，刚刚见苏轼为无咎画了画，一是知道其画千金难求，二是赐画以示对无咎的欣赏和器重，所以激动地说道："苏大人画枯木竹石，胸次之高，足以冠绝天下。"

苏轼笑道："君成兄过誉啦！苏某作画喜欢萧散简远，简古淡泊，追求平淡之美。平生最恨怀素、张旭，那么张牙舞爪、剑拔弩张，'有如市娼抹青红，妖歌嫚舞眩儿童'，这句诗就是骂他们的。呵呵！"

苏轼说完，将杯中酒一饮而尽，王朝云过去，用筷子轻轻地夹起一块嫩笋放到他的嘴里，然后又退到辩才、惠勤两位师傅的身旁喝茶。苏轼一边嚼着鲜嫩的笋肉，一边捋着胡须瞅着王朝云。王朝云只得自顾自抚琴去了。

许广渊见状，便转了话题："子瞻兄，天井深不可测，天池翠如碧玉，石林妙不可言，让我等有置身于洞天福地之感。"

苏轼接道："人生本该休闲，一张琴、一壶酒、一壶茶，腌肉炖毛笋，约上三五知己，坐看云卷云舒，笑谈前尘往事，忘记过去便是人间好时节。"

许广渊接道："既是人间好时节，又值春光遍野，满眼是绿，子瞻兄又一杯酒下肚，何不以'天井揽翠'为题，吟诗一首？"

吟诗作画永远难不倒才华横溢文如泉涌的苏轼。喝下的酒开始有些上头，苏轼摇头晃脑地吟道："一路逶迤寻绿去，悬

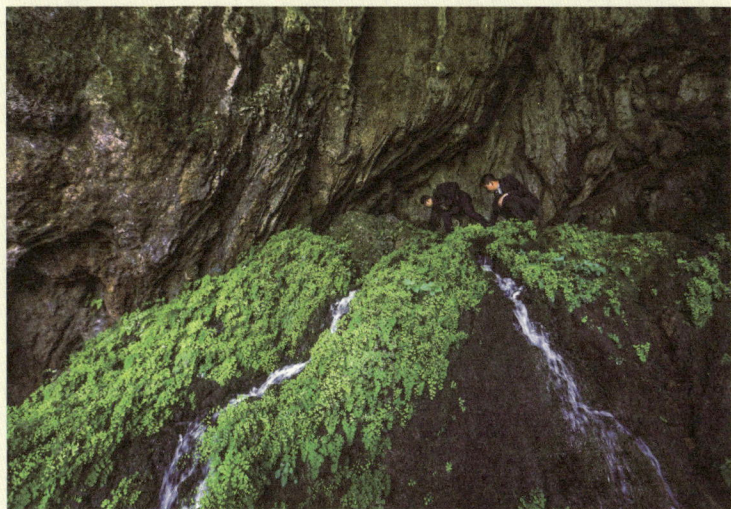

洞顶泉声　吴昱／摄

崖石径绕天池。登亭作画千峰翠，落日诗成归不迟。"

众人称妙。

从天井山下来，众人又来到洞顶泉。洞顶泉坐落在仙人洞的山顶上，故名。顺着水声潺潺的巨龙溪往山里走，左边的山腰上赫然悬挂着一块斗笠般的巨大岩石。几十丈高的巨岩像亭台楼阁的飞檐一般翘出数丈，下面形成了半亩方塘一般大小的山洞供人休息、赏泉。高大的松树、柏树、枫树遮住洞口，使得洞内一年四季水雾弥漫，寒气逼人。洞底全是宜做盆景的假山石，高低曲折，错落有致。芳草丰茂，繁花点点，煞是好看。洞壁的石罅中不间断地喷涌着清泉，流到洞口，向左拐个弯，便在百丈高的绝壁上形成一道瀑布，落入"两丝潭"中。"两丝潭"，顾名思义就是说潭很深，要用一两丝线才能放到底。

洞顶悬挂着各式各样的钟乳石，有的像千手观音，有的像倒垂的莲花，有的像罗汉打坐，有的像芭蕉叶子，还有的像挂在果树上的果子，从岩顶渗出的泉水，顺着钟乳石"滴答滴答"往下落，掉在洞底的泉水会溅出美丽的水花。

众人坐在洞口的那块大横石上听泉。从岩壁的小洞喷出的泉水会发出"扑、扑、扑"的声音，从石罅中涌出的泉水会发出"咚、咚、咚"的声音，加上风吹过洞口的古树发出的"沙沙沙"的声音，洞里洞外的小鸟和石蛙发出的各种啼叫声，各种声音让人应接不暇。

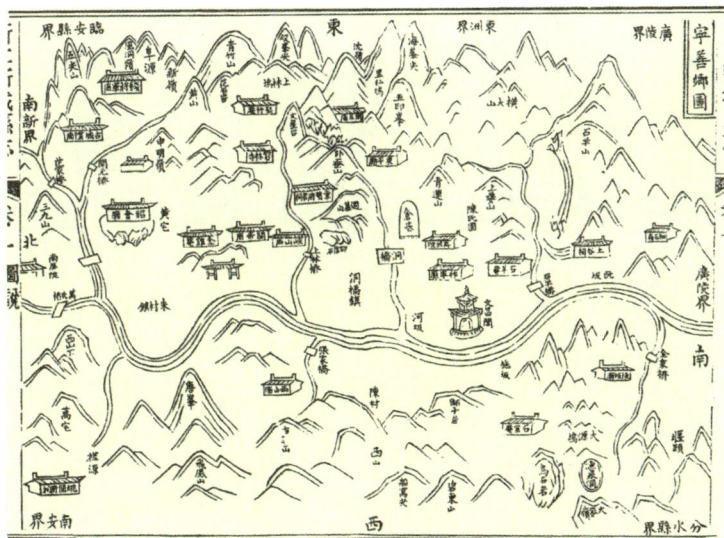

《宁善乡图》选自清道光三年（1823）《浙江新城县志》

里正告诉苏轼等人，洞顶泉最奇特之处就是天越旱，泉水就越大，真不知水从何处来。有人说洞顶泉生在龙脉上，有龙就有水，所以永不枯竭。也有人说，洞顶泉通徽州的新安江。一个徽州人曾从新安江上游撒下砻糠，过了七天七夜，砻糠从洞顶泉流了出来。

苏轼看着洞内雾霭弥漫、岩上青苔积翠，听着泉水叮咚，遥想似有仙人居住，忍不住又赋诗一首："洞顶泉流崖壁外，层层翠绿绕清源。千岩决决泠泠壁，满眼苔花旧水痕。"

第十五章

　　苏轼等人游玩了洞顶泉，往陈氏园赶的时候，路过石羊村，在一家村舍门前，看见一位白发婆婆正痛哭不已。一群围着相劝的村民，看来了一队骑马坐轿的官人，便纷纷请求苏轼替老婆婆作主。

　　原来，这位老婆婆姓潘，早年丧夫，好不容易把独养儿子抚养成人，前两天却被征发去修海塘了。儿子留下一锭安家银子，潘婆守着这锭银子寝食难安，她想找个稳妥的藏银之所。但年久失修的老房子确实没有好的藏银之所，最后，她决定将银子藏在米缸里。谁知第二天起来，米缸里的银子不翼而飞。潘婆既心疼银子被偷，又想念远方的儿子，不觉悲从中来，痛不欲生。

苏轼听完事情原委，微微地摇了摇头，捋了捋须，心下暗忖：米底有物，何人能见？夜里藏银，天明即失。必是有人窥见而伺机下手，这窃贼必是近邻无疑！

苏轼绕着潘婆的房子走了一圈，只见她的破屋两边、后面均与别家住房相连，彼此以泥墙相隔，不禁暗暗点头，心中已有了破案的办法。当即吩咐里正设下临时公堂，传齐左邻右舍，进行审理。

苏轼照例问了他们的姓名、年龄和职业。左邻叫杨古，三十岁左右的样子，平时以砍柴卖柴为生。右舍是石匠徐牛，年方二十。住在后面的那一个叫倪老大，四十七八岁，靠放滚钓抓鱼为生。苏轼朝他们逐一打量一番，心里便有了答案。于是喝道："你等三人，是谁偷了老人家的银两，赶快从实招来！"

三人一听，齐喊："冤枉！"

苏轼见状，捻须笑道："偷盗之人，自以为无人看见，岂不知天知道。要想人不知，除非己莫为。既然你等都说冤枉，那就让天来告诉我们答案吧！"

说罢，他让王朝云从挎袋里掏出笔墨来，对他们说："本官这支诸葛笔乃是仙家之物，能代上天知晓一切！"

苏轼令他们走上前来，让他们闭上眼睛摊开手掌，在他们左右掌心上分别写下"冤"和"偷"，然后叫他们握紧拳头，到潘婆屋里的水缸去洗。并告诫他们说："洗手时不得偷看掌心的字，才有神效。"

一会儿，三人洗毕回来，苏轼逐一查验。只见杨古、徐牛两人左右掌心的字迹均已洗去，独有倪老大留下左手的"冤"字，于是拍案喝道："大胆倪老大，还不快将盗窃银两之事，从实招来！"

这倪老大真以为有神灵显示，吓得他捣蒜般磕头招供道："大人饶命！小人只因老母生病，无钱医治，又刚好在墙缝中瞧见潘婆在米缸藏银，因而见财起意，偷了潘婆的银子。小的愿受大人责罚，只求大人不要把小的捉进牢里，以免老母无人照料。"

苏轼问过里正，里正告诉他情况不假，倪老大是个远近闻名的孝子。苏轼便责令他退还潘婆银子，规劝他以后不仅要好好侍奉病母，还得照顾孤寡乡邦，倪老大自然诺诺应命。日后，倪老大真按苏轼的告诫去做了，从而影响到全村，使村民和好如同一家。

苏轼又当即修书一封，交代一位随从立即回杭，找州衙的法曹鲁彦，让他设法找到潘婆的儿子，放他回来与老母团聚。后来，村人为感激苏轼的贤明，就把村口回马之处的那座小桥，改名为马回桥。

苏轼来杭，除了在通判衙门办案外，已多次设立临时公堂当场处理讼案，据案判牍，落笔如风雨，纷争辩论，谈笑而办。到老百姓当中去断案，更能启迪百姓，这对当时那种只能在衙门办案的官员来说，肯定是一件想都不敢想的事情。

一次，他在望湖楼上"画扇判案"——

有个叫吴小乙的，告邻居张二牛欠他钱不还。苏轼就差人传唤张二牛，当场问吴小乙道："张二牛欠你多少钱？"

吴小乙回答道："他买了小人两万钱绫绢，约定两个月后便归还，到现在一年多了，还分文未付，求老爷作主。"

苏轼又问张二牛道："你欠他买绫绢的钱，可是真的吗？"

张二牛无奈地说："回禀老爷，小的欠他两万钱，是真的。"

苏轼说："既然你欠他的钱，为何不还啊！"

张二牛愁眉苦脸地答道："小人买他的绫绢，是用来做扇子的，不料今春天凉多雨，扇子一把也卖不出去，所以只好拖欠到现在，实在没办法呀！"

苏轼想想也对，天气寒冷，谁要买扇子啊？张二牛做的是小本生意，实在也是情有可原。沉吟了一下，便对张二牛说："既然有扇子可抵，你去取些扇子来，本官替你发个利市吧！"

张二牛听了可高兴啦！急急忙忙回去，抱了一大箧扇子来。苏轼叫店家取来笔墨，捡了二十把白绢面的扇子，随手拿起毛笔，饱蘸浓墨，就在白绢扇子上唰唰地写了起来，或是写几笔草书，或是题几个正楷，或是画几笔墨兰，或是绘几片竹石。

不多时，就将二十把扇子都画好。

他对堂下张二牛说："快拿到店门口，卖了钱，偿还吴小乙。"

张二牛看见苏轼为他画扇题字，连忙磕头道谢，欢欢喜喜地抱着扇子奔出店外。谁知他刚走到门口，那些围观苏轼判案的人，见扇子是苏轼亲笔写绘的，都情愿出二千钱一把。顷刻间，二十把扇子被抢劫一空。

张二牛把二十把扇子卖得的四万钱，还了吴小乙两万，还剩有两万钱和许多扇子。张二牛和全家老小都十分感激苏轼帮他们还了债，又添了本钱，不必再为生计发愁了。

杭城百姓都盛赞苏轼这一案判得好。从此，苏轼画扇子判案传为美谈。

又有一次，他在西湖上"填词判案"——

一天，有官伎二人，一个叫郑容，一个叫高莹，两人都不愿为伎，拿了牒文，在西湖的游船上向苏轼求判。郑容的牒文是要求落籍，高莹的牒文是要求从良。苏轼看后，十分同情，微微一笑，提起毛笔，当即就填了首《减字木兰花》，分判在两纸牒文上。

判郑容的道："郑应好客，容我楼前先坠帻。落笔生风，籍籍声名不负公。"

判高莹的是："高山白早，莹骨冰肌那解老？从此南徐，良夜清风月满湖。"

判毕，送与府僚诸公传阅。诸公看了，都啧啧赞羡词义之美，却都不知有何巧妙。

苏轼哈哈一笑，便用朱笔在词的每句之首，圈了一个字，诸公再看，才知道已暗暗将"郑容落籍""高莹从良"八字判在牒上。船上众人没有一个不叹服苏轼才思敏捷风流雅趣的。

还有一次，苏轼在冷泉亭判过这样的一个凶杀案——

西湖灵隐寺，有个叫了然的和尚，此人佛口蛇心，贪淫乐祸，常到娼妓李秀奴家中厮混。后来，李秀奴对他厌倦，拒绝再与他交往，了然却死皮赖脸缠住不放。

一个月黑风高的夜晚，了然在寺中喝了酒，心动神摇，想寻欢作乐。于是，跌跌撞撞来到李秀奴家，一见大门紧锁，便用拳头猛锤，吓得李秀奴魂飞魄散，死也不敢开门。了然破门而入，一拳打在李秀奴的脑门上，可怜一个娇弱女子，被当场活活打死。

县官受理了这一案件后，向州衙申报。刚巧，苏轼在冷泉亭上阅读到这一案卷，不觉大怒，骂道："秃驴横行霸道，破坏戒律，打死民女，该轮到你运数尽了。"

立即传令狱院将了然五花大绑地押到冷泉亭当场审问，只见了然的手臂上刺着两行文字："但愿同生极乐园，免教今生苦相思。"

苏轼看了如火上浇油，怒目圆睁，心想：这厮不学无术，却弄些风月笔墨，待本官也用笔墨发落他去。于是提笔一挥，用《踏莎行》词牌写成了一首判词："这个秃驴，修行成煞！云顶山上持斋戒。一从迷恋玉楼人，鹑衣百结浑无奈。毒手伤人，花容粉碎，空空色色今何在？臂间刺道苦相思，这回还了相思债。"

写完判词，将笔用力向下一掷，令众衙役将了然绑赴九里松，立即斩首示众。得知此判，杭城百姓无一不拍手叫好。

苏轼判案完毕，站起身来，眺望远山，只见小溪对面有一座高插入云的尖峰，便问里正山名，里面告诉他此山叫"石羊山"。

见苏轼对石羊山感兴趣，里正就给众人讲了一个石羊山的传说——

相传，很久很久以前，在葛溪边住着一位忠厚善良的读书郎。

一天，读书郎正在苦读经书，忽听得门前柏树上有只乌鸦在唱："读书郎，读书郎，后山猛虎拖山羊。赶走猛虎捡便宜，你吃羊肉我吃肠。"

读书郎一听，马上拿起棍子，匆匆赶到后山，果然见一只猛虎按住小山羊在咬，小山羊发出凄惨的哀嚎声。老虎见有人来了，慌忙逃窜。读书郎俯身摸摸山羊，身体还是温热的，只是浑身被抓得鲜血淋淋。读书郎见小山羊可怜，便将它抱回了家，洗净伤口再包扎好，每天采些嫩草喂它。这样过了三个月，小山羊才渐渐地康复了。

从此，小山羊与读书郎形影不离。读书郎去砍柴，它跟他上山去。读书郎去摘豆，它随他下地去。读书郎读书，它就匍匐在他的脚前。读书郎把它当作好伙伴，有时干脆就叫它"羊弟弟"。

一次，读书郎突然得了重病，卧床不起，他在昏迷中仿佛闻到一股清凉的气息，异常舒服。

他睁开眼睛一看，只见羊弟弟含着一棵草，凑到他的嘴边，一副祈求的目光好像在说："吃吧！吃下去就会好的。"

读书郎接过草，轻轻地嚼着，瞬间感到浑身轻松，四肢百骸有一种说不出的舒服。

读书郎的病就这样好了。他跳下床，一把抱住小山羊问道："好弟弟，你认得草药吗？"

小山羊点点头叫道："咩——咩——"

读书郎大喜，说："太好啦！以后村里穷人生病，就不愁没钱抓药了。"

从那以后，村里有人生病，不管是内伤，还是外疮，或是其他的疑难杂症，只要小山羊上山去含来一把草，马上就药到病除。日子一久，读书郎能治百病的名气越来越大，方圆百里

葛水斜阳　吴昱／摄

石羊遗韵　吴昱／摄

的病人都赶来求医了。

葛溪上游的南新街上，有个黑心郎中姓宋名宗方，平时只顾赚钱不顾病人死活，常常开错药方，丧人性命。因此，乡民就给他起了个外号，叫"送终汤"。可在穷乡僻壤，没有好郎中，所以明知他不行，又不得不请他来治病。"送终汤"也是看准了这一点，趁机大敲竹杠。

一段时间来，"送终汤"觉得生意清淡，心里正在纳闷，忽然听到屋檐有只老乌鸦在聒噪："宋宗方，宋宗方。葛溪边上出神羊，衔来草药医百病，哪个再喝你的'送终汤'！"

"送终汤"这才明白无人上门的缘由，这下把神羊给恨透了。老乌鸦因为上次羊肠没吃成，早对读书郎怀恨在心，伺机煽动说："吃了神羊一块肉，无病无灾福寿长；吃了神羊一条肠，平地升仙上天堂；要捉神羊我带路，只要分点羊肚肠。"

"送终汤"听说吃了神羊肉可以添寿登仙，便对神羊起了杀心。他立马纠集了一群恶奴，由老乌鸦带路，赶到葛溪边，捉住了读书郎，逼他献出"羊妖"来，读书郎大声斥责："光天化日，有无王法，你们要干什么？"

飞近身旁的老乌鸦狠狠地叫道："读书郎，快识相，妖羊明明你收养，乖乖交出饶你命，不然抛你下葛江！"

读书郎听了，勃然大怒，喝道："你这啄食心肠的畜生，帮黑心郎中榨人血汗，绝没有好下场！"

"送终汤"一阵冷笑，吩咐恶奴把读书郎抛到葛溪里去。正在这时，只听见"咩"的一声，小山羊飞速闯了过来，一头撞翻"送终汤"，驮起读书郎就跑。"送终汤"忍痛爬起来，带着一班恶奴紧追不舍。

奸刁的老乌鸦暗施毒计，一下子飞到小山羊的前面，对准它的眼睛，狠狠地一啄，小山羊猝不及防，"咩"的一声哀叫，四肢腾空而起。"送终汤"抬头一看，吓得魂不附体，只见黑压压的一座大山，遮天蔽日地压下来，"送终汤"和恶奴们来不及喊救命，只听见"轰隆"的一声，都被压在大山下面了。

旷野里，凭空添了座大山，这就是石羊山。山背上有块人形的大岩石，就叫"读书郎岩"。石羊山西面山脚下的那块黑岩石，当地人叫它"老鸦头"，就是那只馋嘴的扁毛畜生。

苏轼一边望着石羊山，一边听着石羊山的传说，轻轻地将着须，始终不发一言。

听里正说完，苏轼又顺着夕阳的方向看去，发现葛溪的堤岸有一排排列整齐而高大的白杨树，树干挺拔，碧绿的叶子随风飘展，在夕阳的照射下树冠像包裹了一层金黄色的纱，格外地耀眼夺目。葛溪的水面此时也起了雾气，氤氲上升，里面还抖动着山的倒影。

苏轼脱口而出："好一个葛水斜阳！山宜画，树迎风，水可渔，入桃源之境也！"

许广渊接道："子瞻兄，既是葛水斜阳，不可无诗啊！"

"方才看山时就有啦！"苏轼吟道，"废舍照残晖，斜川牧犊归。密林盘兀石，萝径隐荆扉。风拂诗家面，露沾耕者衣。此间山水好，峰耸彩云飞。"

众人称妙！许广渊又道："看山有诗，看水能诗否？"

苏轼指了指许广渊，笑道："苏某早知子奇兄有此问，看山看水有三重境：先是看山是山，看水是水；再是看山不是山，看水不是水；后来又是看山还是山，看水还是水。等悟出这三重境，轼想写一首'庐山烟雨浙江潮'的诗。"

许广渊诧异道："兄既知此三境，为何还要等将来呢？子瞻兄去年中秋就写过《观潮五首》。"

苏轼摆手道："此五首皆未达第三重境也！苏某刚才看葛水时拟了一首诗，恐有些第三重境的味道！"

晁补之忙拱手道："那请恩师快些吟与我们听。"

苏轼吟道："渺渺群峰云暮暮，粼粼水面浸山青。看山看水三重境，遍地溪云入画屏。"

苏轼吟完，见众人还在品味，便问里正："村内还有何可游之地？"

里正告诉他葛溪边有石羊庵和石羊学馆，值得一去。

苏轼便与晁端友商量，说等看了这两处地方，再去陈氏园下榻。

里正领着众人来到了邻溪而筑的石羊庵。庵不大，却是个古庵。低矮的石龛内供奉的都是用赤石雕成的佛像，西边的墙上镶嵌着各个时期的古碑。

苏轼正想穿过一道狭小的长廊，廊壁上题着的一首诗，引起了他的注意，他停下来驻足细品，诗云："落日寒蝉鸣，独归林下寺。松扉夜未掩，片月随行屦。唯闻犬吠声，又入青萝去。"

苏轼便询问庵中尼姑，此诗出自何人之手？

身旁的一位老尼回道："这是'疯和尚'广净乱涂在墙上的。"

苏轼请老尼介绍广净其人。老尼把自己知道的一些情况告诉了苏轼。

原来"疯和尚"广净，俗姓袁，饶州人氏。仁宗嘉祐年间，到京城求得礼部度牒为僧，近些年居住在杭州。广净和尚，常手握破蕉扇，脚穿旧草鞋，来往于各寺院之间。佛门弟子、男女香客都称他为"疯和尚"。即便有人当面取笑他，他也从不计较，只是一笑了之。有时满嘴胡言乱语，有时信口高唱佛祖，大家司空见惯了，也就没有人理会。

苏轼听了沉吟半晌，点头叹道："见诗如见人，此僧不俗啊！"说着，拿着毛笔在广净和尚的诗后面和了一首："但闻烟外钟，不见烟中寺。幽人行未已，草露湿芒屦。惟应山头月，夜夜照来去。"

由于苏轼的唱和，"疯和尚"立即身价百倍，声名大振。后来广净和尚也就成了州府衙门的座上客。

从石羊庵出来，往东走百余步便到了石羊学馆。学馆是个四合院落，青砖黑瓦，翠竹环抱，确是一个读书的好所在。

临近学馆，只听见馆内传出一阵阵读书声。苏轼走到学馆门前，停住脚步，这时正在上课，他怕进去会打扰先生教书，于是与众人一起站在门前欣赏葛溪美景。

许广渊因是新城本地人，对葛溪的颇为熟悉，便向众人介绍起葛溪和曾经写过的葛溪诗。

葛溪是因传说葛洪曾于此炼丹而得名，为新城一邑的母亲河。葛仙翁在葛溪两岸留下许多遗迹，有葛仙洞、葛仙井、葛仙庙、葛仙池，许广渊为葛溪写过许多诗，后来他将这些诗收入了《新城百咏》中。

苏轼便请他对着葛溪吟一首写葛溪的诗。

许广渊稍稍沉吟了下，便轻声吟道："稚川仙化后，溪以葛为名。水激翻空白，潭澄到底清。山多晴倒影，雨过夜添声。月满寒光入，鱼龙患太明。"

众人正回味，忽听得左边的窗台上发出响动。众人转头一看，只见一个牧童趴在学馆的窗台上。苏轼便走上前去轻声问道："你这孩子不去放牛，趴在窗台上做什么？"

牧童也不回头，随口答道："牛放在葛溪滩上，我在听先生上课。"

苏轼摸了摸牧童的小脑袋，又问："你每天都来听吗？"

牧童回过头来见是个陌生人，不好意思地点了点头，说："我已经听了一年多了。"

"好！那伯伯今天就来考考你，如何？"

牧童听说陌生人要考他，便从窗台上跳了下来，拉住苏轼的手说："伯伯，那就请您出题吧！"

苏轼看了一眼前面的石桥，随口说出一句上联："过葛溪桥低连水。"

牧童回头看了一眼横洞山，当即对了下联："登横洞山高接云。"

众人称奇。

苏轼见其思维敏捷，便想试试他的才华，又出了一联："衡门稚子璠玙器。"

牧童稍加思索，对曰："翰苑仙子锦绣肠。"

众人称妙。

苏轼再出上联："半边山，半边路，半溪流水半溪涸。"

牧童听罢，眉头一皱，用手挠头，来回走动，模样让人忍俊不禁。他看见学馆门口有块石碑，便有了下联："一块碑，一行字，一句成联一句虚。"

苏轼见牧童竟对出了绝对，高兴地一把将他抱了起来。苏轼重新打量着这个文思敏捷、眉清目秀的小牧童。里正走过来说："大人，这孩子叫徐冕，是徐凝的八世孙，生下来没几天，他爹就因病去世了，留下他与母亲相依为命。平日里，他给富户家看牛，他母亲就自己种点地谋生。日子过得艰难，就没有给他读书。但是他人聪明，只要在窗外听学馆的先生讲一遍，他就记得牢！本来是块读书的料，却生在穷苦的人家，唉！"

听里正这么一说，苏轼心里顿时五味杂陈，决定帮孩子一把。此时学馆也放学了，晁端友走上前来，请苏轼进学馆坐坐。

苏轼道："是要进去坐一坐，苏某还要请学馆的先生收下小徐冕，学费由我出，我们一起好好资助他读书成才。"

第
十
六
章

苏轼、许广渊、晁端友等人在里正家吃好晚饭，再由随从点燃火把，众人沿着葛溪一路向陈氏园行进。

苏轼却不急着赶路，背着手不紧不慢地在堤岸上行走。他不时抬头看天上的月亮和星星，或驻足凝视葛溪两岸群山的夜影，或学着蛙鸣鸟叫让人捧腹。

在月光里，溪水灰蒙蒙的，枫杨灰蒙蒙的，田野灰蒙蒙，漫山遍野的竹子也是灰蒙蒙的。

在一片银灰色的世界里，苏轼想起了父母，想起了王弗，想起了在陈州的弟弟子由。

等他们到达陈氏园，安顿下来的时候，夜已深，整个庄园早已笼罩在白雾之中。

第二天一大早，晁氏父子最早起床，他们前几日就商定，等到了陈氏园，父子俩要好好地设宴款待苏轼一行。众人都知道苏轼是个美食家，同时，本地里正也想趁机展示一下陈氏园独有的风味，所以请来了两位名厨献艺。

辩才和惠勤一早就去了陈氏园南边的碧檞寺挂单，这两天都要在寺里吃斋念佛了。

苏轼一整天都在望园楼上写信，直到宴会开始了才下楼。

端上来的第一道菜叫"栗子炒仔鸡"，只见腰子形的盘内鸡肉色泽红亮，浓香四溢，众人一见啧啧称赞。里正起身拱手向苏轼介绍道："这道菜选用当年仔鸡，去骨，把嫩肉切成小块，上浆后与本地山里的大栗子在油中滑过，再与葱段等佐料同炒，上盘时再淋以芝麻油。"

里正说罢，晁端友请苏轼先尝尝。苏轼尝了一块鸡肉和一粒栗子，赞道："鸡肉鲜嫩，栗子香糯，不错！"

接着上来的第二道名菜是"葛溪石爬鱼"，只见盆内色泽金黄，肉翻似毛，缀以香菜。这回轮到许广渊向苏轼介绍："这道菜么，以葛溪石爬鱼为原料，参照鳕鲅鱼的制法改进而成，外松脆，内鲜嫩，子瞻兄，你尝尝看。"

就在苏轼的称赞声中，陈氏园祖传四大笋馔中的佼佼者"火蒙鞭笋"出场。里正一见，连忙向苏轼介绍："这道菜可不简单！嫩鞭笋剖成四片，用熟猪油、鸡油煸焖，文火煮熟，勾以稀芡，盛盆时撒上火腿片，浇上鸡油就成了。"

苏轼连尝了三口，赞不绝口。

苏轼平生喜好吃鱼，常常自己动手烹饪，因而，深得各种做鱼妙法。他的家乡紧靠岷江，江中出产一种黑头鱼。苏轼和弟弟苏辙曾取香油、豆瓣、葱、姜、蒜等调料，经炸、烹、收汁，制作"墨鱼"其味"芳香妙无匹"。

去年底，苏轼到常州赈灾，有一位朋友请他吃河豚。苏轼早就听说河豚有毒，弄不好会毒死人。刚开始，苏轼还只用筷子夹一点点鱼肉尝尝。到后来，竟越吃越大胆，毫不理会筵席上的其他人，一大块一大块地夹到自己碗里享用，直到杯盘狼藉，苏轼才放下筷子，一边擦着头上的汗一边叫道："如此美味，吃死也值得！"一不小心，苏轼又创造了一条谚语："拼死吃河豚。"

客人们轮番把盏，口舌生香之际，王朝云用九霄环佩琴弹奏起了古曲，四名歌女上堂歌舞助兴。在"青青竹笋迎船出，白白江鱼入馔来"的曲调声中，苏轼刚想看个究竟，"金皮肘子""葛溪青螺""腌肉炖石笋"等风味佳肴就依次上了桌。

酒过三巡，众人都有了醉意，自然就把官场的客套丢在一边，只把那有趣逗乐的故事乱扯一通。

许广渊瞅着一脸醉意的苏轼，笑道："从前，王右军的字可以换鹅，所以，大家叫他'换鹅字'。而今，你苏子瞻的字，可以换羊肉吃，那应该叫'换羊字'啦！哈哈哈！"

说得众人也"哈哈"大笑起来。

许广渊忍住笑，认真地跟苏轼讲了起来："你在京城的时候，跟一个叫韩宗儒的朋友，时常有书信来往。韩宗儒的老师姚麟特别喜欢你的字，但是他几次托人请你写，都被你推却了。姚麟就心生一计，知道韩宗儒是你的好朋友，而且特别喜欢吃羊肉，就叫韩宗儒把你写给他的书信送给自己，赏他几斤羊肉了事。从此，韩宗儒只要收到你的书信，便拿去向姚麟换羊肉吃。是吧！"

苏轼一听，也"哈哈"大笑起来："喔哟，这就叫羊肉没到嘴，反沾了一身羊膻气！"停了停，苏轼又道："这个韩宗儒想吃羊肉简直想疯了。有一回我过生日，他写了封信来恭贺我，意思是想我回他一封信，他好再拿去换羊肉吃。不过这一回苏某不上他的当。那个送信的人站在旁边不停地催回信，苏某就告诉那个送信人，回去告诉你家老爷，今日断屠啦！"

苏轼的这一句"今日断屠"，逗得众人差点喷饭。

苏轼见众人开心，接着便又讲起了一个"三白饭"的故事。

苏轼有个好朋友叫刘攽，也叫刘贡父，号称机智大师。他在政治上与苏轼见解相同，性格上也颇相似，学问也非常渊博。刘贡父当时任中书舍人，协助司马光修《资治通鉴》。

有一天，苏轼与刘贡父在一起闲谈，回忆起在家乡求学的情形，苏轼感慨地说："当年我和子由在家父管教下读书，生活非常清苦，一日三餐都吃'三白饭'，那味道真是美极了。"刘贡父好奇地问："什么叫'三白饭'呀？"苏轼笑嘻嘻地说："三白者，一匙盐是白的，一碟白萝卜，还有一碗白米饭，此谓'三白饭'也。"刘贡父听了，暗暗记在心中。

过了一些日子，刘贡父派家仆给苏轼送去一张请帖，上面写着一首打油诗："万事忧繁苦萦怀，柴门明日为君开。忙里偷闲亦为雅，明日舍下皛饭待。"苏轼一看，原来是刘贡父请"皛"饭，他搞不清楚什么叫"皛"饭，还开玩笑地对王闰之说："刘贡父这个人书读得多，这'皛'饭定有出处。"

第二天，苏轼准时赴约，两人在书房谈笑到中午，才由家人摆上一匙盐，一碟萝卜和一碗白米饭。刘贡父笑着说："前次听子瞻兄讲到十分怀念家乡的'三白饭'，令我非常感动。所以今天特此为你准备了'三白饭'，请用餐吧。"苏轼这才知道上了刘贡父的当，只好皱着眉头，假装胃口好，把桌上的"三白饭"吃了个精光。与刘贡父告辞时，苏轼灵机一动，认认真真地对他说："请贡父兄明日午时到苏某寒舍来吃'毳'饭。"刘贡父听了，心中有些疑惑，生怕被他戏弄，但又不知"毳"饭是何饭，便答应如约前往。

次日，刘贡父来到苏轼家，眼看时已过午，肚子早就饿得咕咕叫了，苏轼却还不开饭。又过了一会儿，刘贡父饿得实在受不了，便请他摆"毳"饭上来。苏轼笑着说："盐也毛，萝卜也毛，饭也毛，这就叫三'毛'饭啊。"苏轼说的是家乡眉山方言，把"没"说成"毛"。刘贡父这才恍然大悟，摸着饥肠辘辘的肚子，故作求饶状，哀道："我晓得你要报复我，但想不到你是要饿死我啊！"见他求饶，苏轼这才笑眯眯地叫僮仆摆上酒菜，二人开怀畅饮。

等苏轼把"三白饭"的故事讲完，几名歌女已经走上前来，向苏轼等人索要诗词了。

苏轼定睛一看，差点笑出声来，原来为首的是楚琼芳，后面三位，有两位苏轼也认得，是香香和雪雪，只有居中的那位不认识。

苏轼亮起嗓门，高兴地问她们，楚姑娘、香香姑娘、雪雪姑娘，你们怎么来了？

楚琼芳小嘴一抿，刚想回答，不料从厅外急步走进一个人来，此人身着青色便衣，头戴一顶黑色交脚的幞头，青瘦脸颊上双目有神，颧骨突出，胡子甚是飘逸。此人一进来，苏轼兴奋地站了起来，叫了声"泽民兄"，便迎了上去。

来人叫毛滂字泽民，是州衙的推官，也是苏轼的诗友。

苏轼与毛滂同在州衙为官，原先却无深交。去年中秋，楚琼芳献唱一首词，让苏轼对毛滂有了新的认识——

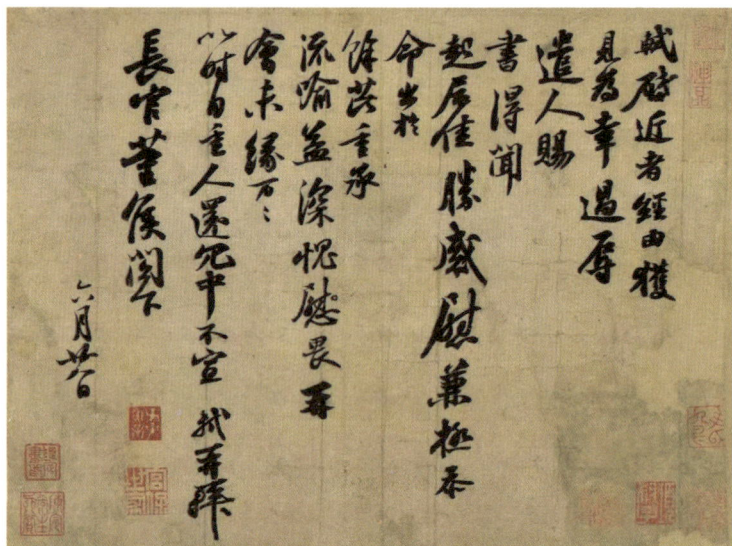

苏东坡《获见帖》　台北故宫博物院藏　项文军／摄

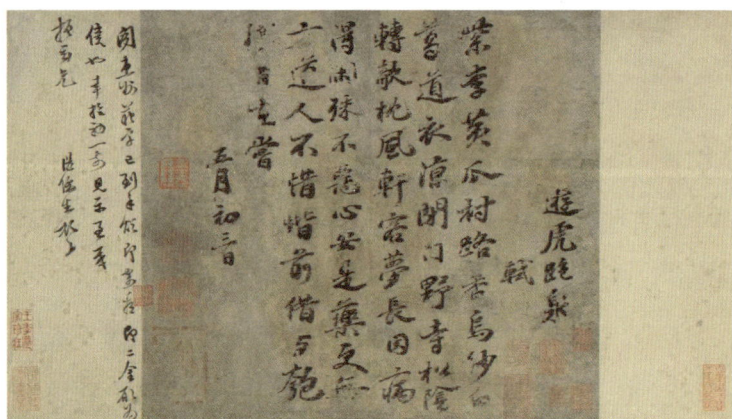

苏东坡《游虎跑泉诗帖》　私人收藏　项文军／摄

去年中秋佳节，苏轼在西湖小瀛洲张灯设宴，广邀杭州的名人文士前去赏月。这是一次文人骚客的雅集盛会。苏轼兴致很高，提出要文士们每人即席赋词一首，让歌伎们弹唱，然后由众人评析。

当轮到楚琼芳弹唱时，她竟未启歌喉，先露戚容，含着泪动情地弹唱了一曲《惜分飞》新词："泪湿阑干花着露，愁到眉峰碧聚。此恨平分取，更无言语空相觑。断雨残云无意绪，寂寞朝朝暮暮。今夜山深处，断魂分付潮回去。"歌词清丽脱俗，弹唱情真意切，举座为之动容。

苏轼是大宋开国百年以来的第一才子，这种即兴填词弹唱，只是为了应景游戏，助兴而已，所以当楚琼芳刚开始弹唱的时候，他并不在意，但当他听进去后，立即关注起来。一曲终了，他也不禁击节称赞，暗暗吃惊这首赠别词描写相别情态，语尽而意不尽，意尽而情不尽，大有秦观的词风。他很了解在座的词人，想不出谁是这样的高手。苏轼把楚琼芳招至面前，问她刚才所弹唱的是谁的作品？

楚琼芳答道："回大人，这是毛法曹今天清晨临别时赠给小女子的新词。"然后，她诉说了毛法曹赠她词的原委。

楚琼芳本也是良家姑娘，只因其父犯了案子，受到牵连，被判为营伎。毛滂在杭州任法曹期间，一次宴席上，楚琼芳应招前来助酒。毛滂见楚琼芳容貌秀丽，举止端庄，颇有才情，不同于一般的青楼女子，便对她产生了好感。在此后的接触中，又了解到她的身世，非常同情，很想寻找机会，设法为她脱籍，以便朝夕相处。此时，苏轼来杭州任通判，与太守陈襄过往密切，毛滂寄予希望。但苏轼到杭之后，始终没有与毛滂单独接触，而毛滂又恃才傲物，含而不露，因此，一直没有机会跟苏轼提楚琼芳的事。后来，毛滂在杭州任职期满，要调往江西。他对在杭仕途已无所求，唯独恋恋不舍情人楚琼芳而已。

这天，正是秋风送爽之时，在杭州赤山埠通往富阳驿道上的一座古庙长亭里，面对碧云天、黄叶地、雁南飞的情景，毛滂和楚琼芳执手相对泪眼，依依难舍。临别之时，楚琼芳向毛滂恳求："这几年，你为我写了不少诗词，现在一别，不知何时才能相聚，请再为我留首词吧！"毛滂也正有此意，便取出笔墨，将满腔愁绪，诉诸笔端，在楚琼芳递过来的白绫罗帕上疾书，一气呵成《惜分飞》，作为信物，赠给情人。当晚，楚琼芳应招前来侍宴，花好月圆，睹物思人，黯然神伤，所以轮到她弹唱时，竟不由自主鬼使神差地唱起了毛滂的这首《惜分飞》词。

苏轼听完楚琼芳的诉说，喟然长叹："属僚中有如此词人，苏某竟不知，此罪大矣！"苏轼是个十分爱才的人，他为自己的失察而自责，是有原因的。因为他从楚琼芳的诉说中，想起了一件事，感到歉疚。在知州沈立欢迎他到任而举办的宴会上，一些逢迎拍马之辈，全不顾变法失策，百姓生计日艰，只顾附庸风雅，无病呻吟，取悦上司。毛滂为人正直，很看不惯此辈所为，几杯酒下肚，百感交集。轮到他作诗助兴时，他竟一时逞能，借题发挥，吐了真言，当即写下一句上联："此生尚不曾无病呻吟游戏文字。"此上联一出，举座为之尴尬，破坏了宴会的气氛。苏轼喜欢朋友，喜欢热闹，也不了解其中缘由，看到这一场面，只觉得这位法曹不分场合、出言不逊，有失体统，就不免产生不悦，竟把毛滂当作一般的刀笔俗吏，一时兴起，提笔反唇相讥，续了下联："来世谅只能有案可稽捉提笔刀。"这一下，毛滂的自尊心受到了伤害，同时，他感到请苏轼帮忙为楚琼芳落籍也是镜中之月，就从没提起。因而，毛滂也未能与苏轼结交。

这天西湖小瀛洲的赏月宴会散后，苏轼辗转难眠，耳旁回响着楚琼芳弹唱的那首《惜分飞》词。他想到自己跟毛滂是同僚，竟不知他是个风雅词人，把他当作俗吏而失之交臂，埋没了人才。因而，他深感痛悔。为了弥补自己的过失，刚过了凌晨，他就披衣起床去书案前写书信，派门生子幽前去追回毛滂，还要他代毛滂去江西请假一个月。

毛滂被苏轼请回杭州后，两人朝夕相处，在湖畔林间，煮酒论诗，填词唱和，十分投机。还一起筹划疏浚六井，共同巡视郊县，抗旱救灾……毛滂成了苏轼的挚友，诗词创作上受到苏轼的提携而文名大振。

毛滂假期满后，要离杭远去。苏轼在古庙长亭为他设酒饯行。酒过三巡，毛滂因路远迢迢，急于赶路，便起身把盏，感谢苏轼的知遇之恩。苏轼哈哈笑道："不急，不急！稍候片刻，老夫有一眷属，正欲赴江西探亲，还要搭车同行，托你一路多多照料呢！"接着，又举杯说道："日前，苏某以'文章典丽可备著述科'向朝廷推荐泽民兄。当今圣上贤明，野无遗贤，以泽民之才，定能鹤鸣九天，望好自为之。"

一些同来送行的同僚也纷纷举杯相贺道："苏大人慧眼识才，法曹大人此去，不久便能鹏程万里！"

正在此时，一辆轻车转出山道，朝长亭驶来。苏轼朝远处一指，呵呵笑道："眷属来矣，故人来矣！"

片刻之间，车子来到亭前。只见车帘一掀，从车上步下一位绝世女子来，拜倒在苏轼面前。众人注目而视，竟然是楚琼芳！原来，这一月内，苏轼拜请知州陈襄同意，为楚琼芳办了一应文书，使其落籍从良，还收作了义女。于是，惊喜交加的毛滂，又与楚琼芳双双向苏轼拜谢他的成人之美。然后，他们一同登车，告别而去。

毛滂见苏轼迎上前来，便轻轻拉过楚琼芳齐刷刷地跪在苏轼面前，拱手说道："毛某与琼芳拜谢苏大人的成美之恩，拜谢苏大人的举荐之恩，前几日毛某回杭担任州衙推官，今后又可随时在您跟前请教，每每想起与大人的相处，让毛某激动万分。但刚到杭州，就听说大人病了，毛某与琼芳心急如焚，恨不得马上来到大人身边。陈大人对大人来陈氏园休养如何也甚为挂念，便令毛某带着香香、雪雪前来陈氏园拜望您。陈大人说了，要让香香、雪雪给您跳最好看的舞，唱最好听的歌，不过，您也要作最好的诗词回馈给她们！"

毛滂的一番话说得苏轼甚是感动，苏轼一手一个扶起毛滂和楚琼芳，拉着两人入席。

苏轼又请香香、雪雪入座。

苏轼瞥了一眼之前居中的那个女子，风姿绰约，素裙淡妆，超凡脱俗，高雅大方，好一个美人儿，好像在哪见过，又感觉不曾见过。

香香站起身给苏轼介绍："大人，这位是云英姑娘，是个大才女，琴棋书画、歌舞诗词无所不精，因去年春天改了秦太虚的《满庭芳》词而在钱塘红极一时。"

苏轼"哦"了一声："原来是云英姑娘，本官早闻你的芳名，今日一见，果然清新脱俗，不同凡响！"

云英缓缓一揖，柔声道："朝云姑娘才叫清新脱俗，弹琴歌舞犹如仙子。"

云英说完，回头朝王朝云看了看，瞥见了古琴，便走过去细看。走到琴前，云英不禁跪了下去："原来是九霄环佩琴，钱塘竟来了如此好琴。这几年，云英年看透了'酒食地狱'的花花世界，便请了长假陪沈大人去了扬州，月前才回到杭州。听闻陈大人派人来陈氏园会苏大人，此次是云英主动向陈大人要求来的。大人是当世大才，又为百姓不惜开罪当权者，如此人物，是女子，皆会仰慕！云英想弹一曲《高山流水》，献给大人！"

王朝云连忙起身，让云英坐在琴前。云英用手轻轻地理理云鬓，捋捋衣袖，便弹奏起了《高山流水》。琴弦振动，发出乐声，如微风般起伏，时而舒缓如流泉，时而急越如飞瀑，时而清脆如珠落玉盘，时而低回如呢喃细语。一曲终了，琴声又若微风般四溢开去。

苏轼带头击掌，众人皆点头称绝，连朝云也情不自禁地鼓起掌来，王朝云道："早闻姐姐的琴技精妙，今日一听，琴声中仿佛有一个白色的精灵在随风起舞，舞姿优雅高贵，又好像有一朵朵耀目的牡丹花次第开放，琴声中飘着阵阵芳香。姐姐弹琴，已然是人琴合一了。"

苏轼欣喜地看着王朝云，接道："朝云说得好！云英姑娘的琴声，如春风绿过田野，如雨笋落壳竹林，如蛙声应和，如拍岸涛声，仿佛黑夜里亮出一轮明月，又如孩童散学后放纸鸢时的欢快，只有满怀爱心的人才弹得出如此的雅乐！"

云英虽自恃才艺，但也禁不住苏轼、王朝云如此褒赞，羞红了脸，竟不知如何回应，只是低着头轻轻地抚着琴。

还是苏轼帮云英解了围，道："云英姑娘，你既如此爱琴，目中又见不得俗士，不妨取个艺名就叫'琴操'。"

"琴操！"云英听了抬起来，轻轻地重复了一遍："蔡邕撰《琴操》，小女子叫'琴操'。"

《琴操》相传为东汉蔡邕所撰
项文军／摄

"对！"苏轼道：《琴操》四十七曲，曲高和寡，操守如玉，犹如嵇康的《广陵散》，不论身处顺境还是逆境，弹奏时将自己的情感和思考融入其中，将自己的生命与琴声融为一体。"

云英似有所悟，站起身来径自走到苏轼跟前，先是屈身一揖，然后喃喃道："往后世上无云英，只有琴操！拜谢大人为小女子改名，也拜请诸位大人从今日起唤我'琴操'。"

见琴操说得如此认真，众人便遂了她的愿，从此，大家就叫她"琴操"。

又是酒过三巡。苏轼显然有了醉意，便要琴操给他讲讲她如何改秦观词韵的事。

琴操见苏轼想听，便讲了起来——

秦观诗词音韵俱佳，为琴操所敬慕，尤其是他的杰作《满庭芳》，更是为琴操时时弹唱。

秦观的《满庭芳》词是这样写的："山抹微云，天连衰草，画角声断谯门。暂停征棹，聊共引离尊。多少蓬莱旧事，空回首，烟霭纷纷。斜阳外，寒鸦数点，流水绕孤村。 销魂，当此际，香囊暗解，罗带轻分。谩赢得、青楼薄幸名存。此去何时见也，襟袖上、空惹啼痕。伤情处，高楼望断，灯火已黄昏。"

秦观的这首词，以情浓韵美，绵意切切，而为时人所顶礼膜拜。晁补之曾对苏轼说："虽不识字者，亦知是天生好语言。"这首词传出后，秦观也赢得了"山抹微云君"的称号。

有一次，知州沈立闲唱这首《满庭芳》词时，把"画角声断谯门"误唱为"画角声断斜阳"。琴操在旁纠正道："'画角声断谯门'非'斜阳'也。"沈立同她开玩笑说："你能改韵否？"琴操说能，立即把秦观词的"门"字韵改成了"阳"字韵："山抹微云，天连蓑草，画角声断斜阳。暂停征棹，聊共引离觞。多少蓬莱旧侣，频回首烟霭茫茫。孤村里，寒鸦数点，流水绕低墙。魂伤，当此际，轻分罗带，暗解香囊。谩赢得、青楼薄幸名狂。此去何时见也？襟袖上、空有余香。伤心处，长城望断，灯火已昏黄。"

琴操仅仅颠倒、改动了几个字，就换了秦观词的韵而不伤原意。人称琴操是才伎，果真是名不虚传。沈立听完后，十分赞赏，以后就常常请她饮酒吟诗。

众人听了琴操改韵的故事，也是击节赞赏。香香却说："琴操不仅能改韵，还能医诗呢！"

雪雪加了一句："不过琴操医诗，分文不取，只是借此操练学问而已。"

苏轼笑道："琴操既然是操练学问，诸位不妨与她操练操练。"

话到这份上，琴操便一万福："诸位大人有何病诗？尽管念来便是。"

晁补之觉得好玩，便抢着念了一首："久旱逢甘雨，他乡遇故知。洞房花烛夜，金榜题名时。"

琴操听完，立即回道："晁公子所念之诗，乃五言绝句。每一句说的都是'喜'，但所言之'喜'，并非非常之喜，若加上二字，变为七言绝句，那才是了不得的大喜啊！"

晁补之好奇道："请讲。"

琴操念道："十年久旱逢甘雨，千里他乡遇故知。和尚洞房花烛夜，老叟金榜题名时。"

晁补之点头道："嗯，每句添上两字，果然意趣不同。"

众人都笑了起来，觉得这个游戏不错。

里正也凑趣道："琴操姑娘，我也说上一首病诗，请姑娘你医上一医。"

琴操道："请讲。"

里正吟道："清明时节雨纷纷，路上行人欲断魂。借问酒家何处有，牧童遥指杏花村。"

许广渊急了，道："里正不可弄错！此乃晚唐大诗人杜牧的诗，为何说是病诗？"

里正道："小人姓杜，杜牧乃小人的先祖。小人说此诗是病诗，它就是病诗。但不知这位琴操姑娘能否医治？"

毛滂笑道："啊！来了一个抬杠的！"

香香道："他是想考考琴操姐姐的'医术'吧！"

琴操笑道："考我也欢迎。既是杜家之人求医，本姑娘就大胆医来。"

琴操瞅了一眼里正，接着说道："你家尊祖这诗，患了浮肿之症。本姑娘用一剂泻药，使它清瘦下来。由七绝变为五绝，好去掉那些多余的油腻。"

里正冷笑一声，道："姑娘家好大的口气！"

琴操没有理会，而是不慌不忙、一字一句地念道："清明雨纷纷，行人欲断魂。酒家何处有？遥指杏花村。"

里正不服："遥指杏花村？是你，还是我？"

琴操笑道："当然是行人啰！行人来往，互相问路，乃寻常之事，何必写出个张三李四呢！你家尊祖说'借问'，也没

洞桥村史馆　吴昱／摄

说向谁'借问'呀。"她忽然转向晁补之道："晁公子，你说是也不是？"

晁补之笑道："是，能自圆其说就好。"

王朝云对琴操道："琴操姐姐，我也想请姐姐医诗。"

琴操很高兴："好呀好呀！朝云妹妹，你想医什么诗？说来听听。"

王朝云用清脆的噪音念道："黄河远上白云间，一片孤城万仞山。羌笛何须怨杨柳，春风不度玉门关。"

众人先笑了起来，晁端友道："朝云姑娘不会是王之涣的后裔吧！"

王朝云红着脸道："这个，朝云不知道。"

苏轼却道："这样的好诗，倒要看看琴操姑娘能不能'医'？"

琴操笑道："能医。此诗有病，且还病得不轻。"

众人憋不住，又是一阵哄堂大笑。

琴操略一沉思，又道："此诗的题目叫《凉州词》既然是'词'，就应该写作长短句，怎么成'七绝'了呢？"

琴操清了清嗓子，念道："黄河远上白，云间一片，孤城万仞山。羌笛何须怨，杨柳春风，不度玉门关。"

念完，她问王朝云："朝云妹妹，你看如何？"

王朝云敬佩地看看琴操，又看看苏轼，轻轻地说了一句："朝云也要学，日后请老爷教我。"

苏轼点点头，转而向琴操说道："琴操姑娘，你医得不错。"

许广渊接道："今个晚上，菜也尝了，酒也喝了，曲也听了，舞也看了，诗也'医'了，就差个行酒令了。要不，咱们再行个酒令吧！行不了的，罚酒一杯！大家看怎么样？"

众人皆叫好！只有杜里正傻了眼，直叫"行不了"，先把一杯酒罚进了肚子里，引得众人哈哈大笑。

众人先让苏轼行一酒令。苏轼不假思索地道："那好！苏某先行一酒令，须两字颠倒相似，后各用一句诗以叶韵行之。"

苏轼说完，略一沉吟，便率先吟道："闲似忙，蝴蝶双双过短墙；忙似闲，白鹭饥时立小滩。"

王朝云带头为苏轼击掌。

琴操接道："来似去，潮翻巨浪还西去；去似来，跃马翻身射箭回。"

众人称妙。

香香抚抚袖口，忽然抬头闪着明眸吟道："动似静，万顷碧涛沉宝镜；静似动，长桥影逐酒旗送。"

引得满堂喝彩。

毛滂看了看楚琼芳，见她还在凝思，便替她吟道："难似易，百尺竿头呈巧技；易似难，携手临技泣别间。"

苏轼见毛滂如此怜香惜玉，故意道："泽民兄犯规，行酒令者绝不能代，代者罚酒。"

毛滂虽被罚酒，但他瞥见楚琼芳用敬慕的目光看着他，他很高兴地喝下了一杯罚酒。

许广渊见状哈哈大笑，又把酒令接了起来："重似轻，万斛云帆一叶升；轻似重，纷纷柳絮铺梁栋。"

众人又鼓起掌来。

晁端友让晁补之先接，晁补之便接道："有似无，仙子乘风游太虚；无似有，掬水分明月在手。"

晁端友再接道："贫似富，高帝万钱登上座；富似贫，韩公乞食妓家门。"

众人为晁氏父子喝彩。

现在，剩下楚琼芳、王朝云、雪雪三人还未接令，雪雪倒是实在，拿起跟前的酒杯就满饮了一杯。

王朝云看了看苏轼，红着脸说道："我从未行过酒令，老爷也未曾教我。我罚酒。"

王朝云说完，抖着手去拿酒杯。苏轼知道王朝云不会饮酒，便躬起身抢先拿过了酒杯，"咕咚咕咚"一口气喝掉了酒。因喝得急，许多酒都洒在了他的胡子和胸口，苏轼放下酒杯，捋捋胡子开心地说道："苏某口渴，借朝云姑娘的酒一用。往后，老爷我一定教你行口令。"

苏轼平时喝酒，一杯刚好，两杯偏多，三杯放倒。今晚，他喝下三杯多了，要在平时，定然醉了，现在还能坐着说话，已是"奇迹"了，但把"行酒令"说成了"行口令"，引得众人哄堂大笑，王朝云的脸也更红了。

楚琼芳倒是不慌不忙，在最后关头，接上了酒令："悲似乐，送丧之家奏鼓乐；乐似悲，嫁女之家日日啼。"

楚琼芳接得倒是不错，可惜内容悲了点。后来竟被她一语成谶，没有和毛滂白头偕老。陈氏园相聚半年后，楚琼芳便染病身亡。几年后，毛滂娶太子少保赵抃的孙女、秘书丞赵屼的女儿赵英为妻。赵抃与毛滂同乡，都是衢州人。苏氏兄弟与赵氏父子交谊笃深。

一轮酒令行完之后，醉醺醺的苏轼让晁补之来行一小令。晁补之拱手应命，站起身来说道："此轮小令前一句须是花草名，后一句诗又要借其意。如：'水林擒，不是水林擒；芰荷翻雨洒鸳鸯，方是水淋禽。'"

苏轼甩甩手，含糊其词地说道："这小令出得有意思。苏……苏某接一个：'清消梨，不是清消梨；夜半匆匆话别离，方是清宵离。'"

苏轼毕竟是个大才子，醉了依旧文思敏捷。

毛滂想接，特意强调了下说："此是毛某的接令，非琼芳姑娘的，先说清楚，免得又罚酒。"

众人催着毛滂快说，毛滂吟道："红沙烂，不是红沙烂；罗裙裂破千百片，方是红纱烂。"

晁补之赶忙问道："红沙烂为何物？"

毛滂笑道："红沙烂就是杏子。"

许广渊接道："荔枝儿，不是荔枝儿；小童上树去游嬉，方是立枝儿。"

众人又看着里正，里正也不言语，拿起一杯酒就一饮而尽。谁知苏轼冒出了一句："里正啊！数你酒量大，你把朝云那杯罚酒也喝了吧！"里正便又倒了一杯，一饮而尽。雪雪搓了搓手，轻轻地摇摇头，脸上起了红晕，双手端起杯，皱着眉喝下了一杯酒。

楚琼芳也接不了令，嘴上却说："刚才毛郎替小女子罚了一杯，现在小女子也甘愿喝一杯。"说完，拿起面前的一杯酒一饮而尽。

琴操抿嘴一笑，吟道："红娘子，不是红娘子；胭脂二八谁家女，方是红娘子。"

琴操借"红娘子药"说到"红娘子人"，甚是巧妙，博得了众人喝彩。

接着，香香也吟道："莲蓬子，不是莲蓬子；篾帆片片迎风起，方是联篷子。"

接得也很巧妙，雪雪激动地为香香鼓掌。

轮到晁端友了，只见他夹了一筷子马兰头放进嘴里，边嚼边接道："马兰头，不是马兰头；夷齐兄弟谏兴周，方是马拦头。"

众人称妙。

苏轼酒多了，想起身上楼睡觉。许广渊见状用"三果一药名"出联戏之："幸早里，且从容。"

这许广渊出的上联很妙，"幸早里"与三种水果名"杏""枣""李"同音，而"从容"与中药"苁蓉"同音，意思是说，时间还早着呢，来得及，再喝一会儿。

苏轼听后，知道许广渊在卖弄才学，但若留下来就会让许广渊看到他的醉态，便以其人之道还治其人之身。遂答道："奈这事，须当归。"

苏轼下联中的"奈这事"与"柰""蔗""柿"同音，"当归"为中药名。苏轼用联语告诉众人怎奈醒酒之事不容迟疑，必须立即回去。

许广渊也不再勉强，晁氏父子与王朝云合力将苏轼送上楼去，众人也纷纷散去。

第十七章

苏轼很早就起来了，穿过东面的几个院落，进入东塘边的石径，漫步进入荆山下的竹林。在眉山的时候，苏轼不仅爱种松，而且还爱种竹。不仅苏轼爱种竹，其实眉山人的竹居观念，深深根植于日常生活当中。在眉山人眼里，竹，不光具有观赏性，而且具有很大的实用价值。盖房子需要它，制作生产器

苏东坡《墨竹图》　私人收藏
项文军／摄

具需要它，牵牛的绳子需要它，编竹席竹扇更需要它，可以说竹的用途涵盖了生活的方方面面。

眉山的竹子虽多，但眉山人依然非常珍视每一株竹。苏轼清晰地记得，小时候玩闹时，要是不小心踩断了一株路边冒出来的竹笋，如果被大人看见，是要用竹鞭抽打屁股的。要吃竹笋，必须等到处暑之后，新生的笋子不能上林，方才能挖笋食用。

苏轼的母亲程夫人，从小就给了他无比的温暖和慈爱，教导他和弟弟苏辙读《后汉书》，以范滂为榜样，做一个正直清廉的人，像竹子一样经得起风吹雨打，不管打霜下雪，保持本色不变。

苏轼望了望漫山遍野的竹林，一阵清风吹来，紧挨着的竹子轻轻俯仰着，像一个个露出醉态的人儿。晨曦从云缝里挤出来，把金色的霞花喷洒在竹叶上的露珠里，似乎每片竹叶上都挑着一个金红的小太阳。

苏轼情不自禁地沿着竹林中的小道，登上荆山远望，只见陈氏园的丘坡田弯和亭台楼阁，无不掩映在幽篁之中。但凡有竹的地方，早晨必有浓淡交错的雾气，但凡有雾气的园林中必有一簇簇的修竹。苏轼凝视着陈氏园，看着炊烟袅袅飘过一重重的竹梢，竹梢随风舞动，推动雾气升腾消散，脱口吟出一句："竹生陈氏园，有此凌云气。"

"大人好雅兴，清晨就在此观竹。"许广渊清脆的声音从前方传来，原来许广渊、晁端友、晁补之，还有王朝云都悄悄跟着苏轼赏竹来了。苏轼见晁补之来了，又要考他的记性，便问道："无咎，你会背白乐天的《养竹记》吗？苏某很喜欢这篇文章，曾多次抄录过。"

晁补之在他记忆里搜了搜，道："回恩师，全文背不下来，对文章的第一段还有些印象。"

"背来听听！"苏轼欣喜地看了看他。

晁补之用手轻轻地抖落身边竹叶上的露珠，高声念了起来："竹似贤，何哉？竹本固，固似树德，君子见其本，则思善建不拔者。竹性直，直以立身；君子见其性，则思中立不倚者。竹心空，空以体道；君子见其心，其思应虚受者。竹节贞，贞以立志；君子见其节，则思砥砺名行，夷险一致者。夫如是，故君子人多树为庭实焉。"

"无咎的记性，让为师佩服。"苏轼一边说一边竖了竖大拇指。

晁补之拱手道："弟子虽读过白公的《养竹记》，但对其意不甚了解，恩师能给我讲讲吗？"

苏轼撸了撸须，道："好！孟子曰'吾善养吾浩然之气'。白公的《养竹记》总结出了竹子的四大美德，可谓是正直之士做人的准则。而当一个人逐渐领悟到不能做这世上的怪竹、病

陈氏园竹林　项文军／摄

竹、恶竹之后，他才能平静地接近竹子的'心空'之境。从不攀附的竹子虽然柔韧，但不要忘了，竹子、竹篾也有锋刃，且异常锋利。"

　　苏轼拍了拍身旁一竿竹，发出"啪啪啪"的声响，接着道："竹子有实心竹与虚心竹之别。实心竹的品种有箭竹、刚竹、紫竹、佛肚竹等，而绝大多数的竹子都是空心的。实心竹比较特别，总体比空心竹要细小，但其质地比空心竹要好，主要体现在它们的坚韧度、柔韧度以及更高的观赏性上。那么，在实心与虚心之间，在刚性与韧性之间，在粗大与细小之间，在盈满与空疏之间，如何才能做到一种最佳的爆发力与可以矫枉过正的身形？"

　　许广渊道："子瞻兄的一番高论，让我想起了王勃的《慈竹赋》，他赋予慈竹的特征是'如母子之钩带，似闺门之悌友。

恐独秀而成危，每群居而自守'。"

晁补之接了一句："如何才能长成一根特别的竹子呢？"

大家置身竹林深处，皆陷入了沉思。

饭后，苏轼一行来到了陈氏园西边的碧檋寺，碧檋寺因位于碧檋山下而得名。高耸的碧檋山陡峭，犹如屏风，寺中松柏参天，修竹掩映，古刹雄伟，亭阁高耸，峰石玲珑，洞壑出虚，石刻珍奇。寺前便是陈氏园的核心区域小西湖。这里早晚都被浓雾弥漫，犹如仙境。

碧檋寺原本是陈晟家的家庙，陈询败亡之后，陈氏园便收归官府，碧檋寺却对民众开放了，香火日盛，寺院规模也越扩越大。

苏轼来到碧檋寺前，首先映入眼帘的便是一道紫红色的山门照壁，上书"陈氏园碧檋寺"六个醒目大字。辩才、惠勤与住持遂了早已在山门前迎候。与遂了会面免不了一番寒暄。

进入寺门，观天王殿，左右分列着持国、增长、广目、多闻这四尊体形威武、气魄雄伟的天王塑像，它们执持的法器象征"风调雨顺"。正中神龛里，便是那尊表现"皆大欢喜"的袒胸露腹的弥勒佛木雕像，趺坐蒲团，笑容可掬，极有生趣。背后神龛里站着的，是手执降魔杵的护法天尊韦驮，它面朝大雄宝殿，威武雄壮，神态生动。

王朝云伴着楚琼芳、琴操、香香、雪雪敬了香，就同苏轼等人一道过天王殿，走过古木浓荫的甬道，一座巍峨雄伟的大雄宝殿迎面矗立，飞檐凌空，直指霄汉。大殿正中，佛祖释迦牟尼高踞于莲花座上，靠两厢殿壁，排列着二十诸天，后面趺坐着的是十二圆觉。

苏轼等人在遂了的引领下跨进大雄宝殿，抬头瞻仰释迦牟尼高大慈祥的容颜，但见这位佛祖目不斜视，神情端庄，似在沉思，又像在修心。在缭绕的香火中，王朝云、琴操等众姐妹也被这气氛所感染，虔诚地跪在蒲团上向佛祖顶礼膜拜。辩才、惠勤看着王朝云虔诚礼佛的模样，对视了一下，若有所思双手合十，口中念道："阿弥陀佛！"

参拜完佛祖和观音菩萨之后，辩才便对着许广渊、晁端友道："两位大人，苏大人身体虚弱，贫僧陪着苏大人去遂了法师的禅房小憩，几位大人，还有姑娘们，由静明法师陪着参观。"站在遂了旁边的静明听辩才如此说，连忙双手合十，引着众人继续往前走。王朝云也想跟着众人前去，却被辩才叫住了。

苏轼刚落座，王朝云便迫不及待地向苏轼问道："佛祖佛法无边，究竟是怎么成佛的呢？"

苏轼满意地瞅了王朝云一眼，便向她讲起了释迦牟尼佛修炼成佛的经过。

释迦牟尼佛祖，原是古印度迦毗罗卫国净饭王的王子，原名悉达多·乔达摩，幼时曾受婆罗门教良好的传统教育。有一

横洞山上看洞桥 吴昱／摄

天，王子到城外郊游，净饭王便敕令官员前后护卫，陪王子出城。这时途中观者如云，都想看看王子的风采。王子乘车至城东门，在人群中见一老人白发皱面，骨瘦如柴，手持拐杖，行动极其困难。车经南门，又见一个病者身瘦腹大，喘息呻吟，痛苦万状地在道旁挣扎。后来到了西门，遇到一群人抬着一具尸体。那尸体浓血流溢，恶臭难闻。随行的亲属痛哭流涕，使目睹者心酸悲哀。王子看到此等情状，感慨万分，想不到世人生活如此痛苦，感叹世人不论贫富贵贱，都逃不过生老病死的

大关，自言自语道："日月易过，少年不常，老至如电，身形不支，气力衰虚，坐起苦报，我虽富贵，岂能独免，念及将来，甚可畏惊。"最后经北门，看见一个梵行沙门，圆顶法服威仪有度，一手持钵，一手持杖，严肃安详地走过来。王子肃然起敬地赞叹道："善哉善哉！这才是让人向往的生活啊！"此后，王子冲破一切障碍阻挡，二十九岁出家，历经六年艰辛苦难的生活毫无所得，于是在菩提树下独坐冥想，经过七天七夜，觉悟了人生的真谛，成就了正觉而成佛，"佛"就是觉悟的意思。

　　王朝云听了苏轼讲的佛祖故事，叹了一口气说："以前我也听师父这么说过，说释迦牟尼佛在森林里潜心修行六年，以致头发上都筑起了鸟窝。一天晚上，他在菩提树下觉悟了人生的究竟，终于成了佛。而今，朝云却越听越糊涂，还是不懂怎么才能成佛哩！"

　　苏轼逗趣地问："呵呵！你这个丫头还真想成佛呀！"

　　王朝云红着脸接道："我……我就想成为佛家弟子嘞！我时常觉得自己就是灵隐走出来的。"

　　辩才听了王朝云的这句话，又双手合十念道："阿弥陀佛！小施主还真与佛有缘！"

　　苏轼一本正经地回答道："假如一个人，对于外界的喜怒哀乐都不闻不问，也不往自个儿心里去，完全忘了喜与忧，就成佛了。"

　　王朝云似懂非懂，喃喃道："那不成了木头人了？"

　　苏轼笑道："佛人儿本来就是木头做的啊！"

　　辩才却双手合十道："牌位也是木头做的。有的时候，牌位也是活的。"

　　苏轼听着辩才无厘头的话，感觉似有所指，端着茶盏喝了一口茶，瞅着辩才道："辩师所言，是另有所指吧！刚才你将许大人他们支开，苏某就觉得有些奇怪，现在你说着奇怪的话，苏某就更觉得事有蹊跷。怎么样？说来听听！"

辩才捋着浓须，目光炯炯地看了看惠勤，道："缘来，千里来相会；缘灭，对面不相识。昨日，贫僧与惠勤师弟来到此寺，恰巧碰到一个人，一块牌，无意之中揭开了一个人的身世。"

辩才的话音刚落，苏轼便一激灵，似乎全明白了，捧着茶盏看看王朝云，又看看辩才和惠勤，强压住心头的欣喜，试着问道："是不是与朝云的身世有关？"

苏轼的话一出，又轮到王朝云"扑通扑通"心跳加速了。王朝云捂着胸口颤声道："我的身世？"

惠勤慈祥地看了看王朝云，轻声道："小施主善良聪慧，上天有好生之德，不忍你无父无母做个孤儿，看来你的根在陈氏园啊！"

惠勤的话一出，王朝云"哇"的一声哭了出来。王朝云自小就在盈春院，在樊娘的照顾下长大。可她却无时无刻不思念着自己的亲生父母，虽然不知道自己的亲生父母是谁，家住哪里。现在居然有了亲生父母的消息，她怎能不激动，还怎能抑制住思念的泪水！

苏轼连忙安慰王朝云，并对辩才、惠勤道："两位法师到底发现了什么？快快说来，也可省了小丫头的这番痛哭。"

遂了见此情形，便与辩才、惠勤引领着苏轼、王朝云穿过古木森森的配殿回廊，来到碧樨寺北边的地藏殿。

地藏殿被高大的松柏所掩映，老松挺拔如虬龙，顶端的枝丫伸展如巨伞，古柏苍翠，将老松的巨干也隐藏了起来。苏轼等人进入殿内，看见正殿内供奉着陈晟、陈绍权的黄色牌位，唯独没有陈询的牌位。

苏轼感叹道："仁义礼智信，温良恭俭让，一个都不能少，少了会让子孙后代也不认啊！"

遂了引着苏轼、王朝云在左侧黑色的牌位前站定，王朝云眼尖，一眼就看到了自己的名字，失声叫道："老爷，看，牌位上有我的名字。"

苏轼犯有眼疾，但经王朝云一指，也看见了，只见第三层中间的一块牌位上赫然写着："大宋熙宁五年九月初七，先考王公钦达先生之灵位，孝女朝云、暮雨百拜敬立。"

辩才又引着苏轼、王朝云绕到右侧，指着左边的一块红色牌位，说道："这是昨日刚立的一块牌位，苏大人看看上面写了什么？"

苏轼瞅了一眼，惊呆了，牌位上赫然写着："为爱女朝云祈福，母徐氏盼儿安康，早日回家。"

这寺院里供奉的牌位，主要分成两种，一种是黄色的牌位，被称为生西莲位、超度牌位、往生牌位，它是专门为亡故人所立的牌位；还有一种是红色的牌位，被称为祝福牌位、延生牌位、长生禄牌位，这些牌位最大的特点是，它是为活人而立的。这两种牌位主要的目的是通过佛和菩萨能量的加持，为生者祈福，为死者超度。

王朝云见了两块牌位，有些害怕，单薄的身子不知所措地颤抖起来。苏轼见状，忙让辩才等人说出事情的始末。

原来就在昨天，辩才与惠勤来到寺里挂单，并与遂了巡览各殿。三人来到地藏殿外，便听到有位妇人在殿内啼哭。殿内的僧人一边帮她写牌位，一边劝导她。

只听得那妇人道："我去年刚为我家老爷在此立了往生牌位。老爷走了，妾身与小女暮雨相依为命，靠着老爷积攒下的几亩薄田过活。每当夜深人静之时，我总会想起那失散多年的女儿朝云。邻里亲朋都说朝云要么被拐卖，要么已经死了。妾身确信朝云还活着，今日，妾身将全部首饰捐给寺里，请师父为小女朝云立一块祈福牌位，求菩萨保佑，让朝云早日回家来与妾身团聚。求菩萨保佑，让妾身在死之前，能看一眼我的女儿朝云，不然，妾身死不瞑目啊！"

辩才和惠勤一听殿内的妇人在泣说着"朝云"，虽不能断定此"朝云"就是苏轼身边的王朝云，但毕竟是一条揭开王朝云身世的线索。他俩赶忙跨进殿内，遂了也跟了进去。

只见那妇人三十多岁，一身蓝色的罗裙，头上包了一块青巾，发间、耳垂、手腕间没戴任何首饰，面目端庄慈祥，一看就知道是大户人家出身。妇人见三位师父进殿，先是怔了一下，然后双手合十对辩才等人说道："三位师父，妾身已向寺内捐献了所有的首饰，只想为失散多年的女儿立一块祈福牌位，保佑我儿平安，愿妾身在有生之年能跟女儿见上一面。"说罢，又"呜呜"地哭了起来。

辩才连忙安慰妇人道："施主切莫过于悲伤，你那女儿吉人自有天相，刚才贫僧听见你口口声声唤你女儿叫作朝云，敢问你女儿姓甚？"

妇人见大师关心自己女儿，心中甚是感激，回道："妾身感谢大师垂问，我那女儿姓王，名朝云。"

一听妇人的女儿唤作"王朝云"，辩才与惠勤不约而同地"啊"了一声，然后双手合十念了声："阿弥陀佛！"

妇人见两位大师惊讶的表情，心里咯噔一下，连忙问："难道两位大师知道小女的下落？"

辩才还是双手合十，生怕妇人过分激动，故而平静地说道："贫僧确实知道有位叫王朝云的姑娘，但无法确定就是施主失散多年的女儿？"

妇人一听辩才知道王朝云的下落，便"扑通"一声跪倒在他的面前，泣道："求大师告诉妾身，我的女儿现在何处？妾身要去找我女儿，整整十年啦，妾身无时无刻不在思念我那可怜的女儿。"

"施主请起。"辩才和惠勤连忙搀扶起那妇人，让她坐在案几前的椅子上。

妇人不待自己坐稳，又急切地问辩才："大师，您知道妾身女儿的下落吗？"

辩才还是平静地说道："有缘自然相见！请施主给贫僧讲讲如何与女儿失散的吧！"

妇人便给辩才等人讲起了王朝云的身世与失散的过程。

原来，王朝云的父亲叫王登，字钦达，是三槐堂的后人。王登自幼饱读诗书，十八岁那年就考中了秀才，却无意仕途，喜欢钻研医术，常年习佛，是方圆百里有名的郎中，且为穷人治病分文不取，热衷于为乡里修桥铺路。就是这样一位大善人，却一生坎坷，历尽劫难。先是妻子施氏死于难产，后纳妾徐氏，生下长子王朝山，不到两岁便夭折了。又过了好几年，才生下王朝云，为使女儿能健康成长，夫妇俩请银匠打造了一把银锁，把女儿的名字和生辰八字刻在上面。在女儿两岁那年，王登特地带着王朝云去钱塘灵隐寺拜佛许愿，当晚住客栈时还好好的，却不知怎的第二天就拉起了肚子。为赶早香，王登没选择在客栈休息，而是急匆匆地赶往灵隐寺上香，刚上完香便又拉起了肚子，因上茅厕不方便将女儿带进去，便让王朝云在茅厕外面等，并叮嘱她千万不能跑开。但灵隐寺上香的人多，来灵隐寺叫卖小玩意和小吃的商贩也多，王朝云被形形色色好玩的好吃的东西所吸引，看着走着便离茅厕越来越远，等王登上完茅厕出来，茅厕前面哪还有王朝云的影子。王登发现女儿丢了，发疯似的找女儿。王登找遍了灵隐寺的角角落落，也不见女儿的踪影。王登又满大街地找女儿，找了半天，仍不见女儿的踪影。王登感觉天都塌了！女儿朝云聪明漂亮乖巧伶俐，早已是他的宝贝疙瘩，俗话说得好："女儿是父亲的小棉袄。"现在，"宝贝疙瘩""小棉袄"给弄丢了，王登能不急么！王登一连找了三天三夜，始终不见女儿的踪影。最后，王登只有丧魂落魄地拖着疲惫的身躯回到陈氏园，告诉徐氏这个五雷轰顶般的坏消息。夫妻俩自然抱头痛哭，邻里亲朋也唏嘘不已陪着流泪。夫妻俩大病了一场，等能起床了，便迫不及待地相扶着去钱塘找女儿。夫妻俩每年都会去找女儿，整整找了五年，直到小女儿王暮雨出生后，才停止去钱塘寻找，但仍会通过各种途径千方百计打听女儿的下落。去年九月，王登带着对徐氏的愧疚和对女儿的思念过早地离开了人世，享年三十八岁。徐氏将王登安葬在陈氏园北边的朝山之上，并向碧樨寺捐献了王登毕生积攒的医书和佛书，遂了法师为王登在地藏殿立了往生牌位。这次，辩才和惠勤又恰巧碰上了徐氏为她女儿立祈福牌位。

辩才和惠勤从没听苏轼说起过王朝云的身世，当然无法确定此"王朝云"就是彼"王朝云"，万一只是名字相同，那么就会让徐氏空欢喜一场。若是如此，那是出家人最不忍心的，出家人最忌打诳语。因此，他俩并没有提及王朝云在陈氏园的事，只是用佛意禅理安慰徐氏，并为"王朝云"立了祈福牌位，问明了徐氏的住址，对徐氏说，改日上门为其亡夫王登超度。

苏轼听完辩才等人的叙述，心里顿时知道徐氏就是身边这位王朝云的亲生母亲，便向众人说起十年前王朝云被樊娘收养的事。王朝云听完自己的身世，知道自己的亲生母亲和妹妹暮雨就住在陈氏园，又惊又喜，"哇哇"大哭起来。大家没有劝她，让她放声大哭，让她将整整十年失去父爱母爱的痛苦全部哭出来。

王朝云哭了好一阵子，突然想起了什么，快步走到大殿左侧父亲牌位前，"扑通"一声，重重地跪下，又痛哭起来。

待众人拥着王朝云来陈氏园王家村认母时，徐氏还是因过于激动而当场晕厥。辩才懂医，忙用大拇指去掐徐氏的人中，王朝云和妹妹暮雨哭着抱住母亲徐氏，徐氏醒来，母女三人紧紧地抱在一起，哭成一团，久久没有分开。

这母女团聚的一幕，像是感动了上苍似的，一时间，天昏地暗，雷声阵阵，顷刻之间下起了瓢泼大雨。

东坡陈氏园　项文军／摄

　　大雨整整下了三天三夜，根本没有要停下来的样子。此时陈氏园的七口大小不一的水塘已经塘满为患，水田被淹，山上的作物也被冲毁，里仁溪、上林溪、陈园溪等大大小小的溪流暴涨，咆哮着冲向葛溪，雨若再不停，葛溪就会漫堤，届时溪水倒灌进陈氏园，后果不堪设想。

　　在望园楼内，晁端友看着楼外的大雨，搓着手来回踱步，急得像热锅上的蚂蚁。苏轼靠在躺椅上微闭双目听着雨打窗棂发出的声音，好一会儿，才慢慢地睁开眼睛，笑着对众人说：

　　"苏某在凤翔任签判时，凤翔常旱，苏某曾前往太白山求龙王降雨。今日陈氏园多雨，看来苏某要求龙王止雨了。"

说完，便吩咐一名随从去将杜里正请来。

许广渊看着随从撑着伞消失在茫茫大雨中，回过头来对苏轼道："子瞻兄，我曾读过士人传抄的《喜雨亭记》，你在凤翔求雨的经过却不甚了解，今日大雨，也无法出门，你就给我们讲讲当年在凤翔求雨的故事。"

众人都爱听苏轼讲故事。现在，耳闻他要讲凤翔求雨的故事，便纷纷聚拢了过来。苏轼始终觉得当年在凤翔求神得雨是奇事一桩，见众人愿意听，便讲了起来。

那是在十年前的嘉祐七年（1062），凤翔府境内，去岁一冬无雪，今年又一春无雨，旱情一天比一天严重，田土龟裂，麦苗枯焦。凤翔百姓望天兴叹，忧心如焚；而关心百姓疾苦的苏轼，也寝食难安。

百姓在干旱之年，除了向神灵求雨之外，别无他法。求雨是地方官的事，苏轼认为大旱是有什么地方不对劲，惹神明生气了。如果雨不来，百姓定会遭殃。为了解除旱情，他主动向知州请缨，愿意替百姓哀告神明。于是，他忙碌起来，积极做好求雨的准备工作。

凤翔的东南有座太白山，山上有座真兴寺，寺后有个金星洞，洞中有口池塘。据说，海龙王就住在这口池塘里。池塘的鱼就是龙的化身。这个池塘的水，从来不多也不少；不管下多少雨，不见它溢出；不管旱多久，也不见它干涸。

横洞山上俯瞰陈氏园　吴昱／摄

　　苏轼入洞求雨，洞前筑了祭坛，坛高九尺，幡幛排列四周，摆上三牲祭品，呈现一派森严肃穆的气氛。

　　苏轼登坛宣读自己撰写的祭文："乃者自冬徂春，雨雪不至。细民之所恃以为生者，麦禾而已。今旬不雨，即为凶岁；民食不继，盗贼且起。岂惟守土之臣所任以为忧，亦非神之所当安坐也熟视也。圣天子在上，凡所以怀柔之礼，莫不备至。下至于愚夫小民，奔走畏事者，亦岂有他哉！凡皆以为今日也。神其盍亦鉴之？上以无负圣天子之意，下以无失愚夫小民之望。尚飨。"意思是说，天大旱对龙王也同样没有好处。因为再有十天不下雨，麦子一定会枯死，酿成饥荒。老百姓没有饭吃，盗贼蜂起，受灾之地必定混乱不堪。若是如此，百姓就再也没有心思敬奉神明了。还会出现少数盗贼，连庙宇也一起毁掉。

　　他从太白山下来，又造访了几个地方，旱情未减，祈雨后的第九天，才下了一阵小雨，仅仅淋湿了地皮，对庄稼根本无济于事。旱情越来越严重，苏轼的心情也愈来愈沉重。一位当

地的老农告诉他："太白山祈雨不灵的真正原因，是咱们大宋朝敕封太白山神的封号居然比前朝小。"

苏轼查阅史料，才知道这太白山神，唐朝时曾被封为"神应公"，而到了大宋朝，却被降为"济民侯"，山神也许正为此生气哩！而龙王作为山神的邻居，难免要为山神打抱不平啊！

于是，作为凤翔签判的苏轼，马上替知州草拟奏折，请皇上恢复山神的公爵位。待一切妥当，特派出使者去禀告太白山神：已为其争取了高位。同时，让特使从池塘里取出一盆"龙水"。

三月二十日，苏轼和知州等官员都先行斋戒沐浴，然后十分虔诚地到城郊去迎接"龙水"。城乡老百姓几千人赶来参加，一时间旌旗飘舞，锣鼓喧天。说来还真巧，"龙水"还未到，已有无数乌云像千万匹野马一般从天际奔来，远方雷声轰隆。"'龙水'来啦！"百姓们欢声雷动。知州接过"龙水"，把它放在神龛上，又由苏轼念另一篇祈雨文。

也许是上天有求必应吧，祈雨文尚未念完，大雨倾盆而下。雨下了整整三天三夜，干渴已久的田地喝饱了雨水，濒临枯死的麦苗又恢复了生机。

庄稼得救了。雨后的凤翔，处处洋溢着喜气，百姓们载歌载舞地欢庆。苏轼也分外高兴，他认为祈雨这种事是非常神奇的。为了纪念这场喜雨，苏轼将官邸后院的亭子取名为"喜雨亭"，还喜滋滋地将自己的感受写成了《喜雨亭记》，刻在亭中的石碑上。他写出了当时喜庆的场面："官吏相与庆于庭，商贾相与歌于市，农民相与忭于野。忧者以乐，病者以愈……"

从此，苏轼的名字，老幼皆知，百姓赐他一个"苏贤良"的美誉。连学童也要读他的美文："使天而雨珠，寒者不得以为襦；使天而雨玉，饥者不得以为粟。"意思是说，假如老天降下珍珠，受冻的百姓不能把它当棉袄御寒；假如老天落下美玉，挨饿的百姓也不能把它当粮食充饥。这场春雨实在比珍珠、美玉还宝贵，还可喜。

苏轼求雨的故事讲完，杜里正也到了。苏轼问杜里正道："里正啊！苏某恐是灾星啊！到凤翔，凤翔旱；到陈氏园，陈氏园洪水泛滥。"

杜里正赶忙拱手道："苏大人言重了，陈氏园经常发水，这里的百姓已经见怪不怪了，只是推行了青苗法，乡亲都欠了官府的钱，若没了收成，乡亲们真不知如何活了。大人，百姓们都说，您是文曲星下凡，在这多灾之年，还请大人给陈氏园的百姓指条生路啊！"

说完，杜里正跪在了地上。苏轼一把将他扶起，问道："里正，跪我苏某何用？为今之计，也得学凤翔。"

"学凤翔？"众人惊诧。

苏轼道："不是学凤翔求雨，而是求龙王止雨。"

许广渊道："世人只道求雨，何来止雨一说？"

苏轼笑道："既可请龙王降雨，当然也可以请龙王止雨。请问里正，陈氏园内可有龙王殿？"

杜里正立即回道："有，陈氏园对面的横洞山上就有龙王殿。"

"好！我们这就去求龙王止雨。"苏轼猛拍了一下躺椅，霍地站起身来，就朝门外走去。大家知道苏轼的脾气，说一不二。晁端友连忙让衙役准备雨具，让众人穿上。

许广渊撑着伞追上苏轼，问道："去龙王殿止雨，要不要把朝云姑娘叫上？"

"不用！让朝云陪她娘和妹妹吧！十年离散，一朝相聚，让她们娘仨好好聚聚吧！"苏轼边说边接过许广渊手中的伞。

陈氏园四面群山环抱，重峦叠翠，山上古木森森，林中修竹掩映，几乎每个山谷都有小溪汇入葛溪，葛溪自北向南穿境而过。雨前的陈氏园，溪塘如镜，群山如屏，宛如画卷。雨中的陈氏园山色空蒙，云雾缭绕，落英缤纷，宛若桃源。雨后的陈氏园，一片云海，只有山的尖尖头裸露在云海之上，山尖为岛云为海，犹如仙境。

苏轼在少年时代就热爱大自然，对于山水、泉林、花卉、草虫、游鱼而言，他是它们的知音，它们是他的好友。

在滂沱的大雨中，苏轼时不时停下脚步驻足观望陈氏园。陈氏园虽已荒芜百年，但气势仍在，桃源的风范犹存。苏轼看见一块残碑矗立在洪水汹涌的葛溪岸边，碑身已被雨水冲刷得干干净净，上面赫然刻着"陈氏园"三个大字，但可惜"陈"字已残缺了半个，杜里正见苏轼望着残碑发呆，便上前告诉他，相传这碑上的大字是钱镠的手笔。苏轼不禁感慨地说道："陈询反叛钱镠，让陈氏园成了无主的废园。吴越王钱弘俶归顺大宋，其子钱惟演成了文坛领袖，惟演之子钱暄，今仍健在，也是欧阳文忠生前赏识的文坛骁将。"

许广渊接道："唯有思想与文字，能传之久远。"

苏轼点点头，竟吟出一首诗来："葛水潺湲生紫烟，山边村舍岸边田。流芳伟业谈何易，故宅荒芜已失年。"

众人听罢，又是一阵唏嘘。

杜里正引着苏轼等人走到狮子山脚下，见葛溪快漫过"孝桥"了，问苏轼过不过？

苏轼想也没想，只回了一个字："过。"

待过了孝桥，苏轼便问杜里正"孝桥"的由来。

杜里正告诉他，此桥也由陈晟捐资建造，因陈晟孝母美名远扬，陈氏后人就将此桥叫作"孝桥"。

过了孝桥，众人又走在小溪的堤岸上，因发大水，水流异常湍急，湍急的水流上跨着一座石拱桥，石栏杆上镶嵌着一块石碑，石碑上刻着"洞桥"两个遒劲的大字。

因桥下水大，杜里正让大家赶紧过桥。见大家都过了桥，才讲起了这溪这桥的来历。这溪叫里仁溪，山坳里面有个里仁村，取孔夫子的"里仁为美"之意，在陈晟之前，这溪上并没有桥，溪边有一只大木桶，溪上横跨一条绳索，行人或站或坐在桶内，双手拉着绳索过溪。风平浪静时还好，下雨刮风时木桶经常侧翻，行人经常落水，甚至还淹死过人。有一次，陈晟回乡见此情形，并听说了淹死人的事，便把建造陈氏园的一部分工匠派到这里来，并调用陈氏园的建材，短短几天时间就在里仁溪上建起了一座坚固的石拱桥，大家都把这座桥叫作"陈桥"。后来，太祖皇帝在封丘东南的陈桥"黄袍加身"，乡人因为避讳，改叫"桶桥"，"桶"和"洞"读音差不多，叫着叫着便叫成了"洞桥"，这桥也有一百七十多年的历史了。

苏轼对陈晟越来越有好感。陈晟功成名就后，修桥筑园回报乡梓。看着历尽沧桑的石桥，望着桥下奔腾肆虐的大水，瞬间又有诗了，只听他吟道："涧水生烟两岸蒙，溪流浩荡复西东。惊雷带雨摇槐柳，叶引新蝉落草丛。"

过了洞桥，不到一里，便到了横洞山的脚下。上山的路崎岖不平，加上多日大雨，山路更加泥泞难走，众人几乎是走几步滑几步。苏轼见状，叫大家收了雨伞当拐杖用，他让里正走在最前面带路，自己紧跟其后，没走几步，众人的衣服就湿透了。好在横洞山上也有人家居住，不比荒山野岭没有道路。山上的人远远看见里正带着几个人正在吃力地往上爬，便穿了蓑衣戴了斗笠，拿着竹杖、稻草等工具下来迎接了。

爬到横洞山接近山巅的一个斜坡，登上一看，居然是一个巨大的平台，转角的山谷里藏着十余户人家，龙王殿就在斜坡的左侧，人称其为横洞山的龙头处。殿分两进，上殿神台上供奉着龙王塑像，龙子龙孙坐两旁。龙王造像上方石壁，有石刻匾额和木制匾额各一块，石匾上刻着"用作霖雨"，木匾上刻着"风调雨顺"，下殿供奉着土地、观音等神像。

苏轼等人来到龙王殿前，殿门上方悬挂着的"龙王殿"匾额，是三个端庄的楷体大字，笔力遒劲，引起了他的注意，便问里正是何人所书？

杜里正道："我的阿太曾跟我说过，这'龙王殿'几个字传说是陈家的老祖宗陈晟所写，这龙王殿也是陈晟所建。"

苏轼已听惯了陈晟做善事的故事，桥由他造，殿由他造，寺由他造，都已经不足为怪了。众人进了龙王殿，苏轼拧了拧湿透的衣服，众人生怕他着凉生病，便让他换上了老乡的衣服。因苏轼在凤翔的时候，曾去太白山向龙王求过雨，对龙王有了解，见晁补之问起龙王的事，便轻声向众人介绍了起来。

龙王是传说中在水里统领水族的王，掌管兴云降雨，属于四灵之一。传说能行云布雨、消灾降福，象征祥瑞。每逢风雨失调，久旱不雨，或久雨不止时，百姓都会到龙王殿烧香祈愿，求龙王治水，风调雨顺。还有，所谓"龙生九子"，并非龙恰好生九子。九是来表示极多，有至高无上的地位，九是虚数，也是贵数，所以用来描述龙子。俗传龙生九子，各个不同。第一子叫赑屃，形似龟，好负重，今石碑下龟趺是也。第二子叫螭吻，形似兽，性好望，今屋上兽头是也。第三子叫蒲牢，形似龙而小，性好叫吼，今钟上纽是也。第四子叫狴犴，形似虎，有威力，故立于狱门。第五子叫饕餮，好饮食，故立于鼎盖。第六子叫趴蝮，性好水，故立于桥柱。第七子叫睚眦，性好杀，故立于刀环。第八子叫金猊，形似狮，性好烟火，故立于香炉。第九子叫椒图，形似螺蚌，性好闭，故立于铺首。

苏轼给大家介绍龙王的时候，横洞山的百姓，已赤足密集于大殿中的雨坛前。村民手里捧着盛满大米、高粱、黄豆、玉米、小麦的大碗，里面插线香一炷，坛场北面搭有法台，上供有龙王排位。见大家准备就绪，龙王殿的常应和尚前来请示苏轼是否开始，此时，苏轼的《祈龙王止雨文》也已打好腹稿，便吩咐常应开始。

常应和尚身披袈裟，手持铃杵，跣足登坛。他诵经念咒，施法向龙王祷告，祈求龙王为陈氏园止雨。约一炷香的时间，常应睁开眼睛，缓缓站起身来，双手合十，请苏轼登坛恭读祭文。苏轼整整衣冠，从容上台，虔诚地向神龛内的龙王跪下，常应为苏轼递上三支清香。苏轼双手将三支清香高举过头，然后缓缓磕头敬香，三叩首后，站起身来往前一步将香插进香炉。

苏轼退后一步，复又跪下，双手合十，润了润嗓子，念祭文道："大宋熙宁六年，岁在癸丑初夏，轼率士民，竭其虔诚，谨以五谷，祭我龙王。辞曰：混沌初开，乾坤始奠。龙祖画野，初命山川。云行雨施，甘霖均沾。圣裔九子，分命司权，鼫员负重，福禄绵延。螭吻张望，坦途无险。蒲牢鸣响，瓜瓞绵绵。狴犴威严，生民普欢。貔貅运盛，惠民财源。趴蝮若鱼，四季安然。囚牛喜才，折桂捷传。狻猊狮王，游泮得隽。椒图门神，合宅平安。"苏轼把龙王和龙九子都表扬了一遍之后，开始祈告龙王为陈氏园止雨："以此龙德，享民永祀。今祈龙王，为民止雨。慈恩加被，佑我苍黎。如意吉祥，福寿绵长。物阜民康，太平永享。"苏轼念完祭文，又是三叩首，众人在坛下也是三叩首。

礼毕，众人依次来到龙王的牌位前，将手中的香插入香炉。钟鼓三响，众人又重新点香，捧在手中，跟随着苏轼、常应来到殿外的空地上，仰望苍穹，任雨水洒落脸颊，淋湿衣裳。常应和尚念念有词，祈求龙王止雨放晴救众生，等殿内的线香燃烧过半时，突然风起云涌，天色大亮，暴雨骤止，打湿的香又重新冒出烟来。士民们先是齐刷刷地跪在地上磕头，继而站起身来，欢呼雀跃，刹那间，整个横洞山沸腾了。

大雨神奇地停了，天空也完全明朗起来了，陈氏园的上空还出现了彩虹，绚丽夺目，漂亮极了。继而，陈氏园四周群山的山腰处都升腾起白茫茫的云雾。

苏轼见群山万壑间云雾升腾，哪还顾及身上的湿衣裳，便匆匆地辞了村民，让杜里正带他们到山顶的亭子去。

待苏轼等人走到山顶的时候，山下的集镇、村庄、田地、河流都不见了，全部被云雾所掩，展现在众人面前的是一片不断变幻的雾海。对面的碧樨山、唐峰尖也只露出一点点青色，像极了湖海中即将淹没的小岛。此时太阳也出来了，阳光照射在云层之上，云层上的霞光又折射进雾海里，泛起一道道耀眼的金光，甚是夺目。雾海渐渐地被一缕缕阳光分切成一朵朵移动的云朵，像千军万马似的向各个高山头上涌去。山腰以下的雾已渐渐散去，退潮般露出了陈氏园的全貌。

众人惊奇地看着这一幕，其中最激动的是苏轼，他到过的地方多，看过的云海雾海无数，却没有看过如此壮观的雾海。杜里正告诉大家，还有更神奇的，在里仁坞和上林坞之间的山冈上有一条长百余丈、高三丈有余的石蚕，趴在那里像是在吸食雨雾，蔚为奇观。因为历来是上林坞的村民富里仁坞的村民穷，当地还形成了这样一句俗话，把石蚕的举动叫作："吃在里仁坞，拉在上林坞。"苏轼站在亭子里手舞足蹈，脸上露出了久违的笑容，对着渐散渐远的云雾叫道："横洞雾岚，止雨行云的横洞山。"

好一阵子，他才停止了对山喊话。他建议将这个亭子改名为"止雨行云亭"，还拍拍亭柱，让许广渊拟一副对联。

众人击掌。许广渊捋捋须，望望雨后的群山、田舍、溪流，然后看看苏轼开心的样子，吟出一联来："返谷斜阳轻穿雾；入溪翠雨细连天。"此联一出，众人皆称妙，纷纷鼓起掌来。

许广渊笑道："子瞻兄考我，许某也要考考子瞻兄。"

苏轼因止雨成功，心情大好，笑眯眯地瞅着许广渊道："考我？不就是要苏某作诗嘛！出题吧！苏某不用'七步'。"苏轼一高兴，把曹植七步成诗的典故也拉出来了。

晁端友看苏轼高兴，赶忙拱手插话道："苏大人，下官早就有意评选新城八景，怎奈天灾人祸，一直未能如愿。此次有幸跟随大人游览本地美景，枫林咽泉、天云奇水，天井揽翠、洞顶听泉，连同大人刚才所说的'横洞雾岚'都是景色至美之处。望大人在陈氏园甄选一景以添新城八景！"

苏轼笑道："难以抉择！难以取舍！苏某曾说过，'吾上可陪玉皇大帝，下可陪卑田院乞儿，眼见天下无一个不好人。'今日苏某要再加一句'眼前见无一处不好景'。陈氏园处处好景，苏某是割舍不了的，何况现在，陈氏园又是王朝云这个小丫头的家乡啦！"

苏轼的一番话，逗得大家哈哈大笑起来。

晁补之拱手道："恩师！既然在您眼前无一处不好景，为何不借着横洞山的美景作诗一首呢？"

"好！"苏轼捋着须道，"为师正有此意！不过，为师作一首，无咎，你也得作一首。"

晁补之只得遵命，打起了腹稿。

苏轼还是请许广渊出题，许广渊说："就以'横洞雾岚'为题吧！"

其实苏轼早就打好腹稿，但还是轻松地向前走了三步，站稳吟道："四面如屏山吐雾，亭台耸耸枕烟霞。鸟鸣阵阵啼啼远，坐看云涛气自华。"

"好一个'气自华'！"许广渊击掌道，"这是子瞻兄在《和董传留别》中的诗意，世人只有做到'腹有诗书气自华'，才能看成败、知廉耻、明是非、懂荣辱、辨善恶。子瞻兄此诗妙也！"

苏轼笑笑，对着晁补之道："无咎，该你啦！"

晁补之也学着苏轼的样子，向前走了几步，俯视着山下的

洞桥古渡　吴昱／摄

陈氏园道："渺渺群峰云暮暮，粼粼水面浸山青。陈园至美非虚语，遍地畦田入画屏。"

晁补之此诗一出，众人叫好。苏轼更是欣喜地走上前去拍拍他的肩膀。

晁端友像是想起什么，从亭中的靠椅上站起身来，对着大家道："仙境虽好，但时候不早了，我们也应该下山了。推官大人和楚姑娘等明日就要回杭州去了，今晚我在陈氏园设下便宴，为毛大人他们践行，请苏大人、许大人赏脸。下官离开县衙也有些日子啦，明日也得回去处理些公务，今晚这个宴，也算是下官向苏大人、许大人，还有诸位的辞行宴吧！"

苏轼示意晁补之一起走回亭子，边走边说："君成兄，你不就回县衙几日嘛，还这么神神道道的。你回去可以，无咎留下，苏某还打算在陈氏园搞个雅集呢！"

晁端友连忙拱手："犬子现在是您的学生，随师侍学，本应如此，本应如此！"

大家又哈哈大笑起来。

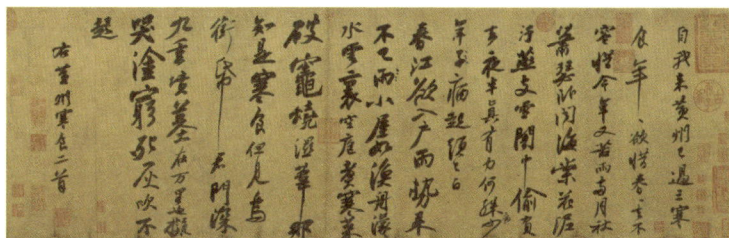

苏东坡《寒食诗帖》　台北故宫博物院藏　项文军／摄

第
十
九
章

　　第二天上午过了辰时，苏轼才起来。昨晚一高兴，他又喝多了，晁氏父子，还有毛泽民三人合力将他送回房间，嚷嚷着要王朝云来给他洗脚才肯睡。晁补之便去王朝云家叫她回来，王朝云给他洗好脚，用一块湿毛巾敷在他的额头上，好一阵子，他才呼呼睡去，鼾声如雷。

　　等苏轼洗漱完毕，用好早膳下楼的时候，毛泽民与楚琼芳几人，还有晁端友与几名衙役都已准备妥当，见苏轼下楼，便过来和他告辞。苏轼酒虽醒了，但两边的太阳穴还是抽着疼。苏轼强打起精神与众人告别。

　　苏轼、许广渊送众人朝陈氏园的西边出口处走去。一路上，粉壁黛瓦马头墙，小桥流水老街巷，整个庄园山环水绕，茂林修竹与田、园、塘、宅错落有致，苏轼一边细看，一边赞道："陈氏园真是一个归隐的好地方！"

并对晁补之说："无咎，你前几年写过《游北山记》《登将台山赋》，此次，你要好好作一篇《陈氏园赋》，文章里可要有陶渊明《归去来兮辞》的气息啊！"

晁补之连忙应道："补之谨遵师命，尽快完成。"

苏轼又问："辩才、惠勤两位师父，还有朝云这丫头一大早到哪里去了？"

此时香香也惊叫起来："琴操……琴操也不见了！"

王素《东坡朝云图》　私人藏品
项文军／摄

众人正在纳闷间，远远看见辩才、惠勤，还有王朝云朝这边急走过来，到跟前时，王朝云已走得气喘吁吁。

没等众人发问，王朝云拭着泪哭道："老爷，诸位大人，琴姐出家了。"

苏轼先是吃了一惊，旋即笑了起来："休得哄我，一夜之间，琴操怎么可能会出家？"

王朝云着急道："老爷，琴姐真的出家了。我和两位师父跟着她去了石羊庵，看着她削发为尼的！"

众人大惊。苏轼看她的样子不像在开玩笑，便也着了急，忙向辩才、惠勤问道："难道你们两位都中了邪？见琴操要出家，你们也不劝着点？"

辩才双手合十道："劝了劝了，劝不住，依贫僧之见，琴操姑娘秀外慧中，是个极有佛缘慧根之人，若她要入佛门，就由她入佛门吧！"

"一入佛门深似海。"苏轼感慨道，"平白无故她为何要出家？"

王朝云吞吞吐吐地说："这……和老爷您……有点干系……"

苏轼吼道："胡说！和我有什么干系？"

王朝云一听，吓得直掉眼泪，瘦小的身躯颤抖着，香香连忙上前搂着安慰她。许广渊见状，也高声对苏轼道："子瞻同年，你昨晚喝了多少酒？你和琴操姑娘说过的话，真的一点也记不得了吗？"

苏轼闻言，努力地回忆着昨晚的宴会，怎么也想不起来，自责道："怎么又喝多了！牡丹大会后，我是时时控制酒量的，肯定想着大家就要离开，便多喝了几杯……"

许广渊无奈地笑了笑，道："昨晚这酒喝的，让世上少了一位绝代佳人，佛门多了一位与青灯黄卷为伴的小尼。"

苏轼苦笑道："真喝断片了，苏某怎可能劝琴操姑娘入佛门呢？"

"那许某就来讲讲你昨晚是如何'劝'琴操姑娘入佛门的，帮你想起昨晚的这段文字游戏！"许广渊说着，便向苏轼讲起了昨晚酒宴上发生的事。

昨晚，席间觥筹交错，推杯换盏，大家把酒言欢。酒至半酣，苏轼关切地问琴操："琴姑娘，你在杭州的日子过得怎么样？"

琴操答道："不瞒大人说，几乎天天都陪官员们饮酒，唱呀，跳呀，斟酒助兴，真是烦死人了！"

苏轼自己干了一杯酒，然后开导她说："你既然讨厌这种生活，怎不早做打算？"

机敏过人的琴操，听出苏轼话中有话，忙央求道："小女子孤苦伶仃，还能做什么打算？请大人指点迷津！"

苏轼笑笑说："你平时喜读佛经，当晓佛理。这样吧，今天我权充长老，你试着来参禅，如何？"

琴操高兴地敬大家一杯酒，饮尽后把酒盏一放，便双手合十，双眸微闭，道："师父！您就问吧，弟子参禅来了！"

苏轼啜了一口酒，也双手合十，道："那为师就问了，你可听好！"

见两人如此认真，众人便安静下来，好奇地看着苏轼和琴操。

苏轼问道："何谓人间美景？"

琴操答道："落霞与孤鹜齐飞，秋水共长天一色。"

苏轼接着问："何谓美景中人？"

琴操想了想，很快就答了上来："裙拖六幅潇湘水，髻挽巫山一段云。"

苏轼又问："何谓人上人？"

琴操答道："随他杨学士，憋杀鲍参军。"

苏轼见难不倒她，接着又问："结局究竟如何？"

琴操不解其意，一时未能答出，正苦苦思索时，苏轼突然双手拍打桌子，意味深长地高声念道："门前冷落车马稀，老大嫁作商人妇！"

琴操读过唐诗《琵琶行》，明白苏轼借用的白居易的这两句诗是描写歌伎天涯沦落的凄惨状况的。想到这里，不觉一阵心酸，眼泪扑簌而出，忙用香帕擦去。

苏轼看在眼里，见她动了真情，便又呷了一口酒，缓缓地对她说："佛家常说，色即是空，空即是色，其中的玄机……"

天资聪颖的琴操顿时醒悟，不等苏轼说完，就点点头道："谢谢大人的点化，把小女子从苦海中超度出来！"

听许广渊说完，苏轼拍着脑袋使劲地想，想起了昨晚的有些片段，有些明白琴操为何要出家了，他不觉叹了一口气，很自责地说道："都怪我！只顾玩得兴起，不该和她说那种话……"

王朝云没参加昨晚的酒宴，但听完许广渊的讲述，渐渐地明白过来了，道："其实也不怪老爷。琴姐何等聪明？她对自家的处境和将来的下场，心里清楚得很。只不过，一时间下不了决心何去何从罢了。"

苏轼还是觉得非常抱歉，喃喃道："我该早些想到，设法帮她脱籍……"

王朝云道："脱籍的事，老爷您做不了主。琴姐也不愿大人去向别人求告。再说，脱了籍她也无处可去。官府不禁止乐籍女子出家，所以，还是出家最为方便。"

苏轼道："方便也不该出家。脱籍后，可以找个好男人出嫁。"

王朝云道："琴姐心高气傲。她见过的男人很多，都嫌他们俗气。"

苏轼道："她看男人都俗气？"

王朝云道："除了老爷您……"她低头咽下了后面的话。

苏轼默然。

此时，惠勤双手合十说："这些天，贫僧多次见琴操姑娘在厅堂焚香，神情虔诚，就问她焚香的缘由。她说，每月的初七，是她父母的忌日，要焚香；十九日，是她养父的忌日，要焚香。不光这些，每月的初一、十五，要为观音焚香；每年的四月初八，要为佛祖焚香。这些年，风雨无阻，从未间断。"说到这，惠勤念了声佛号："阿弥陀佛！心诚则灵，愿菩萨保佑她平平安安！"

辩才接道："既然琴操姑娘一心向佛，遁入空门也是件好事！苏大人不必过于自责，人各有命。贫僧与琴操姑娘临别之际，写了一信交于石羊庵师太，告诉她，贫僧老家临安，有一座玲珑山，玲珑山上有一座玲珑庵，玲珑庵中有一位玲珑师太，是贫僧的师妹，不日，可以带着琴操姑娘去临安玲珑山修行。"

楚琼芳、香香、雪雪等几个姐妹闻琴操年纪轻轻就遁入空门，不禁泣哭不止。众人在一阵唏嘘声中挥手告别而去。

苏轼在陈氏园的假期所剩无几，他还是抓住有限的时间深入民间，体察民情，倾听民意，为民排忧。他素衣青帽，像个邻家大叔，亲自带领民众在葛溪边实地勘察，重新疏通了陈氏园七塘，为百姓排除了水患，陈氏园百姓沧桑的脸上也露出了笑容。

这天，苏轼收到了知州陈襄派人送来的书信，其中还夹了弟弟子由、湖州知州孙觉寄来的两封书信。陈襄来信征求苏轼的意见，问他休养结束后，能否去常州、润州、苏州、秀洲等地赈济饥民。苏轼为官的信念就是为国分忧为民造福，所以立即回信表示愿意去常、润、苏、秀等地赈济饥民。子由的来信除问候外寄来了《新城道中》的和诗，苏轼回信又给他寄去了《山村五绝》。孙觉的来信则要苏轼兑现他在湖州督堤时的承诺，为他画一幅《潇湘竹石图》。苏轼回信答应外出赈济饥民前就给他寄去。

苏轼还收到了临安知县苏舜举和於潜知县刁璹派人送来的书信。邀请他到临安、於潜去一边休养一边作林泉之游。苏舜举与苏轼同宗，苏轼与刁璹同一年考中进士，是为同年，苏轼分别回信告诉他们，待十月赈济饥民回来后再去临安、於潜等地观政悠游。

苏轼处理完了书信，便又抄起了《汉书》。他自幼养成每天读书抄书的习惯，即使是到陈氏园休养，也从不间断。起初，每读一段，就抄下来，并以开头三个字为题，作为提示，以便记忆。后来用两个字为题。如今，他第三次抄写，只用一个字为题，同样能把全段文章背诵出来。

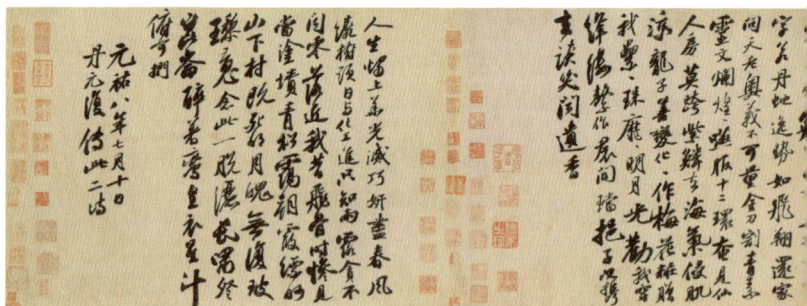

苏东坡《李白仙诗卷》　日本大阪市立美术馆藏　项文军／摄

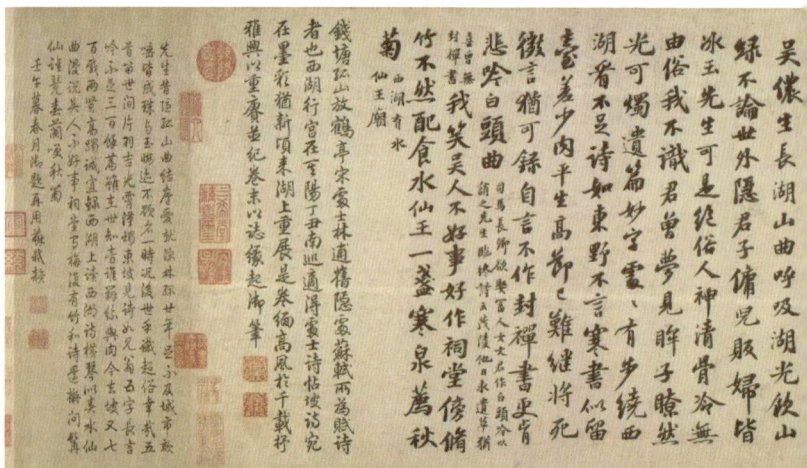

苏东坡《书林逋诗后》　故宫博物院藏　项文军／摄

苏轼抄完了今天的任务，便戴了一顶青色的帽子走下楼来，叫了许广渊、晁补之径直往王家村去。辩才、惠勤又去碧榭寺挂单了，其实过两天，许广渊也要告辞去复州赴任了。

王朝云这些天都陪在母亲和妹妹的身边，母亲和妹妹陪王朝云去不远处的朝山上为她的父亲王登扫了墓。前几日，王朝云还央求苏轼为她的父亲写了墓志铭，为王氏家族写《三槐堂铭》。

王家在一个静谧的小山村中，村庄坐落在朝山脚

三槐堂匾　项文军／摄

下。南塘坞与卸坞各有一条小溪流进村子，在村子中间形成了大小不等的几个池塘。村民爱莲，每个池塘都种满了荷花。农户不多，房子在各个池塘边整齐有序地排布着，屋后都有菜园，院子里种着各式果树，也有许多高大挺拔的古树。每日早晚，村子都沉浸在氤氲的云雾之中，宛若仙境。

苏轼等人在南塘坞的小溪边行走着，小溪潺潺，溪两边修竹掩映，漫山野花铺地，伴着林中的小鸟叽叽，他吟起了弟弟子由寄来的那首《次韵新城道中》："春深溪路少人行，时听田间耒耜声。饥就野农分饷黍，迎嫌尉卒闹金钲。闲花开足香

仍在，白酒沽来厌未清。此味暂时犹觉胜，问兄何日便归耕。"

许广渊道："子由此诗很应景啊！"

三人一边走一边谈，不知不觉来到了南塘梅园。梅园前临南塘，背靠唐山。以梅饰山，倚山植梅，花径蜿蜒，山石玲珑。古雅的亭台楼阁，点缀在梅林间，窈窕多姿。每年早春，山坡上的梅林，冲寒怒放，山翠梅艳，风光旖旎，是陈氏园面积最大、梅桩最老、品种最多的赏梅胜地。有素白洁净的玉蝶梅，有花如碧玉萼如翡翠的绿萼梅，有红颜淡妆的宫粉梅，有胭脂滴滴的朱砂梅，有浓艳如墨的墨梅，还有枝干盘曲矫若游龙的龙游梅等，大多数是百年以上的老梅桩，基本上是陈晟那个时候采集各地的老梅桩种下的，有斜干式、曲干式、悬崖式、游龙式、临水式、附石式、劈干式、疙瘩式等各种造型。树姿幽雅，虬枝倒悬，盘根错节，枯树老干，疏枝横斜，变化多姿别具风韵。

苏轼等人走进梅园深处，发现有几个年轻人拿着锄头，在梅园里东挖挖西挖挖，也不像劳作的样子，便好奇地问他们做什么。

离苏轼最近的一位小伙子回答道："听说当年陈询在败逃之前，从睦州运回了无数金银珠宝埋在了这梅园之下。"

旁边的一位小伙子接茬道："我常听老人说有十八大箱呢！埋宝的地方原本还有记号，被老辈人传着传着传没了，现在只能靠自己挖了。"

苏轼听完，便哈哈大笑起来，众人纳闷，便提着锄头向苏轼几个围了过来，晁补之连忙介绍，这位就是前来陈氏园休养的杭州通判苏大人。

众人一听是帮陈氏园免除水灾，还收养了王家闺女王朝云的苏大人，都赶忙向苏轼施礼感谢。前头说话的两个小伙问苏轼："苏大人，刚才您为何对我们哈哈大笑？"

苏轼捋捋胡须，看了看蓝天上飘浮的白云，笑道："我在笑我自己，也在笑你们！"

众人不解，一脸蒙地看着苏轼。

苏轼见众人大感不解的样子，仍笑道："是你等挖宝，使我想起了小时候在家乡眉山的那次挖宝。所谓的'宝'被发现在我们家的后院。原来呀，是两个婢女在那里干活，突然间有一块地面塌下去，有一个千年乌木覆盖的大瓮露了出来，众人都说里面有宝贝，几个下人立即拿上工具奔上去开挖。这时母亲的手一挥，把他们拦了下来。苏某对母亲的这个手势记忆犹新，二十多年过去了也不曾忘记。母亲不许大家开挖，也不允许打开瓮盖，只说了句'不义之财，一文莫取'，便命下人把塌陷的地方用土填实，恢复原状，并且在上面铺了砖石，成为后院的一条路。当时我们家并不富裕，靠在乡下的一些田产度日，为了应付我父亲长年在外游历的费用，以及全家的开销，母亲经常需要变卖嫁妆首饰、做一些小生意。母亲不仅教我们兄弟俩读书，而且还教我们兄弟如何做人！"

苏轼说着，两眼泛起了泪花。

"做人要学范滂，学生也知道。"晁补之望着苏轼，用洪亮的声音说道，"恩师很崇拜东汉的范滂。范滂有一位好母亲，他受诬陷而死，死前与母亲诀别，反被母亲安慰一番，是历史上有名的贤母！"

苏轼点头感慨道："是啊！九岁时，母亲教我读《后汉书·范滂传》时，我问母亲：'如果我立志成为像范滂这样的人，您允许吗？'母亲一字一句地说：'儿能做范滂，我为什么不能做范母呢？'"

苏轼说完，众人都低着头静了下来。

晁补之红着眼睛，大声道："诸位陈氏园的兄弟，我与你们岁数差不多，我是跟着父亲，就是你们的知县晁大人来新城侍读的，此次跟着恩师苏大人到访陈氏园，也是发怀古之幽情，就是冲着一百多年前的英雄陈晟而来的。"

此时，陈文、陈武兄弟也来到了人群中间，接着晁补之的话，振臂说道："我们的老祖宗陈刺史他为官清廉，所有积蓄都用在了营造陈氏园上。好在吴越王也出了不少钱，否则，陈氏园哪有如此规模？你们万勿听信那些个传说，来挖掘梅园，把老梅桩统统挖翻了也挖不到什么的，但百年梅园就会毁于你们之手！"

苏轼欣慰地看了看陈文陈武两个兄弟，两兄弟忙向他拱手作揖。

苏轼道："是啊！不能挖，母亲的那句'不义之财，一文莫取'，不仅影响了苏某，也影响了周边的人。苏某在凤翔为官时，也发生了居处地底仿佛有奇物的事情，和眉山老宅不一样的是，这次是土地隆起。我当时一时兴起，也想挖开看看。被亡妻王弗劝阻说'如果婆婆还在世，一定不会发掘的'。这一句话，让我恍然大悟，从此以后，苏某对不是自己的东西，虽一毫而莫取！"

"虽一毫而莫取！犹如寒梅不须阳光，也能凌寒开放，且清香扑鼻。"晁补之接道。

苏轼点头道："无咎的脑子就是转得快！对，虽一毫而莫取就是梅的品格！梅花甘于寂寞，清新脱俗，淡泊名利，无私奉献，从不索取。梅不因没有彩蝶缠绕而失落，亦不为没有蜜蜂追随而沮丧，更不似那癫狂柳絮随风舞，也不学那轻薄桃花逐水流，而是无私无怨无悔地默默绽放于严寒之中。梅格高尚，铁骨铮铮。"

说完，苏轼意味深长地看着梅园。

许广渊为缓和气氛，便笑着对苏轼道："苏大人，世人都知道你见什么能写什么，那今天你能对着没有花只有果的梅林吟一首诗吗？"

"这有何难！"苏轼也笑道，"不过本官赞过这梅园之后，请诸位小兄弟进梅园劳作，将你们挖出的土全部填回去，并且日后定要爱梅学梅！"说这段话时，苏轼特意用了"本官"也是一番苦心。

"好！听大人的！日后爱梅学梅！"小伙子们顿着锄头齐声道。

苏轼手抚梅桩，缓缓吟道："怕愁贪睡独开迟，自恐冰融不入时。故作小红桃杏色，尚余孤瘦雪霜姿。寒心未肯随春态，酒晕无端上玉肌。诗老不知梅格在，更看绿叶与青枝。"

等苏轼念完，所有人都鼓起掌来。鼓完掌后，小伙子们都背起锄头朝梅林深处走去。

许广渊大声地重复了一遍："大家都要爱梅学梅，'诗老不知梅格在，更看绿叶与青枝！'"

陈文、陈武拿起锄头，也想进入梅园填土，却被苏轼叫住了。

苏轼道："你俩就不用去了，里头有这么多人填土，够了。前几日，无咎教你俩作诗，学得如何？"

陈文道："苏大人！无咎兄教得好，我昨日作了一首，请大人指教！"

"念来听听！"苏轼高兴地回道。

陈文放下锄头，轻声念道："闻君有大名，偃武筑梅城。

万事皆零落，陈园作耦耕。"

苏轼和许广渊不约而同地点头，许广渊评道："不忘祖，不忘己，在自己的家园里好好干！"

苏轼又朝着陈武道："那你呢？"

"我……我……"陈武涨红了脸，吞吞吐吐道，"大人，我也作了一首，就是不知好坏？"

苏轼笑道："你这陈武，一谈到诗，就这般忸怩作态，你的木胆呢？"

其他人哈哈大笑起来。

陈武清了清嗓子，大声地吟了起来："溪水何逶迤，风揉两岸草。桥头舟自横，不见钓鱼佬。"

刚吟完，梅林深处就炸开了锅："哎呀！陈武这小子居然也会写诗啦！陈刺史的后人到底还是条龙！"

陈武又是一脸通红。

苏轼拍拍陈武宽厚结实的肩膀道："下得了地，也要作得了诗！不错，两兄弟的诗都不错！不愧为先唐刺史的后人！"

许广渊也感慨地说："你两兄弟也激发了我的诗兴，自过隐居寺来，我还没好好作过诗呢！此刻倒有腹稿一首！"

"哦！念来听听！"苏轼道。

许广渊念道："今日青芜满，当年碧瓦稠。轩楹无寸木，池沼有残丘。过客嗟啼鸟，居人竟牧牛。子孙谁秀颖，念祖力重修。"

苏轼称妙，道："子奇兄此诗，犹如我当年的《凌虚台记》中有云：'物之废兴成毁，不可得而知也。'"然后指着陈文、陈武二人道："'子孙谁秀颖，念祖力重修。'说的就是你俩，子孙要努力进取，才对得起祖宗！"

陈文、陈武拱手向许广渊致谢。

晁补之道："恩师、许大人，咱们身处梅园，还是用诗来说说梅吧！"

许广渊道："此议甚好！"

苏东坡道："梅兰竹菊'四君子'也，陈氏园多的就是梅与竹，而苏某恰恰喜欢写梅画竹，缘物寄情。即是无咎提议，那就你开头吧，看看咱们仨人，谁记得的梅诗最多。"

"好！那就恭敬不如从命。"晁补之随口念道，"绝讶梅花晚，争来雪里窥。下枝低可见，高处远难知。俱羞惜腕露，相让道腰羸。定须还剪彩，学作两三枝。"

苏轼点点头，道："无咎背的是南梁简文皇帝萧纲的《雪里觅梅花》。"

晁补之竖起大拇指赞道："恩师博学。"

许广渊说道："那我也背一首南梁庾信的《咏梅诗》。'常年腊月半，已觉梅花阑。不信今春晚，俱来雪里看。树动悬冰落，枝高出手寒。早知觅不见，真悔着衣单。'"

晁补之见许广渊也背出一首五律来，连忙说："许大人，咱们再来背背先唐的。"

"好！你先来！"许广渊知道晁补之记性好，只是想挫挫他的锐气。

晁补之吟道："知访寒梅过野塘，久留金勒为回肠，谢郎衣袖初翻雪，荀令熏炉更换香。何处拂胸资蝶粉，几时涂额籍蜂黄。维摩一室虽多病，亦要天花作道场。这是李商隐的《酬崔八早梅》。许大人，该您了！"

许广渊笑道："那许某就念一首杜子美的《早梅》。'东阁官梅动诗兴，还如何逊在扬州。此时对雪遥相忆，送客逢春可自由。幸不折来伤岁暮，若为看去乱乡愁。江边一树垂垂发，朝夕催人自白头。'"

"那我再来一首杜牧的《梅》。"晁补之接道，"轻盈照溪水，掩敛下瑶台。炉雪聊相比，欺春不逐来。偶同佳客见，似为冻醪开。若在秦楼畔，堪为弄玉媒。"

没想到许广渊也是个好记性的人，他也接道："那我背柳宗元的《早梅》。'早梅发高树，回映楚天碧。朔吹飘夜香，繁霜滋晓白。欲为万里赠，杳杳山水隔。寒英坐消落，何用慰远客。'"

苏轼见两人还真斗上记性了，便示意许广渊适可而止。

果然，晁补之又道："那我再背齐己的《梅花》。'万木冰欲折，孤根暖独回。前村深雪里，昨夜一枝开。风递幽香出，禽窥素艳来。明年如应律，先发望春台。'"

背完，双眼看着许广渊。许广渊苦思冥想了许久，拍拍脑袋，摇摇手道："脑中已无梅花，广渊甘拜下风，无咎不愧是过目能诵之人，佩服佩服！"

晁补之见许广渊认输，脸上露出欣喜的笑容。

苏轼也点点头道："无咎的记性，除了晁家人，无人能及。"

听到苏轼如此称赞，晁补之更开心了。

苏轼又道："你们俩背了那么多梅诗，其实最有名的梅诗，你们都没有背到。最懂梅的那个人也没有说到。"

许广渊笑道："最懂梅的不是子瞻兄你吗？"

苏轼"呵呵"一声，道："非也！那人用一句'疏影横斜水清浅，暗香浮动月黄昏'，就把梅花的高洁典雅描写得淋漓尽致，被誉为咏梅的千古绝唱。可惜那人在苏某出生前九年就去世啦！"

"林和靖！"许广渊与晁补之几乎同时脱口而出。

"那无咎也肯定会背林和靖的这首《山园小梅》了！"苏轼道。

晁补之点点头，立即背道："众芳摇落独暄妍，占尽风情向小园。疏影横斜水清浅，暗香浮动月黄昏。霜禽欲下先偷眼，粉蝶如知合断魂。幸有微吟可相狎，不须檀板共金樽。"

陈园怀古　吴昱／摄

2011年9月在东坡陈氏园王家村出土的宋代"湖州真石家十五叔照子"
铭文铜镜　王益庸／摄

陈文、陈武早已将晁补之视为奇人，等他将这首诗背完，兄弟俩便使劲鼓起掌来。

苏轼道："前年冬天，苏某莅杭不久，就与惠勤师父去拜谒了和靖先生墓，墓在孤山上，墓前墓后皆是老梅桩，对着西湖。"

许广渊道："子瞻兄，我虽为新城人，但对和靖先生却不甚了解，今天既然说到和靖先生了，你就详细讲讲。"

苏轼看了许广渊一眼，打开了话匣子："和靖先生本名叫林逋，字君复，和靖先生是仁宗皇帝赐给他的谥号，生于太祖乾德五年，杭州本地人也，出生在一个书香门第、官宦之家。不幸的是，林和靖出生不久，祖父去世，接着父亲病故，几年间家破人亡，林家一下子跌入寒门，林和靖也成了一个孤儿。年幼的林和靖却不向命运低头，他刻苦好学，熟读经史百家，长大后的林和靖性情孤高自爱，远离功名富贵，喜欢恬淡闲适的生活。尤其是在中年以后，他隐居在西湖的孤山，种梅养鹤，修炼梅格，甚至二十年不入城，还断然拒绝朝廷的征用。天圣六年，六十二岁的林和靖在孤山离世，去世之前，他给自己修好了生圹，还坦然地写了一首遗诗：'湖上青山对结庐，坟头秋色亦萧疏。茂陵他日求遗稿，犹喜曾无封禅书。'以表明此生追求的品行高洁，绝不与阿谀奉承之辈同流合污。和靖先生一生不求闻达，带着一身梅香飘然而逝，只留下了满山的傲骨红梅和两只无依无靠的仙鹤在坟头前哀鸣。这就是我一直在说的'梅格'，人格修为和诗词文章都达到超凡脱俗的'梅格'。"

苏轼的一番长论，让众人受益匪浅。

许广渊沉默许久，感慨道："先生之风，难能可贵，怪不得'先天下之忧而忧，后天下之乐而乐'的范公也十分钦慕他的风骨人品。"

苏轼接道："子奇兄说得对，先生的梅格风骨，永远值得后人追慕践行。作为诗人，他的梅花诗最为出色，尤其是《山园小梅》一诗，最为人称道。其中'疏影横斜水清浅，暗香浮动月黄昏'两句，真把梅花的气质风韵写尽写绝，它绘出了一幅溪边月下梅花图。我的恩师欧阳文忠公生前曾击节称赞，说前人的咏梅诗虽多，但却没有这样的好诗句。"

晁补之却不以为然，道："恩师，这两句诗好是好，却不只适用梅花，倘若用来吟咏杏花和桃花，也未尝不可。"

苏轼听了，微笑着反驳道："非也！非也！'疏影'句是明写水，暗写梅和月。试想，假若没有梅花，没有月光，哪来'疏影'？'暗香'句是明写月，暗写梅。试想，倘使没有梅花，又哪来'暗香'？虽说这两句是点化了五代南唐江为的残句而成，且只改了两个字，即将'竹'改成'疏'，将'桂'改成'暗'，可是经这么一改，使梅花的神态活现，确有点铁成金之妙。而且'疏影''暗香'也仅仅适合咏梅，如果咏的是杏花和桃李，应是春光明媚，那么，影能疏，香能暗吗？况且杏与桃李，开得茂盛，所谓万紫千红，何来'疏影''暗香'呢？而且又和'月黄昏''水清浅'有何关瑟？因而，这两句恐怕杏同桃李都不敢承当。"

众人听了苏轼这番分析，皆连声赞道："妙！妙！"陈文、陈武也不住地点头，表示自己听明白了！

晁补之的脸涨成的猪肝色，虔诚地向苏轼作了一揖，道："恩师讲得好。都怪补之没有读懂原诗，才信口雌黄，羞愧羞愧！"

"晁公子求教的态度好，不失为读书的好材料！"杜里正不知什么时候已悄然站在陈文、陈武兄弟的身后，突然来了这么一句，着实将陈氏兄弟吓了一大跳。

杜里正笑着说："听说陈氏园的小伙都在梅园挖宝，作为里正，能不赶来看看么！"

苏轼道："他们不是在挖宝，而是在填土，陈氏园的小伙可都是些爱梅学梅之人啊！里正，你来得正好，本官已收到知州陈大人的手札，不日就要前往常、润、苏、秀等地赈济饥民。在接下来的几天里，本官想在陈氏园的孝善亭内办一个陈氏园雅集，以倡文风。"

"这个好啊！"杜里正读过私塾，知道文风对村风的影响。

许广渊也附和："子瞻兄这个提议好！当年你两个伯父苏

澹、苏涣考中进士给眉山学子带来了多大的震动！你若主持陈氏园雅集，对当地学子的影响那是无法估量的。"

苏轼笑道："有子奇兄赞同，这事就好办了。里正啊！有劳你去通知陈氏园的学子参加，时间嘛，就定后天午后的申时开始，务必将施肩吾、徐凝、何希尧三位先唐诗人的后人学子也请来，陈刺史的后人学子，本官就定陈文陈武兄弟吧！"

第二十章

来参加陈氏园雅集的学子比想象中多得多了，未时刚到，就将孝善亭里三层外三层围了个水泄不通。孝善亭位于陈氏园小西湖的右侧，整个小西湖位于碧㰀寺的前方，利用碧㰀溪的蜿蜒，亭台轩榭皆依势而建，中心湖面约有十余亩，虽不大，但长堤、小桥、湖心亭等都仿杭州西湖的式样建造，长堤与湖心岛上古木参天，绿树成荫，花草遍地，从江南各地搜集而来的怪石林立，蔚为壮观。

未时刚过，头戴黑色高帽，身穿青色便衣的苏轼就挤进人群，端坐在亭中的几案前，王朝云一进亭子，就侧坐在几案的右侧，手脚麻利地磨起墨来。她的母亲和妹妹暮雨也出现在人群中看热闹。徐氏中年与亲生女儿骨肉团聚，半月余的朝夕相处，尽享天伦，额头上的皱纹也舒展开了，而眼睛始终柔和看着爱女朝云，眼神充满怜爱，脸上洋溢着幸福的笑容。学子们都头戴方巾，穿着整洁的衣裳，有几位还特地穿上新衣裳，看见学界仰慕的大才子苏轼就坐在眼前，个个神情激动。

苏轼身边除了许广渊、晁补之之外，辩才、惠勤也从后面的碧樨寺赶了过来。

李公麟《西园雅集图》局部
私人藏品

申时一刻，一阵微风吹过，溪边的竹林发出"沙沙"的声音，山上传来几声清脆的鸟鸣。苏轼循着鸟鸣，抬头向后山望去，只见后山山腰悬着一块突兀的巨岩，巨岩已被雨水腐蚀成乌黑色，鸟声正从黑岩上空的丛林中传出来。苏轼觉得好奇，便问杜里正黑岩的名字，杜里正告诉他那黑岩叫作"乌石塔"，乌石塔下就是陈晟家的老宅。苏轼点点头，只见他时而仰脖望着高耸入云的山峰，时而收颈望着倒挂金钟般的乌石塔，时而转颈望着陈氏园四围连绵的青山，许久，冒出一句："陈氏园中望云巘，多望云巘去烦恼。"

随后，苏轼站起身来，拱拱手，朝着亭子四周错落有致的石头上坐着的数十位学子说道："陈氏园的学子们，今日相聚于小西湖畔，共襄陈氏园雅集，大家一起来陈氏园游山玩水，诗酒唱和书画遣兴与诗文品鉴，以期达到以文会友、切磋文艺、娱乐性灵之目的，不失为人生的一大乐事。历史上的邺下雅集、金谷园雅集、兰亭雅集、香山雅集，更是历代文坛佳话，诗文书画歌颂不绝，苏某在凤翔为官，也曾参加过凌虚台雅集，还写过一篇《凌虚台记》。相信陈氏园雅集也能成为一段文坛佳话。"

话音刚落，学子们就大声叫好，纷纷鼓起掌来。

陈武双手拱作喇叭状，放在嘴边大声喊道："苏大人！你就给咱们讲讲什么什么雅集之类的！"

一句话，逗得大家哈哈大笑起来。

许广渊也拱手对苏轼说道："雅集本身就是吟咏诗文、议论学问的集会。咱们在山环水绕的陈氏园，焚香、抚琴、礼茶、挂画，每人再来几杯小酒，吟几首小诗，岂不乐哉！趁着里正给学子们分发小酒之际，你就给大家讲讲邺下雅集、金谷园雅集、兰亭雅集和香山雅集这史上的四大雅集，也让学子们长长见识。"

见许广渊都如此说了，苏轼点头称好，便一一介绍了起来。

邺下雅集发生在汉末建安七子时代。曹植《与杨德祖书》与曹丕《与吴质书》，标志着文学自觉时代的到来。而在这之前，一代汉赋，虽规模宏大，器量宏远，终归属于少数文人的行为。赤壁之战后，孙权据江东之险，刘备占荆州之利，孙刘联盟抗曹，三国大势基本形成，有了相对稳定的对峙局面。曹操退回了魏都邺城，从这时起建安文士云集邺下，他们以曹氏父子为中心，经常集宴云游，诗酒酬唱。曹丕在《又与吴质书》中回忆当时的盛况说："昔日游处，行则连舆，止则连席，何曾须臾相失。每至觞酌流行，丝竹并奏，酒酣耳热，仰而赋诗，当此之时，忽然不自知乐也。"当时文风极盛，成一时风气。所以后人评价说："诗酒唱和领群雄，文人雅集开风气。"邺下聚会，开创了文人雅集的先河。

金谷园雅集是在石崇的别墅里，因金谷水贯注园中，故名之"金谷园"。金谷园随地势高低筑台凿池而成，郦道元《水经注》谓其："清泉茂树，众果竹柏，药草蔽翳。"是当时最美的花园。石崇曾在金谷园中召集文人聚会，与当时的文人左思、潘岳等二十四人结成诗社，史称"金谷二十四友"。所谓"二十四友"以当时的一个特殊人物贾谧为中心。其人是西晋开国功臣贾充的外孙。贾充有三个女儿，贾褒嫁给了齐王司马攸，贾南风嫁给了太子司马衷，即晋惠帝，贾午嫁给了韩寿，贾谧就是韩寿与贾午的儿子。后入嗣贾充，改姓为贾。晋惠帝是个弱智者，他在位之初的若干年内实际上是皇后贾南风掌权，贾谧作为她的亲侄儿，权倾一时。贾氏控制中枢前后约十年之久。"二十四友"依附于贾谧，各有各的原因，关系的远近也有不同，其中跟得最紧的是潘岳和石崇。到永康元年（300）赵王司马伦发动政变废掉贾后，贾谧伏诛，稍后，石崇、潘岳、欧阳建、杜斌等死党亦同归于尽。但是"二十四友"并不能算一个政治团伙，其中有些人并没有政治上的图谋，与贾谧关系也并不深，例如左思，不过给贾谧讲讲《汉书》而已，所以后来贾氏倒台时他就没有受到株连。从文学创作的角度来看，"二十四友"举行过若干次文学雅集，在一定程度上推动了当时的文艺繁荣。他们在石崇的河阳别墅里饮酒赋诗，有点像建安时代在曹丕领导下的邺下雅集。他们畅游园林，饮酒赋诗，并将所作结为诗集，石崇为其作《金谷诗序》。后人称这次聚会为历史上真正意义上的文人雅集。

金谷园雅集的影响极大，据说后来的兰亭雅集完全照着这个样板来进行。东晋王羲之邀约四十一位文人聚会，这便是有名的兰亭雅集。曲水流觞、饮酒赋诗，则是东晋文人的一大创举。其内容大致是，客人到齐之后，主人便将他们安排到蜿蜒曲折的溪水两旁，席地而坐，由书童或仕女将斟上一半酒的觞，用捞兜轻轻放入溪水当中，让其顺流而下。根据规则，觞在谁的面前停滞不动，就由书童或仕女用捞兜轻轻将觞捞起，送到谁的手中，谁就得痛快地将酒一饮而尽，然后赋诗一首。若才思不敏，不能立即赋出诗来的话，那他就要被罚酒三斗。兰亭雅集共得诗三十七首，汇成一集，由王羲之作序，孙绰作后序。

然而，王羲之这篇序文手稿的书写，因艺术造诣空前绝后，而成为书法史上最有名气的经典之作，入宋时已被誉为"天下第一行书"。

香山雅集的发起者是苏轼无比崇敬的白居易。白居易晚年的时候，对仕途心灰意冷，与胡杲、吉玫、刘贞、郑据、卢贞、张浑、李元爽和释如满八位长者，在洛阳香山结为九老会，隐山遁水，坐禅谈经。白居易自号"香山居士"，在居住香山寺期间，写下了《香山九老会诗序》。白居易"香山雅集"的故事即由此而来，在历史上影响很深。如今的香山寺内，还保存着九老堂建筑。白居易曾经把自己所作的八百多首诗稿存放在香山寺藏经阁内，供世人观瞻。白居易在《香山寺》诗中这样写道："空门寂静老夫闲，伴鸟随云往复还。家酿满瓶书满架，半移生计入香山。"这首诗写出了白居易等九位长者居住香山寺期间的闲适生活。

苏轼向大家介绍完史上著名的四大雅集之后，继续说道："本官举行陈氏园雅集，意在此地学子能赓续施肩吾、徐凝、何希尧、陈晟等先唐名人的文脉。只要陈氏园的文脉不断，就会代不乏人。前两日，许大人在梅园写了一首诗，最后有两句'子孙谁秀颖，念祖力重修'。说得好哇！今日我等在陈氏园吟诗唱和，写字作画，此风一开，子孙必秀颖，唱和者定代代不绝。"

一番话，说得陈氏园学子个个激奋。

苏轼见陈文、陈武的旁边坐着三位眉清目秀的书生，想必就是施、徐、何三位先唐诗人的后人了，便问他们姓名。

中间盘腿坐在一块大石上的黄衣儒生站起来，向苏轼拱手道："苏大人，小生是施公的第九代后人施过。"

苏轼见施过仪表堂堂，成熟稳重，不禁赞道："好个施过，不愧是状元公的后人。本官的小儿也名过，去年才在杭州出生，有机会，我也带他来陈氏园，你可要'大过'教'小过'啊！"

苏轼幽默的话语一下让现场的气氛轻松起来。坐在左侧石头上的、身着蓝色儒生服、头戴红巾的儒生站起来拱手道："苏大人，我是徐凝公的第十代后人徐度。"

徐度果真气度不凡，站姿挺拔，眉宇之间透着灵光，苏轼高声回了一句诗："'天下三分明月夜，二分无赖是扬州。'你家老祖宗用一句诗点化了一座城。你待会儿得好好作诗，也要用一首诗点化陈氏园。"

学子们听了，不禁笑出声来。坐在右侧石头上穿灰色便服的儒生在徐度说话的时候就已经站起身来，待苏轼说完，便禀道："小生是希尧公的第十一代后人何辞。见过苏大人！"

苏轼见何辞彬彬有礼，举止大方，甚是欢喜，开心道："不愧为希尧公的后代，你让本官想起了当年参加科举时的考题'刑赏忠厚之至论'，本官就用仁慈忠厚来写尧：'当尧之时，皋陶为士，将杀人，皋陶曰"杀之三"，尧曰"宥之三"，故天下畏皋陶执法之坚，而乐尧用刑之宽。四岳曰"鲧可用"，尧曰"不可，鲧方命圮族"，既而曰"试之"。何尧之不听皋陶之杀人，而从四岳之用鲧也？然则圣人之意，盖亦可见矣。'今日本官背之，是想告诉诸位，尧舜禹，人人应学之。"说完转而又向施过说道："本官听闻施公有三个儿子，分别叫作宗尧、宗舜、宗禹，对吗？"

"是的！"施过回道："这是先祖施公要子孙赓续尧舜禹的德行。"

"好！说得好！诸位学子，我们先每人斟满一杯酒，祭祀一下施公、徐公、何公和陈刺史等列位前辈，是他们厚植了陈氏园的文脉。"说完，苏轼把满满的一盏酒洒在地上。

学子们也将盏中的酒洒在地上。

随后，衙役与随从又将学子们的空盏满上，王朝云也给苏轼满上了一盏酒。

苏轼端着酒，朝着诸学子道："接下来，本官就要与陈氏园先贤的后人和诗啦！本官先来，诸位和韵，如何？"

众人称好。

苏轼满饮了盏中的酒，吟道："古刹人溪山，幽花相看晚。一湾竹影重，几树枫杨远。听鸟啁啾林，望云舒卷巘。微风洗掩苔，独钓披霞满。"

　　吟完后，苏轼捋捋须，心中又斟酌了几遍，便坐在案几前将诗写了下来，写好后递给王朝云，王朝云过目数遍，开口便唱，边唱边舞，时而轻踏莲步，时而俯仰屈伸，时而左右翻拂，时而原地碎步，又时而宽袖飞扬。惟妙惟肖，恰到好处，让围观者如痴如醉，拍手称绝。

　　王朝云歌舞的间隙，许广渊也想好了和诗，见王朝云舞罢，也对大家拱拱手，道："既然苏大人起了韵——晚、远、巉、满，那许某就先和上一首：'芳草爱朝山，园中落日晚。枫杨翠柏深，艳李浓桃远。风卷香犹清，鸟啼梢峻巉。佳篇不易工，回首白云满。'"

　　许广渊吟完，大家鼓起掌来。苏轼让许广渊坐到案几前来，将他刚才的这首诗写下来。写好后又让许广渊将诗稿交给王朝云去弹唱。

　　此时，晁补之也起身拱手道："刚才许大人先和了恩师的这首《陈氏园》，补之作为苏大人的门生，那我得抛砖引玉，先来吟一首：'读公栖鸦诗，岁月伤晼晚。公胡不念世？蜡屐行僻远。羁鸟翔别林，归云抱孤巉。我才不及古，叹息襟泪满。'"

　　听晁补之吟完，苏轼皱了皱眉头，然后笑道："无咎此诗，似有无限伤感啊！"

　　三首诗一出，施过等人也已打好腹稿，都跃跃欲试了。苏轼却点了陈武先来，陈武因前几日得到了晁补之的指点，拟了草稿，所以此刻并不慌张，向前走了两步，转过身，当着学子们的面大声地吟诵起来："徒步登峦岫，瞭园夕阳晚。风高怜旅途，梦断哀啼远。金鼓依梅稀，松风伴云巘。寒枝影自横，碧沼清光满。"

意境不错。苏轼也为陈武鼓起掌来，还大声对学子们道："现在的陈武，已是能文能武之人啦！"

大家会意地大笑起来，陈武憨厚地站在原地一动不动，拱手一字一句对着大家道："陈武的命是苏大人给的，陈武的诗是晁公子教的，陈武只有争气，好好干活，好好孝母，好好为乡亲们做点事，才对得起苏大人的再造之恩。"陈武说完，转过身对着苏轼深深地鞠了一躬。

陈文也受了感动，待陈武说完，便拱手道："既然弟弟念了他的和诗，那我也来念念吧！"陈文的声音有些沙哑，便停下清了清嗓子，然后吟道："陈园多胜迹，游赏沐春晚。峰耸屠龙来，云开射日远。危岩压松柏，溪涧笼曦巘。行遍小山村，归来诗箧满。"

苏轼点头赞道："'行遍小山村，归来诗箧满。'这两句有意思！好！陈文、陈武都和了，接下去该轮到几位诗人的后裔了。"

施过站起身，一仰头喝光了一盏酒，然后道："既是施状元的后裔，那就我先来。"说完将酒盏放在石头上，向前走了

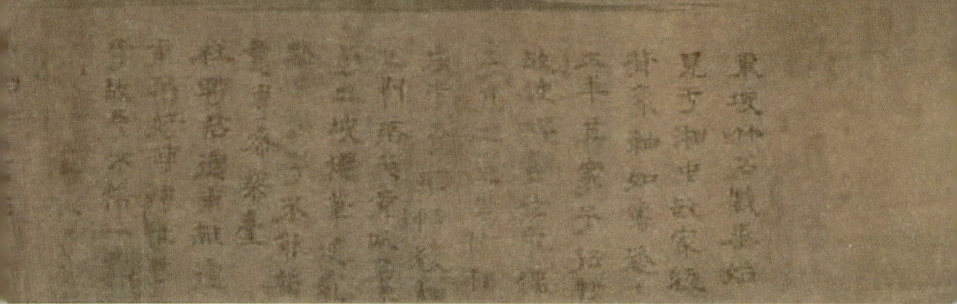

苏东坡《潇湘竹石图》 中国美术馆藏

两步，对着大家吟道："片云凝雨意，流水惜花晚，看月月痕新，听松松韵远。溪深当泛舟，径曲且望巘。何处可怀人，临风樽酒满。"

"好诗！"晁补之情不自禁地鼓起掌来。

"看月月痕新，听松松韵远。"苏轼仔细地品味着这两句诗。

徐度也高声吟了起来："陈园掩碧樨，坐看云山晚。曲径烟痕深，浮阶藓色远。花香迷客心，松古收云巘。鸟语含禅机，叽叽衔雾满。"

"不愧是明月诗人的后裔，此诗写得甚为空灵！陈氏园真是藏龙卧虎之地啊！"苏轼拍着手赞道。

许广渊看了看何辞，故意开玩笑道："何辞啊何辞，你再不能推辞啦！大家都唱和过了，独缺你啦！"

只见何辞啜一口酒，缓缓起身，用清脆的声音道："士林

间早已传遍'苏文熟，吃羊肉；苏文生，吃菜羹'的歌谣，而如今苏大人就在眼前，能当面向苏大人请教，是学子们的荣幸，何辞之有！"

何辞一番话说得掷地有声，然后拱手向苏轼深深一揖，吟道："绝壁耸风微，修篁掩月晚。烟笼虹气升，涧泻白云远。登顶揽陈园，汲泉洗山巇。笑看风雨斜，谁记月盈满。"

何辞吟完，掌声雷动。

最激动人心的时刻来了，苏轼要现场画一幅竹石图，他在天井画画的事早已是人尽皆知。大家知道，苏轼除了喜欢画石，也爱画竹。他的名言"宁可食无肉，不可居无竹"早已耳熟能详。在学子的心里，竹有七德，曰正直，曰奋进，曰虚怀，曰质朴，曰卓尔，曰善群。晋代的"竹林七贤"和唐代"竹溪六逸"，历来被学子所钦慕。

苏轼见惠勤和王朝云已为他做好了画画的准备。案几上铺好了澄堂绢，砚台上搁好了宣城的诸葛笔，今天的墨，是王朝云用老的潘谷墨加碧樨的山泉水磨成的。苏轼特意嘱咐晁补之去碧樨寺后泉眼里取来了一盆水调墨色。

苏轼看着越挤越拢的学子们，甩甩手笑道："不要向前挤，苏某有个办法，大家都退回原位，站到石头上去，不就能清清楚楚地看本官画画了嘛！"

见众人有序地退后，并纷纷站到石头上观看，脚下露出一块块形态各异的石头，苏轼高兴地笑道："诸位学子，你们往高处一站，我要画的石头就露出来了，竹子，这陈氏园到处都是，但我就喜欢画长在石头边的小竹子。小竹子配怪石头才是最好看的，当然还须在风雨里，风雨竹才是最有神的。上次去湖州督造堤坝，闲暇之时，知州孙莘老陪我去游山，路遇大雨，就去好友贾耕老在苕溪上筑起的澄晖亭中避雨。在簌簌的雨声中，我看到亭子外的石头边有几株很小的竹子，在风雨中摇曳，风雨让竹子展现了无限之美，像丝绸般柔顺，像生命一样永远变幻不已。人在风雨中是自卑的，但那些摇曳的竹枝却让我看见了风雨的另一面，它细微又清晰，宏大又扎实，浩渺而复杂，简直妙不可言。我突然有了一种作画的冲动，赶紧叫随从执烛，在幽暗的烛光中，画了一幅《风雨竹》。此次，孙莘老又来信说，他在知州府衙后面改建了一座潇湘楼，让我为新楼画一幅

《潇湘竹石图》，还让他的女婿黄庭坚为我寄来他的诗和书法，还有几斤他家乡的双井茶。所谓吃人家的嘴软，加上我的假期也快结束了，陈知州也催着我外出公干，所以趁着今天陈氏园雅集，我就为孙莘老画上一幅《潇湘竹石图》。"

许广渊连忙对大家道："今天，大家可以一饱眼福啦！苏大人写枯木竹石，胸次之高，足以冠绝天下。"听许广渊这么一说，学子们又兴奋地鼓起掌来。

苏轼摇了摇头，笑了一下，弯下身子摸了摸铺在案几上的澄堂绢，就拿起笔先蘸墨后蘸水，在砚台边的棕色陶盘内调了

陈氏园中望云嶙　项文军／摄

调枯湿浓淡，然后看了看三尺绢的左侧，胸有成竹，便下笔"唰唰唰"画了起来。

刹那间，云气扑面而来，画面上先是出现了烟云山水，涉无涯际，恰似湘江与潇水相合，遥接洞庭，景色苍茫。慢慢地画面上又出现了一片土坡，两块怪石，几丛疏竹。苏轼在画竹叶的时候，一边画一边想：孙莘老是自己的同年，也是因反对新法，前不久从湖州知州任上移守吴兴，此时赠一幅画给他，算是一种共勉吧！此时，苏轼笔下的竹叶，倏地灵动起来，像是在风中轻微伸展和颤动。苏轼对风是敏感的，他知道零雨冷

陈氏园后山脚　项文军／摄

雾，落叶飞花，一切都是风的呈现。他试图从风的压力中，形成丰富的层次，画出竹的淡远与坚守。

　　全场鸦雀无声，所有眼睛都盯着苏轼手中那管如有神助般的毛笔，直到他在绫绢的左侧写下"轼为莘老作"五个字，完成了《潇湘竹石图》的创作，学子们仍旧站在石头上凝视着画卷中的巨石瘦竹和水烟山影，久久不愿离去。

尾声

苏轼辗转常州、润州、苏州、秀州完成赈济饥民的事务，回到杭州已是第二年的八月。此时的他得到了去密州任知州的诏命，但得知临安、於潜等地蝗虫成灾，便又匆匆赶去这些地方指导灭蝗。这时，晁补之也已陪同父亲走在返京担任著作佐郎的路上。

等苏轼从临安翻过浮云岭，又一次走进陈氏园的时候，已是八月末，他看着起伏的山、流动的水、摇曳的竹子，想起了去年在此地饮酒对诗雅集的场景，同时感慨自己也将离开杭州、王朝云将离开家乡，又在望园楼的墙上见到了晁补之题写的《次韵苏公陈氏园》诗："山园芙蓉开，寂寞岁月晚。公来无与同，念我百里远。寒飙吟空林，白日下重巘。兴尽还独归，挑灯古囊满。"思绪与情感喷薄而出，喝了点小酒后，便在晁诗的旁边，写下了一首《新城陈氏园次晁补之韵》："荒凉废圃秋，寂历幽花晚。山城已穷僻，况与城相远。我来亦何事，徙倚望云巘。不见若吟人，清樽为谁满。"

之后，苏轼先后去了密州、徐州和湖州任知州，因"乌台诗案"被贬谪黄州，是他人生的分水岭。乌台诗案使他以后的人生始终宠辱不惊，他在黄州被迫躬耕东坡，使他有了一个更加响亮的名字——苏东坡，诗、词、歌、赋、文的创作也达到了他人生的顶峰。

在黄州时，苏东坡一家的生活十分艰苦。王朝云一直无怨无悔地与苏夫人王闰之一起，细心照料着苏东坡的生活起居。苏东坡不忍心她就这么无名无分地跟着自己吃苦，遂在征得王闰之同意后，正式将其收为姜室。

元丰六年(1083)九月二十七日，二十二岁的王朝云，为苏东坡生下一子。苏东坡将这个孩子取名苏遁。孩子满月时，苏东坡想到自己这个大宋开国百年制考成绩第一的大才子，如今却落到这般田地，不由感慨万千，便作了首《示儿》诗以自嘲："人皆养子望聪明，我被聪明误一生。唯愿孩儿愚且鲁，无灾无难到公卿。"

第二年三月，苏东坡接到诏令，移为汝州团练副使。苏东坡接到诏令后，不敢怠慢，即携一家老小启程。当他们行至金

洞桥　项文军／摄

陵时，不满一岁的苏遁因中暑不治，夭亡在王朝云的怀里。

第三年，神宗皇帝驾崩，十岁的哲宗皇帝即位，高太后临朝，新法被废，苏东坡重新被起用，先被任命为登州知州，到任仅五天，就被召回京城，官至翰林学士、知制诰。短短十七个月，苏东坡从戴罪之身的从八品升到正三品，跃升了十二个官阶。

太后和司马光全盘否定王安石的新法，苏东坡坚持原则，反对全盘否定。因与太后和司马光的政见不合，苏东坡一再主动请辞外放。

元祐四年（1089）七月至元祐六年（1091）二月，苏东坡第二次莅杭，出任杭州知州一年零七个月。苏东坡在这短短的一年零七个月里，看到葑草葑田已占了西湖湖面的一半以上，便向朝廷上了《乞开杭州西湖状》，提出了西湖不可废的五条理由。在疏通西湖时，还将挖掘出来的葑草淤泥堆筑成一条长堤，以通南北。苏东坡努力疏浚西湖，改进水利，是西湖的再

造者。作为诗人，他以湖山为伴，登山泛舟，用如椽巨笔写出了西湖山水的特质。碰到杭城疫病大流行，一时间，街头巷尾都是感染疫病的民众，不少人在疫病中死去。见此情形，苏东坡一边积极上奏朝廷汇报疫情，一边开仓赈济灾民。与此同时，他又筹集钱款，开设安乐坊。为了开办医坊，苏东坡特拨钱两千贯，自己又拿出平生的积蓄五十两黄金。苏东坡又请来名医庞安时坐堂问诊，并将"圣散子"秘方传授给庞安时。苏东坡收纳贫穷病人，施舍粥药。为了不将疫病蔓延到属县，在一年零七个月的时间里，他和王朝云一次也没回过陈氏园。

元祐六年（1091）三月，苏东坡回朝，当了七个月的礼部尚书。然后出任颍州、扬州知州，再回朝任兵部尚书一个月，礼部尚书九个月，这期间，苏东坡的第二任妻子、与他共同生活了二十五年的王闰之因病去世，享年四十六岁。

元祐八年（1093）九月，高太后驾崩，十八岁的哲宗皇

尾声

323

东坡陈氏园遗址　项文军／摄

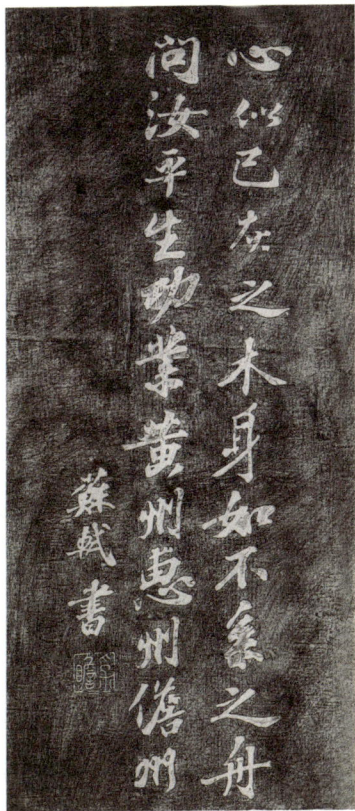

苏东坡《自题金山画像》 项文军/摄

帝亲政。哲宗皇帝的心灵已经有些扭曲，高太后摄政时，他基本上是个局外人，刚一亲政，就变本加厉地进行政治反扑，无情打击元祐党人。先把苏东坡降为定州知州，赶出京城。上任一个月，又被贬到遥远的惠州。这时的苏东坡已年近花甲了，还是王朝云陪着他，一路艰难跋涉，翻山越岭来到惠州。在惠州期间，他们的生活虽然十分艰苦，但夫妻恩爱，日子过得也还算是有滋有味的。

只是，王朝云羸弱的身体似是不太适应岭南的水土，来到惠州一年后，就染上了时疫，此后身体一直不好，终日与药汤为伍。苏东坡一边为她寻医问药，一边拜佛念经，王朝云的病一度好转，此时却收到了她母亲徐氏在陈氏园去世的消息。不久，王朝云也去世了，年仅三十四岁。

苏东坡悲痛万分，但由于自己是戴罪之身，且惠州距杭州

葛溪　项文军／摄

路途遥远，根本没有办法将王朝云的灵柩运回陈氏园安葬。好在惠州也有个西湖，于是，苏东坡就把王朝云葬在了惠州西湖孤山脚下的松林之中。自己爱松种松，相信王朝云也会喜欢的。苏东坡还在墓前修建了一座六如亭，用以纪念他的红颜知己王朝云，并亲书了一副挽联："不合时宜，惟有朝云能识我；独弹古调，每逢暮雨倍思卿。"

苏东坡在惠州住了两年零六个月后，又被贬到了更远的儋州，那是大宋的天涯海角。贬谪至此，就再无处可贬了，此时苏东坡已六十二岁。

三年后，哲宗皇帝驾崩，年仅二十四岁。其弟赵佶即位，史称宋徽宗。向太后临朝听政，在她摄政期间，元祐党人全部获得赦免，苏东坡得以遇赦北还。

仅仅一年后，也就是徽宗建中靖国元年（1101）七月二十八日，苏东坡在常州病逝，享年六十六岁。

也许是苏东坡急着想去陈氏园了，因为那里有王朝云在等他。

尾声